谜面

宇萱 著

江苏凤凰文艺出版社
JIANGSU PHOENIX LITERATURE AND
ART PUBLISHING

图书在版编目（CIP）数据

谜面/宇萱著. —南京:江苏凤凰文艺出版社,
2021.3
ISBN 978-7-5594-5511-6

Ⅰ. ①谜… Ⅱ. ①宇… Ⅲ. ①短篇小说—小说集—中国—当代 Ⅳ. ①I247.7

中国版本图书馆 CIP 数据核字(2020)第 258631 号

谜面

宇 萱 著

出 版 人　张在健
策　　划　郝 鹏
责任编辑　曹 波
责任印制　刘 巍
出版发行　江苏凤凰文艺出版社
　　　　　南京市中央路 165 号,邮编:210009
网　　址　http://www.jswenyi.com
印　　刷　江苏凤凰数码印务有限公司
开　　本　880 毫米×1230 毫米　1/32
印　　张　8.5
字　　数　180 千字
版　　次　2021 年 3 月第 1 版
印　　次　2021 年 3 月第 1 次印刷
书　　号　ISBN 978-7-5594-5511-6
定　　价　39.00 元

目 录

会　水

当苏真理将头没入蓝色池水中时，并不知道会有多冷。迈入一米五深的水，对一个一米六三的旱鸭子来说，仍然像踏入一个深渊，一个以浮力向上抗拒着他、却又将他向下拉的黑洞漩涡。他抓着池子边的栏杆，感觉自己的胸脯好似正遭遇一只拨浪鼓的敲击。不过，当水一下子包围了他的身体，灌进了他的意识，比起在预备室里黏哒着，全身沾染着一种模糊不清而半赤裸的空气，感觉清爽多了。麻木的神经刹那间被要求保持警觉，不至于让自己淹死——如果那样可就太滑稽了，雷同同还在远处两米的泳道里扎猛子呢。

是雷同同带他来的。

他像做拉杆运动一样，小心地抓着把手，把身体浸入水中，瞥见远处的雷同同，在水里变形了，整个人像被吹大的泡泡球。戴着泳镜的雷同同，苏真理有点认不得了，总觉得有种陌生感，这种陌生感好似他们第一天做室友时候打招呼的那种。雷同同一连搬了三四趟行李：用小推车搬，从学校门口一直刺溜刺溜地搬到楼底下，于是他们寝室的门就不住地砰砰直响，开了关，关了开，箱子和纸盒子垒在地上。

彼时，苏真理已经在整理自己的衣衫，一件件铺开来再收到衣柜里去，并且在琢磨是毛衣放一格，牛仔裤放一格，内衣裤放一格，还是按颜色分类，最后纠结得冒了一颗豆大的汗珠。他觉得果然衣服这么少，颜色也凑不齐，赶紧放好，蜷在椅子里面为课业预习了。晚上一块儿吃饭的时候，雷同同就跟他提起来，自己要做游泳社社长，并极力怂恿他一起去，打包票自己不出一星期就可以教会苏真理，保证他在水里像在家里一样。

这种回忆侵袭苏真理思绪的时候，他就更没法专注于雷同同教他的蛙泳动作了，是先伸手还是先伸腿，还是同时伸，大脑指令的清晰变得不可能，仿佛是要让一只机械臂变活。于是，他干脆把双腿盘起来，在水里像个瑜伽行者一样静坐不动。雷同同说他游的时候从来不需要想，伸手伸腿就行，熟悉得就跟在娘胎里畅游。苏真理很佩服他这一点，对于他来说，这一池子的水就和储存的记忆很相像，一沉没进去，就宛如记忆打着螺旋桨被一层层剥离开来，他像一个失重的小分子，找不着方向。他觉得雷同同一定是一个比自己具备条理的人，至少更加一针见血，他有一种与生俱来的直率本能，是他学不会的。

他不禁想用手戳一戳周围的水域，却又发现这是不可能的。张嘴也不行，水会灌进来吞噬他的呼吸，他犯过这样一次错，以为自己差点要没命了，咳得连体型瘦长的救生员都从高高的梯座上站起来朝这看，还吹了一声哨子，不过那是一声警觉还是一声捧腹，苏真理就不知道了——也许两者都有，就好像他会在每次脱险后嘲笑一下自己，恐惧就在幽默里侥幸地化解了——一种宛如蛙泳伸缩式的心理自制模式。

泳台上放着一个黄色外壳的钟表，苏真理抬起头来，猛吸一口气，看到已经过了一刻钟，游泳社一个小时的时间才过去四分之一，两个黑色的指针像他自己停滞的双腿。

“喂——”他听到雷同同的喊声，转头把泳镜拉下来，看到他在冲他挥手。“怎么样？要我过来吗？”

“好！”他也大声回话。

雷同同很快像只勇猛的年轻鲨鱼一样游了过来，冲他哈哈一笑：“会游了吧？”

苏真理摇了摇头，觉得很奇怪，雷同同一在他面前出现，就好像把他眼前的那层迷宫拿掉了，他的人好像一个箭头符号，指着东南西北中的某一个方位，而他是那个在迷雾里做选择题的人。

“这样吧，我教你仰泳。”雷同同当机立断，转变策略，“你先在水里会漂起来，然后就不害怕了。”

“嗯，听教练的。”苏真理调侃道。

于是雷同同先伸开两只手，缓缓拉着苏真理往泳池中走，然后示意他往后躺下来，好像一面荷叶贴在水上那样。一半的头都没入了水，苏真理感觉自己好像一根断线的风筝，要被不可知的力量带走了，腿刚扑棱一两下，头就要往下坠，脸上的表情甚是惊恐，雷同同赶紧握住他的肩膀把他的重心带回来。

“不行，不行。”苏真理边呛水边说。

“刚开始都是有一点不行的，”雷同同讲，边往后看，还有一米就到头了。“我爸从小就把我带到池子边上，叫我往里跳……”

苏真理听他说了一堆，基本没听进去。他瞥了一眼浅水区那里，看见有父亲带着小孩在玩水，小孩子咯咯直笑。下了浅水区的金属栏杆，是一大面透明的玻璃，映出郊外郁郁葱葱的树枝和蓝色天空。游泳馆里很安静，他也想去浅水区了。

神造人多么不同，他想。但如果他提出这个观点，他知道雷同同一定会反驳，说如果苏真理他爸小时候不是教苏真理读那么多书，而是也带他去试水，他现在一定也是游泳健将，反之雷同同如果是苏真理他爸养的，肯定一样也像苏真理一样文绉绉的。对于这种认为后天胜于天性的观点，苏真理每次只是摇头，他看着眼前的水，就看见了一种本源之物，存在于任何一个人的内核之中，将他们按照某一种设计好的航线，塑造成某一种样子。人的被塑造权利没有那么大，是命运极具推动性的力量，或说这力量反过来使人按某种方式塑造自己。

他们曾经有过这种对话，当时，苏真理罕见地滔滔不绝，雷同同罕见地沉吟了一下，仍然认为人一出生就是一张白纸，都是爸妈给教育的不同。苏真理试图以此启发，说爸妈如何教育，就是婴孩出生没法选择的，是一个命运之手的例证。雷同同礼貌地否决了，看起来有点遭到动摇。不过与苏真理常常会因为思想上的改变而产生的疑惑不同，思考上的动摇不会影响到雷同同，第二天他就会依旧以飞速换好衣服刷牙，然后往往踏着迟到的点，砰地甩上门向教室冲去。

此刻，这位教练就已经放弃了这个学生，自己蹚到一条泳道里徜徉了。

苏真理抓着水藻一样软乎乎的分道线，半走半漂到了这条水道的尾部，从泳台上抓了一只黄色的救生圈拉到水里，然后把铅重的双臂搭在救生圈上，踉跄了一下，就浮稳了，暂时像一只鹅一样，在水面下踢踏着双脚，向周围圆周形缓缓扩散自己运动的幅度。

刚才他浮在水面上时，完全没有听别人说的，“会很放松啊”的感觉，而是脖子肌肉紧绷，像一只倒挂在砧板上任人宰割的肉。对于苏真理来说，很少有真正放松的感觉，除却睡觉的时候，不过他最近在读战争历史的书读得太多，晚上总是梦到远古争战、沙尘滚滚、车马血溅，这种梦如果知道会做，还不如不睡觉了。

另一个他感到放松的时候，是有一次在走廊里和一个女孩的眼睛对视。她叫祖蓝，比他小一届，眼睛像蝴蝶一样扑闪扑闪的，一刹那间吸走了他对自己将要去何处的认知，只剩下一个沙漏里滴答、滴答的声音，即使她只是对他一笑，便像风一样走了。不过苏真理也深知，那种放松里含了另一种紧张，一种他还要再细细咂摸才能更理解的紧张。紧张与不紧张都是有原因的，这他知道，就比如为什么雷同同下水不紧张？就是因为他爸逼他下水过。虽然换了苏真理，说不定反而更恨游泳这一事了，所以雷同同的道理，在他身上还是用不得的。

祖蓝怎么没来游泳社？苏真理心想。

泳池边上突然有个女生过来，圆圆的脸，个子高高的，走路很稳健，泳衣外面裹了白色的大浴巾，眼镜已经戴上了，对苏真理招手，苏真理连忙吃力地向泳池边划了几下水，却反而被水往后推了。

“看到雷同同了吗？”女生问，声音有些异样，眼镜后面的眼睛看不清楚。苏真理认得她，今天乘学校的面包车一起来游泳社的，叫什么……崔玉什么来着。

“他刚才还在这来着，”苏真理回头看了一圈，发现雷同同人已经不见了，“有什么事吗？”

女生抹了一下鼻子，镜片上还有水滴。“那你帮我跟他说，我刚刚接到消息，说我爷爷去世了，我先打车自己回学校，点名的时候没见着我，不要忘了啊。”

“啊，啊，这样，好，行。”苏真理胡乱地点点头，“那你赶紧先回去吧。”

这女孩名字叫崔玉晴。苏真理想起来了。和祖蓝不是一个班的，好像是学姐。他在学校健身房见过她男朋友，一个沉默寡言的人，与崔玉晴的活泼个性相差甚远。有一次见到他们两个在夏天的校园里手揽着手走，崔——可以看得出是特意——穿了一条黄色的连衣裙，戴着一顶阔边帽子，走路蹦蹦跳跳的，而她男友陪在她身边，像平常一样走着，手心里可能还有刚刚在健身房里举铁而烙下的痕迹。现在她爷爷去世了，恐怕那黄莺一样雀跃的样子是暂时看不到了。

苏真理注视着崔玉晴离开的背影，看到她像时钟上的秒针那样穿过了游泳池一圈，像一个失魂落魄又居高临下的审判者，经过了一个又一个在水里翻腾的游泳者，然后拉开了铁灰色的大门，大门悄然合上，她不见了。

苏真理感觉自己似乎在某一刹那知道她是什么感受。

“哔——哔——”苏真理听到救生员吹了几声哨子，隐约看到一个形似雷同同的身影。

他放下那救生圈，傍着分道线，开始一路向起始的方向游去。也许是在水里待的时间长了，他这一次竟然感觉手脚协调了许多，只是一只手不敢松开，其余的躯体已经在水里一张一合地运动起来。于是这个庞大、灰亮好似一只银鳍鱼的游泳馆，终于见证了苏真理一摇一摆，开始会水的过程。

苏真理把泳镜拉上，松开了手，猛地吸一口气，然后把头没入水里，竟也就歪歪扭扭地伸开了自己，像一只章鱼似的，以曲线游到了岸边。整个过程他没多想什么，就想着，要游过去把崔玉晴的事情告诉雷同同。这水也并没有想的那么可怕，他抓住小梯子，硬是把感觉要抽筋的腿迈上了岸。光脚站在瓷砖地上的时候，才哆嗦起来。

“没事吧?”雷同同看着他说，眼神有点狐疑，“我看你刚刚好像游起来了。”

“对，对。”苏真理点点头，不愿意多解释，不知道该怎么解释——一个神迹，一个怕水的人，不经过系统的、按部就班的训练，就突然克服了心理和生理上的困难——“我觉得好冷。”

“那你赶紧到热水区泡泡吧，我马上也去，”雷同同努努嘴，示意浅水区对角线的那个小池子，然后他回头看了看那个黄色的钟表，还是静静地靠在墙边，“还有一刻钟，我们今天就结束了。”

原来离他第一次看时间，已经过了半个小时。苏真理心想，我要缓一缓。他扶着热水区的金属栏杆，脚刚一迈进去，就感觉到一阵热乎乎的暖意顺着小腿肚子溜上来，随着他把整个身子放进去，热气便将他裹得结结实实，消解了刚才腹部的寒意，却也莫名地有一种全身都背起沙袋的感觉，好像是在说即使是舒适感也是有压力的。

他学不会放松，而这个小小的热水区是给人放松的，可是在他刚刚游起泳的时候，他相信自己那时是放松的，忘记了不重要的事情。现在他却又忘了刚刚那是怎么一回事。热水区里，游泳健将们也都坐着休息，任水一波波地晃过胸膛，两只胳膊向后靠着。雷同同就是这么做的，他头发全湿，黏在鬓角上，已经微微闭上眼睛了。

苏真理喊了他一声，把崔玉晴先走的事告诉了他。

“好的。”雷同同的眼睛还是闭着的，见他这样，苏真理便滑到了他旁边坐下来。

“你认识崔玉晴男朋友么？”雷同同突然问。

“有印象，黑黑的，喜欢去健身房举铁。”

“叫包文，本来也是游泳社社长的。”

“你不是游泳社社长吗？”

“我和他都是，已经毕业的大四学长去年选的，要我俩一起当，说是什么锻炼我们合作的能力。”

“怎么从来没见他来呢？”

“他交了个韩国女朋友，每周六下午这个点，是学校韩语小组的学习时间。那个女生是交换生，教他们韩语。”

苏真理不禁往周围看了一眼，确认其他同校来的人听不见这里说话。

“他女朋友不是崔玉晴吗？”他几乎有点质问道。

“唉，”雷同同依然闭着眼睛，“他就是这样子。就像有的人移民到别的地方去，就忘了在自己国家娶过老婆了。”

苏真理觉得这个例子举得不太恰当：“包文是中国人，他也没跑到别的地方去啊。”

“都通的吧。”雷同同打了个哈欠。

“不管怎么样，这都不大对——不大对劲儿。”

雷同同睁开了眼睛看了他一眼：“有时候啊，苏真理，我觉得我越来越开始不知道什么是对的,什么是不对的。”

苏真理不知道雷同同为什么突然会跟他说这么一句话。他想起了祖蓝,想起了她蝴蝶一样扑闪扑闪的眼睛,觉得包文这样的人散发着一种臭味。

“你别看包文这样啊,”雷同同说,“那个韩国女生知道。”

“她不介意?”

“她可能也很——开放——吧。”

“崔玉晴不知道吧。”苏真理说。雷同同摇摇头。然后对苏真理做了一个无可奈何的表情。

两个人静静地躺在热水里没说话。有别人也往热水池里来了,打破了刚才秘密的边界。

一个小时的游泳时间结束了,苏真理在换衣室的洗浴隔间里冲洗头发,再把头发擦干、吹干,换上鞋子,灌了一大杯水,喝下去的时候,尝到泳池里的一股药水味儿在喉咙里。他漱了好几次口。

其他来游泳的学生也一个个出了自动门,他们鱼贯而入,登上面包车,学生司机开始点名,点到崔玉晴的时候,雷同同看了苏真理一眼,说她家里出了点事情,先回去了。学生司机在表格上打了一个钩。

这个学生司机是学校在学生里招聘的,有时候也会跟他们一块来游泳,今天感冒了,戴一个卫生口罩,眼睛红红的,好像在池水里泡过一样。他扭开收音机,是几首流行的音乐,然后他突然“啪”的一声关掉了,转头问:“听什么? 要不要听海顿的古典?”

没人回答。后座上的几个人苏真理都不认得。

“行啊。”苏真理答话说,然后鬼使神差的,他说,“你是数学系的吧?”

正在扭方向盘的人从后视镜里看了他一眼,“对。好,那就听海顿的《幻想曲》。”他说，果断地按了一个按钮下去，叮叮当当的旋律开始在车内飘浮起来。车子经过郊区的一片树林，转过一个坡道之后开始稳稳地行驶，苏真理将头向后靠去，觉得自己好像要睡着了。

就好像沉入水中一样，他渐渐游进了一个梦里。在这个真空里，他变成了崔玉晴的爷爷，有着白色的胡须，手脚都被链条捆着，嘴巴却焦急地在一张一合，想告诉她一些什么。

当车停稳在铺满石子砾的路上时，苏真理被车身一晃，猛地醒了过来。雷同同在和开车的男生热情地说着话，转头跳下了车。

“下来啊！”雷同同招呼他，“傻愣着干什么，人家小哥不要回去上课啊。”

苏真理很奇怪自己为什么没有梦见祖蓝，然后他想起自己从来都没梦见过祖蓝。也许因为她已经一直在我心里了。他想。

他和雷同同一前一后走在回宿舍的路上，经过草坪的时候，看见有人在烧烤。树下、台阶上三三两两有人坐着，闲聊着，好像太阳底下懒散的祭祀。两个人心照不宣地走过去，雷同同要了三串烤肉，苏真理要了一根玉米，闻起来有一点焦味。丢下游泳的装备，坐下来，开始安静地吃东西。

苏真理觉得阳光太狰狞，不禁眯起眼来，玉米没有烤熟，像青涩的稞粒一样难以下咽。他不禁猜想崔玉晴现在在哪里，是不是已经收好行李，请过假，搭上回家的列车了。他不禁念想崔玉晴的爷爷现在在哪里，是不是已经被装入棺材，推入火葬场，埋入土中了。他忽然领会到了自己今天会水的原因。也许因为他意识到束缚只在自身之内，而他周围这一个银灰色的游泳馆并没有那么大，至少，远远不如眼前的这一片白日。

营地钟声

夏令营租了军区的场地，鲁小沫和其他活泼蛮横、喋喋不休的男孩女孩一起排队等在门外。她望着军区深处的那座横亘视野的大山出神。阵阵草与藤的清芬，弥漫在人们的汗味之间。她想起来这里她是来过的，是学校组织的春游：她曾经走过这个军区的山路，爬过那些在小溪之上搭起的绳索网格，走过那些摇摇欲坠的木板（她记得有一个同学在走河上吊桥时一个没踩稳掉了下去，被体育老师捞了上来）。

这一次目的虽然不同，不是为了磨砺体力心魄使他们更为勇敢，但却有着比那更深的寓意。鲁小沫不知她能否闯过这一关，而现在，她只是单纯地被这有着兵荒马乱之感的野生环境吸引，这里的未开化意味着一种夏日天气里的解放。

带队的女老师胖胖的，是个台湾人，眉眼弯弯的，看起来很和善。

她跟着宿管老师一起踏上一级级石阶，往宿舍楼走去。

一共六张双人铺，和其他十一个女孩子一起睡在一个屋子里。她敲了敲床，深色的硬木头，虽然很朴素却干净异常。她在上铺，是最里面靠阳台的上铺。鲁小沫看到阳台外是大山里绿幽幽的植物，眺望到更远，就好像看到云都含在了树里似的。

管理十二个丫头的宿管老师张阿姨带着两岁的女儿，睡在鲁小沫的下铺。整理好了，鲁小沫就坐在上铺看书。其他女孩子打闹着来来往往地跑，她像一只走在地上的人们触碰不到的树懒。

张阿姨抱着女儿站起身，指着鲁小沫手里的书，问女儿："你看姐姐在看什么呀?"那孩子游移不定地看着鲁小沫的眼睛。鲁小沫把书伸过去："《偷书贼》。"她说。不知为什么说出这书名让她觉得有点不好意思，于是她加了一句："关于二战时期一个犹太女孩坚持偷偷读书的故事。"这话补上后，她便觉得心满意足，好像应和了什么她们当下在做的事情一样。

天色渐渐晚下来，鲁小沫在淋浴间洗漱，准备出去时，碰见一个女孩儿正在洗手池那里直愣愣地冲她笑。

鲁小沫也笑回去。那女孩儿很腼腆，长得小巧可爱，纤细瘦弱，笑起来有酒窝，像一片柳叶似的。从来没人对鲁小沫这样含有主动意味地笑过，让她觉得有些被盯梢似的不解，但相信那女孩源于善意，她也一笑，没有多说什么，就爬回床铺里，看着外面的山峦。

突然，隔着阳台的门被一个个子很高的女孩儿推开了，那女孩穿着薄荷绿的睡裙，黑色人字拖，有几个脚指甲涂得精光亮丽，头发长长地梳在脑后，眼睛像穿梭的小鱼儿一样机灵，整个人看起来十分飘逸。

"张阿姨，我们那边几点熄灯啊。"她进来问。

"十点，"张阿姨看了下时间，边哄着怀里两岁的孩子，"过一刻钟就熄了啊。"

“好嘞。”这个年纪大一些的女孩说，然后她瞥了鲁小沫一眼，“诶，你这个睡衣挺好看的啊。”

鲁小沫的手抓着书页，愣愣地说了句：“谢谢。”

随意赞美完她睡衣的女孩儿风一样打开阳台的门，关上它，飘走了。

熄灯前，张阿姨让睡在门口第一张床（正好是鲁小沫这张的对角线处）上的女孩说一段祷告文，那女孩长着方方的脸，神情严肃，拿掉眼镜，开始流利而负责地闭眼祷告。她一开始说话，鲁小沫就注意到基本上所有女孩也都闭上眼睛，大部分是跪着在聆听。于是她也如此效仿。她听到类似：“主啊，愿我们都有安详的睡眠，愿我们夏令营的开端顺顺利利，每个人都能获得新的知识……”最后所有女孩儿一起说了一声：“阿门。”

灯关了，鲁小沫拉上被子，感到十分安心。她安心，不是因为有睡前祷告，而是因为她在这里并不用面对任何结课考试、责罚、成绩比拼等等，而只是体验。没有对他们布置任何任务，没有让人睡不着觉的截止日期。不过后来，她却知道，其实还是有的，而且是个更为沉重的截止日期，像一个挂在人头上的大顶钟。比如，《启示录》的截止日期，弥赛亚二次降临的截止日期。虽然此种截止日期，总是乍一听比那种“下周要交这份作业哦”的截止日期，让人觉得更无关紧要些。

她一头睡去了。

大教室里的氛围，不如女生宿舍里活泼中带着静谧，而是有点蠢蠢不安，学生们一个个坐在座位上，如同在等待窝里下蛋。夏令营里教课的老师陆续而至，一共十几人。对夏令营的介绍，是第一天那个胖胖的台湾女人说的。她说得比较简洁，似乎因为看到全场还有那么多没到十岁的小孩子，觉得没必要在讲话上浪费太多时间。

引起全场注意的环节是，老师们显然事先排练好，在讲台前一字排开，以唱歌谣的形式介绍自己的名字。他们一个个先是蹲着，然后在歌声中挥舞着手臂站了起来，高矮不一，乍一看有些滑稽，却都面容自若，将自己的英文名字重复几遍，让所有人跟着念。

他们的歌声在教室里形成了一种安静的威慑力量，使孩子们都聚精会神了起来，除了前排一个七八岁的小男孩听得咯咯直笑。

这之后，便放起了英语的早操歌。琳达女士最为活跃，她叫全体学生站起来，教他们一起跳香蕉舞，以此来扫清瞌睡虫。有一对剪着刘海的孪生姐妹非常积极地参与着，被琳达女士火眼金睛领到了前面。于是所有人拍着节奏，看她们两个一个模拟香蕉仁儿，一个模拟香蕉皮，绕着圈子。教室里孩子极多，从七八岁到十九岁不等。曲终时，他们被安排到不同的教室里进行短暂的面试。

一个胖胖的外国人和一个眼神犀利的女人在等她。鲁小沫有点紧张地坐了下来。

“鲁小沫，Shelley……”那个女人在纸上记录下。然后他们开始用英语问她一些简单的问题，最后一个是：“和平与幸福，哪一个对于你更重要？”

她踟蹰了一下，不知道自己期待被听到的答案是如何的，虽然也许两个都对。“幸福。”她说。

“幸福，”那个眼神犀利的女人说，很认真地看着她，好像有些遗憾,“为什么不是和平呢?”

鲁小沫说:“和平是静态的,幸福是动态的。”她也不知道自己在说些什么。

那个外国人挑了挑眉毛。他们让她在下午两点钟到201教室去。

来到自己的教室,看到小黑板和新加坡人乔司走了进来,听到空气里窸窸窣窣的纸张声和别的同龄人转椅子的声音,与早上那些舞蹈相比,鲁小沫觉得松了口气。有的时候她觉得自己不喜欢的,如果成为自己所熟悉的,那么似乎也变得容易接受。这不好,这种习惯,是要警惕的。

新加坡人乔司说自己在读法律专业,他穿一件淡绿色T恤,高高瘦瘦,却不灵巧,走路的样子有些沉重,好像有一个比他重二十多磅的人,在他衣服里行走一样。他明明比他看上去瘦很多。他在黑板上写了各类英语单词,看他们认不认得。除了单词游戏,他就没教什么了,教室的气氛停滞在一种机械的一问一答之中。

课间休息的时候,鲁小沫扫视了一圈教室里所有同学的名片,在卫生间里冲她笑的女生,和带头做晚祷的女孩都在。那个夸她睡衣好看的高年级女生也在。

那第一个女孩叫秦博雅,第二个女孩叫吕挚,第三个叫舒文茜。腼腆的秦博雅和严肃的吕挚突然站起来手牵手去上厕所了,只有舒文茜还在座位上写写画画着什么。鲁小沫站起身来,晃到她位置前面。

“你在画什么呀?”她问。

舒文茜把手上的笔放下,纸转过来给她看。一个素描的长发女孩儿的脸，像日本动漫里的形象。

“挺好看的。”鲁小沫说。

“我见过你吧，”舒文茜说，“你几年级呀？”

“初二。你呢？”

“哎，我是姐姐啦，”舒文茜继续在纸上涂抹起来，冲她一笑，“我高二啦。”

看得出她很喜欢绿色。舒文茜穿着一条青绿色的长裙，质料很一般，长得垂到脚踝处，和一双质料同样粗糙的黑色凉鞋，头发里插了一个簪子。来自不同的省份，鲁小沫听出她口音的不同。她看着舒文茜气定神闲地坐在座位上画自己的漫画，好像对这里的英语、宗教之类的都不感兴趣，上课却也足够专注，于是便对她很好奇，很想问问她为什么来这个夏令营，不过老师进来了，只好作罢。

老师进来是发水果的，有苹果、香蕉、橙子，做下午茶吃。想起来早上那对跳香蕉舞的孪生姐妹，鲁小沫拿了香蕉。

咬着香蕉的时候，鲁小沫又想起来面试时候问她的那个问题。为什么选幸福比起和平就差了一点？难道因为想要幸福里含了不好的欲望吗？和平，和平难道不是一件很容易就可以达到的事情，幸福却是要花大劲去争取的。鲁小沫想不通了，等她再长大了一些的时候，她才像解开一个个毛线团一样，将这些词的含义滚了开来。后来那个时候她想：原来和平，是幸福和怨恨的中间点啊。但此时，她是不知道的。时间只肯慢慢地一点点展开来给一个人看那些原来看不懂的东西。

过了两三天，当乔司那一板一眼的英语单词考察结束之后，琳达女士和美国人贝塞妮老师来到了他们的教室。贝塞妮抱着一把尤克里里，在教室中间开始弹唱起来一首叫作《泉水奔流》的圣歌。她在胸口拨动琴弦，又从胸腔唱出词曲，好像一个扩音器那样振动在音乐声里。这首歌与他们早上被迫要听的体操音乐很不一样，曲调深沉，忽高忽低，每个词都被像蚕丝一样拉得很长，在贝塞妮的女高音喉咙里涌现出来。大家在曲终报以掌声。

琳达看起来很是满意。她开始给他们每个人发一张纸，上面是各类考察他们价值观的问题。鲁小沫开始在纸上圈圈画画起来。第一题，在十几个单词中，选择五个对于你最重要的：

"爸爸""妈妈""兄弟/姐妹""受人欢迎""朋友""金钱""成绩""健康""信念""出名""谈恋爱"。

琳达将营员们的答案收起来，当她全部看完，和他们一个个地交流。她问鲁小沫："为什么你圈了成绩呢？"

"因为成绩好对我挺重要的。"鲁小沫回答。

琳达看上去稍微有些遗憾，就像当她在和平和幸福之中选了后者时，那个面试官脸上露出来的表情一样。但琳达没说什么。她又问："为什么你圈了 Faith，信念呢？"

鲁小沫想了想。她知道对于这个夏令营里的人来说，信念是一件重要的事情，但是这个词，很容易成为一种使用者自己都无法理解的模糊词语。"因为信念可以给我力量，支撑我度过艰难的时候。"

"那你认为什么是信念呢？"

鲁小沫低下了头。"我说不清楚。"

琳达说："没事。"她们的短暂谈话结束了。

琳达给全班上课的时候，问道："爱是一种感觉吗？你们的答案是什么？Shelley，你的是什么？"

鲁小沫读到自己写的答案："不是，是一种能力。"

"为什么是一种能力？"

鲁小沫说："有的人有，有的人可能并没有。"怎么说了这样冷酷的一句话。

琳达有些愕然："为什么有的人可能没有呢？"

鲁小沫加上："我是说……没有的人，还没有发现他们其实有。"

琳达点点头转到别的话题上去了。这样的一问一答，让鲁小沫内心深处觉得稍有不舒服。说些什么"有的人能去爱，有的人不会"，几乎让她开始质疑自己是否真的属于前者，又能否去说这一个宏大的话题。这无法简单判断，一旦牵扯到爱这样绝对的事情，便不由得在心里种下怀疑的种子，怀疑自己是否也有残缺的、无法去爱的那一面。

世界作为一个概念，是一个暖巢，让爱这样的议题显得理所当然，而现实里，任何一个孩子开始踏入现实里，就发现事实并非如此简单，因此鲁小沫无法给出"所有人都天生就会爱别人啊"这样乐观的回答。如果她能给出，她反而要为自己的轻信担忧了。所以她要退一退，显得冷静些。

这样的问题结束，另一些问题，例如：

"感到快乐和拥有喜乐有差别吗？"

"如果我们无法控制情绪，有什么是我们可以控制的？"其他孩子依次去回答了。

"你多久感到不开心？"一共有六个选项，由"每隔几个小时就不开心”,到“一个月有一次不开心”。鲁小沫看到跳香蕉舞的孪生姐妹其中之一,对“每隔几个小时就不开心”,大大方方地举起了手。教室里有几个男孩子笑了。但鲁小沫想了一下,如何定义什么是开心呢?也许外向的人大大咧咧的那种开心与不开心,其实都是一种自在的表现,情绪像飞镖一样来去自如。而这与真正不开心,或者说,天性难以轻易就感到开心的人,是两个不同的世界。

琳达开始全权负责他们这个年龄最大的班。今天他们竟然讲到了二战时的道德难题,好像在应和鲁小沫枕头底下那本《偷书贼》。

“在第二次世界大战当中,希特勒带领的纳粹党歧视犹太人,并命令秘密警察把所有的犹太人都抓起来,送到集中营里面处死。假设你是一个金发蓝眼(非犹太人)的德国公民,你并不赞同纳粹党歧视犹太人的作风,并且你有一个很大的房子。你想要帮助犹太人,但是你也想存活下来,如果你被抓到违反法律帮助犹太人,你同样会被处死,并且你知道你帮助隐藏的犹太人越多,你的房子被秘密警察搜查的风险性越大。请参照以下表格决定你是否愿意把你家里当作犹太人的隐藏地点。”

发言环节,一个鲁小沫之前没见过的女孩子站起来,她一脸正气、马尾梳得又硬又长,在尖锐的颧骨旁边落下来。她说自己勾了保护100个犹太人(被搜查的概率是百分之九十九)。琳达表扬了她。这时旁边一个男孩子忽地发言,说他勾了保护一个,因为这样被搜查的概率小,才有可能真的救下人。琳达也表扬了他,不过没有表扬之前那个女孩的口气那样肯定——可能是她觉得,即使那男孩那样讲,由于他在假设的情况下都不肯冒太大的风险,那么在真实的情况下可能就一个也不保护了。

每天的午饭，他们都一起在军营的大食堂里吃。

琳达也在这张桌子上，就坐在他们对面。桌上都是军营里例行的中国菜肴，西红柿炒蛋、茶叶菇烧肉、炒青菜、蒜泥苋菜等等，还有一锅紫菜汤。坐在琳达身旁的是一个年轻美国人，眼睛湛蓝宛如一张海的碎片。他高高瘦瘦，但没有新加坡人乔司那种沉重感，只是那种最自然的挺拔和纤细。

他教营地里最小的孩子。

一开始他并不坐在这里，是琳达看到他便招呼他坐过来的。于是鲁小沫略惊奇地看着他，高高的个子像踩高跷似的，戴着棒球帽，越走越近，直到坐了下来。他叫汤姆。他拿起碗和筷子有些拘谨，不知道应不应该和大家一起夹菜，不确定这是不是共享饮食的方式。他坐得直直的，不敢吃。琳达不住地提醒他多夹一些，鲁小沫心里笑了。

她悄悄地在这一头不时地瞥汤姆一眼。他的神色像一个未经任何世事玷污的孩子一样清澈、饱满、自在，像一面帆在她心里被风扬开了。

在去踏青的时候，她便不住地往老师的队伍那里看，想看汤姆在不在，不料离得太远，她只能和自己班的同学，步子拖沓地走在后面。夏日的知了叫个不停，往山上走去，在枝蔓横生的野趣里却有几丝凉意，营员们穿着短袖，阳光像河流一样流淌在他们之间。鲁小沫走热了，看到舒文茜仍然穿着那条长长的青绿色裙子。

“你不热吗？”她问。

“不热。”舒文茜说，一只手去抹额角的汗，鲁小沫注意到她脸上抹得蛮白，现在都被汗弄花了。

“你为什么来这个夏令营呢？”鲁小沫终于问道。

“我爸妈信教，他们送我来的。”舒文茜说，“我自己还好啦，一般一般。”她指的是信教这件事。

“他们也没有特别地讲这个事情。”鲁小沫说，指夏令营里传教的事情。

舒文茜拧开矿泉水瓶子，喝了一口，没有回答。接着她问：“你喜欢 Cosplay 吗？”

“Cosplay？”鲁小沫反问。

舒文茜“嗯啊”了一声。

“还好。”鲁小沫说，走到别的地方去了。她看到汤姆那顶显眼的棒球帽一晃一晃地走着，觉得阳光的斑点也这样在她眼前绕得她发晕。

回到营地，营员们都陆续冲去洗澡，鲁小沫刚把头发洗干净，看见舒文茜包着一条浴巾，对另一个不小心经过她的女老师大叫了一声：“我妈在我小学毕业之后就没有看见过我的裸体啦！”她语气很亲昵，觉得被冒犯，但让人听了也没有觉得被责怪。

那个不小心看到舒文茜裸体的女老师笑了起来，好像觉得这个小女生对自己身体的自觉意识很有趣。她拎着自己的东西走入了隔间。鲁小沫认真地走去问那个女老师哪里有吹风机，对方立马客气起来，跟她说了一个宿舍楼的房门号，让她去那里问艾斯特老师借。

鲁小沫穿着睡衣和拖鞋在石台阶上走，穿过一个后院儿来到了那个宿舍，门是开着的，她看到老师们有男有女靠着上下铺站着，正有说有笑地商谈着些什么。她一下觉得有点不好意思，又想起自己头发湿漉漉地蓬乱在脸边，更觉得不知如何开口。所幸艾斯特这时正好转过身来望了门口一眼，鲁小沫一说完便爽快地把吹风机借给了她。

艾斯特老师是个个子小小的韩国女人，Esther，在《圣经》里是波斯王亚哈随鲁王后的名字，也有星星的意思。就像贝塞妮，BETHANY，是《圣经》里的一处地名。她感到他们属于一个她目前还并不知道的秘密团体，一种在其中生活了很久的传统，充满了一种朴素的欢欣。她有点好奇，站在门外顿了一下才走，好像一只趴在叶片上听大树年轮声响的毛毛虫。

那天临睡前，艾斯特来到了女生宿舍。她问她们一些问题，例如：耶稣是谁？他做了些什么？他有多少个门徒？鲁小沫注意到那个叫秦博雅的女孩子听得不仅很认真，而且眼神极为柔和，好像所有的疑问都不存在，都已经化在了她眼眸那宁静祥和的湖泊里。秦博雅的样子，好像表明她在内心深处强烈意识到自己与耶稣的联系，并且在信仰之中十分舒服。鲁小沫觉得信仰对于她，则更像一颗夹在缝里的石子儿，虽然一直在引起她的注意，却暂时无法跨过那缝儿掉下来，掉进完全相信的深渊。在信仰的路上，她像挑着担子走路，秦博雅像在河里游泳。

其实，秦博雅本身也正有“和平”那个词所蕴含的一切值得钦慕的含义，而随着鲁小沫长得越大，她便越是能辨别拥有“幸福”的人和前者的不同。她想起自己说过，幸福是动态的，而正是因为这种变动，它不恒定，它无法稳定地承受具有苦难和挑战的生活，无法在现实中数个难以预料的跌宕起伏之中持久。

山上的空气变得干燥起来，在开着空调的室内与室外切换仿佛是冰火两重天。鲁小沫现在常常在空余时间揣着那本《偷书贼》阅读，有时也跑到阳台上呼吸些热乎乎的新鲜空气，时不时看到隔壁阳台上的女生把袜子晾晒在衣架上，或者水龙头哗啦啦开着，有人正在洗衣服。

她去别的宿舍遛弯儿。走到另一间寝室门口，正好看到舒文茜一个人，还是穿着那青绿色的长裙子，正哼着歌儿在来回踱着步呢。舒文茜看到她似乎很高兴，招呼她进来，让她坐在自己那张床上。

于是鲁小沫坐下来，背靠着木头墙壁，看到舒文茜手里还拿着一根牛奶棒冰。舒文茜问她要不要去买一个。鲁小沫摇摇头。

“你知道我们明天下午有表演吗?”舒文茜问她，还是在宿舍走道里来来回回地以跳舞的步子穿梭。

“每个班都表演。我们要定一首歌。”舒文茜继续说。

舒文茜提了一首歌，问鲁小沫觉得怎么样。她说她已经问了班上另外几个人，他们都觉得很好。鲁小沫知道这首歌，是一首英文流行歌。她虽然没有意见，但觉得这种歌似乎不适合在他们营地的结束晚会上表演。但反正，最后一天就是给人开开心心，大狂欢一下，大概选什么也不大要紧。鲁小沫说:“好啊。”

舒文茜说:“今天晚上七点钟大教室里彩排哦。”

鲁小沫点点头，舒文茜依旧看起来很飘逸，涂着颜色的脚趾也很亮丽，鲁小沫却没有第一天见到她时那么被这个姐姐迷住了。如果说秦博雅那种放松、自然的神色，是因为她在她的信仰里找到了畅游的感觉，那么舒文茜则是在世俗生活的乐趣里找到了她的自由感。她们都找准了定位。所幸这个夏令营不是严格的教徒夏令营，更相当于感受氛围，没有任何严格的框框条条，不然鲁小沫不知舒文茜怎么能在这里，却还依旧保持着她在别处的习惯，并且因此自得其乐。这时候鲁小沫看见宿舍中间的床铺上竟然有一只脚伸了出来，便叫了一声。

“怎么了?”舒文茜问。

“我不知道那里有人……”鲁小沫说。看见一个女孩子坐了起来，手上还拿着本书。原来是那天那个说她要救一百个犹太人的女孩。脸庞长长黑黑的。

“嗨，你好，不好意思……”鲁小沫对她说。

“你好。”那个女孩也严肃地说。

舒文茜“扑哧”一声笑了。

鲁小沫站起来，向她走了几步，“你在看什么书呀?”

那个女孩把手里的书递给她看，余华的《活着》。接着她没多说什么，换了个姿势，继续严肃地埋头看了下去。鲁小沫就此告辞，舒文茜提醒她晚上去彩排。

下午是全体的活动，教室里人头攒动，贝塞妮老师和乔司老师打头阵，玩拍卖游戏。每个人手上都发了写着“100”至“2000”的一沓假钞票，孩子们争相踊跃购买电视机、冰箱、房子、鸟笼、钱包等等为游戏绘制的商品。鲁小沫在后面饶有兴趣地看着，直到教室里那些喧嚣声突然安静下来，她听见贝塞妮和乔司说:“现在，有一场战争销毁了刚才拍卖的所有东西，只剩下五件。”

孩子们一阵惊呼,不知道是什么名堂,都低头看看自己手里的钞票还剩下多少,谁还能买最后这五件商品。

只见琳达、艾斯特和另一个年轻的男老师,也站上讲台来,每个人手上都拿着一个牌子。

"还剩下什么呢?"琳达首先说。接着他们每个人将自己手中牌子上写的单词大声地念了出来:

"Joy(欢乐)。"

"Hope(希望)。"

"Faith(信念)。"

"Forgiveness(原谅)。"

"Love(爱)。"

"它们的价格呢?"琳达问。然后大家清晰地看到,每一个商品底下写的价格都是:"Priceless(无价)。"

收场的时候,鲁小沫帮着一起收低年龄孩子手上的假钞票,给了琳达。琳达问她:"你们决定好明天表演什么了吗?"

鲁小沫点点头,刚想告诉她,琳达笑着说:"先别告诉我,明天就知道啦。"

晚上七点,鲁小沫如约来到大教室彩排。舒文茜已经拿着话筒,拖着长长的、接着音箱的电线在教室里继续着她那翩飞的舞步,双胞胎姊妹中的一个则坐在架子鼓后面,手中拿着鼓槌。有一个男生坐在键盘后面,正在试音,另外几个在围着看着什么。

鲁小沫拍拍他们:"在看什么呀,你们?"

其中一个递给她一张纸:"歌词。你来了,那我们正好分一下词吧。”

除了负责乐器的人，其他人各分了几句歌词。鲁小沫看着那个弹着电子琴键，和抱着吉他的男孩子，觉得他们和双胞胎姊妹长得有些像，说话口音也有几番相似。原来他们班上有一半的人，都是同一个县城来的，在那里信仰，是爷爷奶奶辈的家族传统。所以，他们像是在例行公事之下来到了这个夏令营。他们不觉得信仰是一件新鲜、危险或者有奥妙的事情，恐怕对他们来说，只是像自己是中国人这件事情一样寻常，不需要多加考虑，就好像幼儿园时贴在额头上的小红花。而对鲁小沫，信仰则是一件抬眼看镜子时，就会激烈地反射到她身上的身份问题——她强烈地要去知道，这件事情对于她作为一个人的意义。她失望于见到他们显得对此不感兴趣。

“你为什么信教?”“因为我妈总是督促我去祷告。”

他们对乐器的运用很熟练，也很认真，脸上却总有一种木讷和漠然的神色。这种情况是：把贴在你身上的东西当作理所当然，却没有真正消化下去，同时又没有在别的地方找到自己的定位。这才是在头顶悬着一支虚无之剑，鲁小沫想。可以做一个像舒文茜那样喜好玩乐的人，像秦博雅那样真正信仰的人，可是唯独不能去做这种……

到她开口唱歌的时间了，鲁小沫试了两次音，都和钢琴声合不上，第三次终于对接上了。一群少男少女的乐声在教室里此起彼伏，舒文茜的裙子也呼啦呼啦地在地板上旋转着。天色已经很晚了，这个教室的天花板很高，使大面的窗户映射出窗外悄然降临的黑幕和婆娑的树影。唱歌的部分完了，伴奏的人还想再练一会儿。舒文茜招呼鲁小沫他们几个一起先回去。

大家微微打着哈欠，舒文茜把手搭在了身边两个伙伴的肩膀上，喊大家一起唱歌，是一首他们都熟知的中文民谣。男生和女生的声音交织在一块儿，将曲调与歌词娓娓道来。这歌声打开了他们脚下黑暗的路，一下子壮了胆，好像那冷淡而又危机四伏的黑暗里，蹿进了一团冒着光和热的年轻人的心火。黑夜不再向他们沉沉地压下来，反而被他们用手拨开了。鲁小沫也唱着，忘记了刚才排练时感到的一丝尖锐的疏离。

那是一次他们献给大自然的、无经彩排的稚嫩歌喉的杰作，除了他们自己，只有星星见证。并且，唱的意愿发生得如此偶然，一次只有一次，唱完便没有了。有人打开手电筒，他们拾级而上，男女生们各回自己的宿舍去了。

鲁小沫去了趟厕所，里面光线暗，有人在洗手池那里停留着。

原来是吕挚。她在彩排开始前也来了，但看了一下他们就走了。鲁小沫觉得她大概不想在众人面前表演。没想到她还没睡觉。

吕挚没有回头看她，鲁小沫却惊讶地发现她正在擦洗洗手池的台面，刚擦完了一遍，正在揪干毛巾呢。她不像是受罚做这件事的……吕挚向来负责认真，每天晚上还都是老师指认她带大家祈祷呢。她和秦博雅相像，都是那种从心底接受了耶稣，把他转化成自己待人处事的孩子。鲁小沫为她这种义务劳动感动，走出卫生间时，和吕挚点头打了个招呼，吕挚就站在秦博雅当时对她绽开笑容的那个位置，也回头与鲁小沫对视了一下。但不像秦博雅那时的欢喜甜美，吕挚的表情仍然那么严肃，还有一丝难以言说的纠结不安，和一丝抵触，好像在说：做好事，被你看见了，你如果觉得我是个很好的人，我反而更要谴责我自己为此感到的虚荣之心。

鲁小沫不知道该作何感受，夜已深，她悄悄推开宿舍房门，爬上床铺睡着了。

最后一天早上，每个人都在收拾自己的行李。鲁小沫在双人床上爬上爬下，终于把圆筒形的旅行包塞满扎好了。宿舍里，满是来回的脚步声、叠衣服的声音、去厕所取回用具的声音、塑料袋子的声音，而女孩子们自己的嘴巴却封得紧紧的，默不作声。这时候她们听见男生宿舍里一阵噼里哐当直响，好像有谁把自己的一袋东西全倒了出来，还有大笑声、半开玩笑的咒骂声（平时这声音是完全没有出现过的，也许因为最后一天了，便原形毕露），气氛和她们这里极为不同。

在下午的狂欢之前，还有一个小活动，和老师以抽卡片的方式聊一聊自己的信仰。鲁小沫分到了琳达老师。远远地，跑到了教室基地，看到琳达穿着一条搭了紫色薄外套的灰色裙子，正坐在教室外的长椅上等她，鲁小沫心里涌起一阵没来由地不舍。她几步跑到琳达身边坐了下来。

“好了，Shelley，不用紧张，这个游戏很简单，从我手里这几张卡片里，你选一张你觉得最有共鸣的。”在琳达胖胖的手指间，是几张不同的图片，鲁小沫视线一一掠过，看到一个人的背影对着蔚蓝的天空；一个人低头正在嗅闻一朵花儿；一个人在海浪之中冲浪；也有几个人的：例如几个人将手叠在一起，几个人在一起追跑，甚至还有颇具中国特色的几个人一起舞狮子的图片。

这些图片都没有人的相貌，只是一个人或者几个人的形象，置身于一个特定的环境之中。鲁小沫没有太犹豫，便指出其中一张。

琳达点了点头。那张图片里，有一个人正独自坐在教堂的长椅上，面对着前方教堂的讲坛、雕花窗户和十字架上的救世主。他背靠着靠椅，据推测，两手应该是相握放在膝头的。

“你能跟我说说为什么是这张吗？”

鲁小沫仔细想了想，她觉得那个人一定是感受到了神对于他自己之存在，也许是对一段经文流了泪，也许是梦到了神，也许是曾在某一刹那听到过神的声音，也许是在山穷水尽之时有神的大能将他拉起，他从此便愿意为神见证，这是任何人的第一步……她觉得，总是要先在自身之中有过某种确认，才可以进入同样信仰的群体，去行为出来……否则，便是盲信了。

“因为他在信仰中看起来很孤独，但是又很笃定，很宁静。”她简单地描述了一下。

琳达表示理解和同意，拍了拍她的肩膀，让她回教室去了。后面还有人在排着队呢，秦博雅从教室里走出来了，对琳达笑了笑。

鲁小沫这时才发现她对每个人都是这样笑的。

教室里没有了往日的秩序和安静，一片喧嚣，原来大家已经把键盘和其他乐器都搬到了他们这个教室里。抱着吉他的两个男生在教室角落里对着谱子争论着什么。舒文茜见了她，招呼她来排练。鲁小沫融入大伙儿的兴致之中，把自己的词唱好。

正在这时，一个身影从门口绕了进来，身杆细细的，穿着蓝色的上衣，褐色的头发上戴着一顶棒球帽。他直奔他们教室的键盘而来。

是汤姆。

键盘前正围着鲁小沫和另外几个唱歌的同学，因为没有插音箱，为了合准演奏键盘的人，他们都凑近了在听。这时正值鲁小沫唱完。

汤姆来了，显然不会说中文，对弹键盘的男生说了一句话，要借键盘用。于是他们暂时都哑了，看到汤姆对着手上拿着的一张纸谱，在键盘上灵巧地弹了几个音符。他的目光没有离开手上的乐谱和眼睛下的键盘。鲁小沫逮住了这个机会琢磨着他，觉得他像从清澈的水里升起的，在一种自守而娴静的自我里，又有一丝天真与顽皮。他整个人轻盈的感觉——是一种与乔司身上的沉重完全相反的。

虽然都是来夏令营教孩子的基督教徒，汤姆与乔司其他方面诸多的不同，决定了他们身而为人的不同。信仰在这个层面上看，也只是十分之一。

汤姆收起谱子的时候，抬头看了鲁小沫一眼。鲁小沫屏住了呼吸，觉得那一刻视线都模糊了，没有看清他的表情，只是意识里知道他注意到了自己。接着一瞬间，她的眼前又黑屏了，心里的一块被人偷了去。汤姆消失在门外。

聚会开始前，鲁小沫在耳朵里插上耳机，把她要唱的部分又听了好几遍。来到大教室里，所有的桌椅都给推到了一旁，不同年龄的孩子坐在桌子上，晃荡着腿，有的手里还拿着气球。他们班第一个表演，鲁小沫深吸了一口气，从后面的桌椅里把自己挪出来，跳上了前台，舒文茜和他们几个一一对了一遍目光，就在伴奏声中开始了歌唱。鲁小沫并不记得她唱的如何，那首音乐被他们演绎的场景在她的记忆里变得像是一个真空。

最终的副歌由舒文茜一个人拿下，唱得美妙动听而且十分自然，包含着她丰富的表情和肢体动作，她握着话筒走到了教室中间，那条青绿色的裙子摆啊摆，引得全场喝彩欢呼，好像每天早晨赞美着主的那些少儿歌曲，都被舒文茜他们唱的这一首流行歌曲给泼上新的一层水，擦洗了一遍。那些在一旁为这首流行音乐鼓掌的老师，好像在说，他们是在这个夏令营之外也有完整生活的人，而那一部分，恰好就在为他们这首歌的气氛鼓掌时，在脸上流露出来。

下台了，鲁小沫觉得有些失真，不是因为舞台上的紧张感一下子松懈下来，而是因为她觉得这些天的一切即将分崩离析。

汤姆带着最小的孩子一起表演了一首合唱，孩子们唱，他坐在琴键边上伴奏。原来他之前来试音是为了这个。很快，鲁小沫看到，几个班都一个个上台了……她看着有个观众席里的孩子拍炸了自己的气球，所幸那气球也快瘪了，没有伤到人，倒是把那孩子自己吓愣在那里。

最后是老师们的表演。一个大蛋糕摆在舞台前面的桌子上，琳达、贝塞妮、艾斯特她们依次上前，先是像表演话剧一样互相对着话，然后出人意料的，贝塞妮和艾斯特忽地各抓起一把蛋糕，直向琳达的脸上抹去，台下，所有的人一阵惊叫和大笑。一方面，糊蛋糕在脸上使观众们幸灾乐祸，但另一方面，又没有人会想到这一幕发生在这些老师身上。

接着，贝塞妮和艾斯特也向自己的脸上糊了蛋糕，所有的老师都上了台，互相往脸上糊着蛋糕，好像打雪仗时的猝不及防，却又因为是一场表演，而非自娱自乐，远比打雪仗奇怪……他们第一天一个个站起来介绍自己的一体性与令人愉悦的冷静消失了，此刻他们像是白色蛋糕拉丝所做的泥人儿，糊在了同一张纸上，变成了面目全非的皮影戏，全部都黏嗒嗒地勾连在了一起。

老师们在离别前有一些话要跟每个班上的孩子说，大家蜂拥出了大教室，在走廊上穿梭回班级，鲁小沫碰到脸上还糊着蛋糕的琳达。她的表情有点疲累，好像觉得很不适，飞速地走着去了洗手间。很快，她换了件衣服回到了教室里，贝塞妮也来了。

大家静下来。

琳达的总结问题是："在信仰的过程中，我们常常有觉得自己做得不够好的地方，想和上帝忏悔倾诉，你们中有没有人有这样的话想说呢？"

这问题使他们颇为愕然，没有人说话。吕挚举了手。

吕挚站了起来，手指牢牢抓着自己的笔袋，竟是语气带着哭腔说："我觉得我做得不够好，一直对自己不够严格，而且还常常有虚荣之心，对外在的东西很注意。"

这样的坦白使一种不太自在的空气流通在班级里。鲁小沫想：你悄悄地打扫大家公共的区域……你已经做得够好了啊。

吕挚坐了下去，鲁小沫看到她哭了，却又努力想遮掩自己泛红的眼睛，使脸色更为纠结起来。秦博雅给她递了张餐巾纸，脸上依然挂着那种淡泊、简单而又欣喜的表情，只不过现在又伴随着安慰的神色，在其他人的尴尬之中显得很成熟。

吕挚的家长是不是对她管教很严厉？鲁小沫想。又是信仰之外影响一个人的因素。

琳达开始给他们每个人发卡片，上面是手写的话。教室里一片静默，鲁小沫读着：我很喜欢你总挂在嘴边的那个浅浅的微笑……

你有在你年龄之上的睿智，担心我们的课程对你来说有些简单了……

她注意到贝塞妮在给舒文茜发卡片时，对她做了个手势，笑着轻声说："你是个很特别的孩子。"看上去什么也不怎么在意的舒文茜，好像一下子意识到了自己身上的什么事情，眼角低垂下来笑了，有些谦虚地摇了摇头。此时贝塞妮对她笑着说话的那口吻，正和那天舒文茜在卫生间里，碰到的那个女老师对她嗔笑的口吻一模一样，亲昵又打趣，暗暗在互相说着什么秘密，好像舒文茜是她们自家侄女。

这时，老师们端来几个盆和一个水壶，放在地上。胳膊上还搭着一条毛巾，卷起了袖子。

老师要给他们一个个洗脚。他们没有说这个仪式的缘由，后来鲁小沫才知道，约翰福音十三章第十节，耶稣说："凡洗过澡的人，只要把脚一洗，全身就干净了。"耶稣在那一章里给他的门徒们洗脚，因为他的道讲，最大的要做最小的，最先的要做最后的，躬身亲侍。

孩子们从桌子后面坐到了前面来，围成了一个圈儿，把鞋袜都脱了。没有人流露出任何表情。他们的高度配合几乎让教室里的气氛有些窒息，一个个看着琳达和贝塞妮从左边开始，一边往盆里倒水，一边开始给第一个孩子洗脚。鲁小沫坐在这个圆圈的中央位置，当琳达洗完了旁边几个孩子的脚，开始给她洗脚时，她哭了。

琳达继续用布擦干她的脚，并没有抬头看她，而只是继续着这项仪式，一个孩子到另一个孩子。鲁小沫边继续淌眼泪，边把鞋袜穿好。旁边几个孩子也开始红了眼睛，最后几乎整个班的孩子的眼睛都是红的，除了那个读《活着》的女孩子，咬紧牙关，自始至终没有流露一丝要哭的神情。

鲁小沫哭了，她觉得比起刚才他们糊蛋糕在脸上那件事情，洗脚这件事没有一丝在取悦的腔调，而是在世俗之间做一件近乎不可能的事。他们既要举办这样一场喧闹的结束派对，在那纷杂的欢乐过后，同时还谨记着要做洗脚这件事情，是无可奈何地试图在世俗之中铺出一条信仰的道路。这是不可能的事，是艰难的事，是无法浸透生活中方方面面的所有的事，是只能攫取一小份的事情。

如果她一开始以为灵性是轻盈的、诗意的，那它的另一面——在与信仰之外的事物抗衡时，是沉重的、有着枷锁的：她想起汤姆和乔司的不同，秦博雅和吕挚的不同。不是每个人的生活都可以渲染着信仰的柔和荣光，不是每个人都拥有可以使信仰自在地成长起来的环境，即使心愿再强，家庭、社会、文化的限制也如牢笼一般常常紧掐着翅膀不放……有的时候，这是外在的，而危险与可怕的则是，这黑影可能会扑袭入内在，使人常常处于信仰与世俗的搏斗之中，也无法再简单地面对自己：她想起要读法学院的乔司脸上的沉重，吕挚在卫生间里回头向她一瞥时表情的纠结。汤姆与秦博雅的轻松是极少数的。而这时，舒文茜的选择反而给了她自己一个相对幸福的出口……至于读《活着》的那个女孩、其他形形色色的少年，包括琳达、贝塞妮，则也处在信仰与自我的蓝图中不同的位置。

告别之时终究来临，教室里的十几个孩子踏着干净的脚，来到外面，在阳光下微微眯着眼睛，和老师们道别。互相拥抱时的力度那么紧，让她眼泪又涌了出来。

他们准备走了，后备箱全都关好，一齐上了面包车。这时候汤姆突然最后一个疾跑着过来，追上了已经在发动引擎的车子，很多人见此一幕都笑了。鲁小沫在心里祝他好。

那天晚上，鲁小沫不再睡在群山环绕的军营的上下铺里，回到市区的卧室里，她沉沉睡去，做了一个梦。她梦见她正站在一块棋盘似的平台上，面前有雾与大风，她听见钟声被敲响，于是抬头望去，看见远方的天空中有一个飘浮着的钟楼，像热气球一样。钟楼里一顶银色大钟，琳达、贝塞妮、汤姆等人，都站在那上面，向她挥手，好像有无尽的话语要传达，而她，则要尽快去听。

改　名

宁一珍招手叫出租车的时候，眼睛还是红的，刚和父亲吵了一架，夏日的马路上硝烟滚滚，她伸手又往斜挎的小包里摸了摸，确认身份证件和申请书都在。原本改名这件事情也和父亲宁书业商量好了，因为她父亲的警官公职，填表格也不麻烦，只是一直还没有带到公安局去。没想到今天吃早饭的时候，宁一珍还是没忍住又对母亲的事说了几句，惹得父亲拍了桌子，她一气之下把材料收好就飞速离开家里。宁一珍觉得自从父母离异，她生活的方式就像一只不断向前做后滚翻的刺猬，闭着眼睛逼迫自己进一步、再进一步。

一辆出租车从马路对过倒了过来，出租车司机摇下窗户问她去哪里，她说某某公安分局。打开车门，宁一珍发现后座上有个和她差不多大的男生，沉默地看了她一眼。

"正好顺路。"司机大叔嘟囔着，和宁一珍说，"你近，我先送完你然后送他。"

要在平时宁一珍肯定宁愿等一等，但今天她觉得算了，外面太阳刺眼，车里空调的凉风也让她刚才急躁的心情冷静下来。她关好车门，出租车开始稳速向前行驶。

“小姑娘去公安局啊，”那个男生依旧保持着沉默，而司机开始侃起来，“有事情办是吧？”

宁一珍“嗯哼”了一声，本不想回答的，但怕被误会是自己做了什么坏事，便赶忙说：“我是去改名字。”

司机显然没注意她回话，正看着后视镜准备换一条单行道。车里是短暂的沉默。

“改名字？”她邻座那个男生这时候说，“为什么要改？原来那个不挺好的。”

宁一珍好好注意了他一下，才觉得这个男生有些眼熟，白白净净的，戴着长方形的眼镜，头发乱乱地蓬在脑袋上，穿着一件白色运动棉T恤。

她愣了一下，“你怎么知道我原来叫什么？你是谁呀？”

其实彭子涵就是因为认得她，才叫司机停下来顺带她一程的。学校放暑假，他刚从宿舍搬出来，大包小包都放在后备箱了。在宁一珍妈妈做服务员的餐馆，他陪父亲去过，曾经看到宁一珍背着一个相同的斜挎包站在柜台后面，帮着收拾东西。他彼时坐在餐桌旁，看到窗外有小鸽子在啄食，头顶的灯泡摇摇晃晃，父亲在和宁一珍的母亲说着什么，他觉得心念俱灰，就转身离开了餐厅。如今已经过去一年，他也慢慢适应了家庭宛如水流分岔又重组的局面。其间他也升学，打篮球，搬到别处上大学，彭子涵常常感觉自己就横跨在一道承上启下的时间缝隙上，裂缝有时越来越大，感觉双腿都站不稳，有时会暂时缩减，让他缓过劲来。生活不可能回到过去，却在他心里也还没有过渡到可以释怀的未来。他不愿直接跟宁一珍打招呼，因为本质上他们两个人是完全没有关联的，没有关联的两个人硬被说成有关联，无论是他自己还是她，都会觉得生活是种无比拙劣的逼迫。

“我认识你妈妈。”他说。

“你，你怎么认识我妈？”宁一珍警惕起来，把自己包往身上拉了拉。

“我爸爸叫彭绍风。”他给了个线索。

宁一珍吞了口口水，不可置信地看着彭子涵：“彭叔叔？”

“原来你这么喊他。”彭子涵说，“我喊你妈妈陆阿姨，也差不多。”

“你怎么会——”宁一珍瞪大了眼睛看着旁边坐着的人——法律意义上她的哥哥。

“我也觉得很巧，”彭子涵吸了吸鼻子，出租车里的冷气让他想打喷嚏，“明明我今天放暑假回家打车，怎么就在路边看到你也在招手叫出租车。”

“太巧了。”宁一珍叹了口气，背往后座上靠了靠，窗玻璃上斑斑点点很多，并不干净。“但你怎么认得我呢？我们没见过吧？”

“我在你妈妈餐厅见过你的。”彭子涵小心地说，“我们没打招呼。你不记得我了，我记得你。”

宁一珍在脑海里慢慢将碎片拼凑起来，彭子涵那时的形象竟然浮现了出来：那个昏暗的午后，老板正放假收工，妈妈的同事要么在商讨薪水，要么在水槽边洗碗，她在餐厅后帮忙做些杂事，把叫号的牌子都用手摞进抽屉里，再用钥匙锁好。隐隐约约的，她好像看到在缓慢旋转的大吊扇下有一个男孩的身影，晒得棕色的手在敲打桌子，然后站起身来一溜烟跑到外面消失了。那天彭叔叔是去和妈妈商量两个人买房子的事情。就是那时候，两个已经离异的人正式决定要在一起的，脸上是欣悦的，就像一片礁石地里两颗唯一闪着微光的石子——她当时觉得妈妈比自己还年轻。

“那你肯定也姓彭了。”

“彭子涵。”她旁边的男孩向她伸出一只手。宁一珍没有伸过手去，对他笑了笑。彭子涵把手收了回来。

“你的名字挺好听。”彭子涵看向旁边的窗户说，“宁一珍对吧?”

“我不觉得好听。”宁一珍冷冷地说，“这是我妈给我起的，我宁肯不要。”

彭子涵听出来她有气，他最怕的就是她在这件事上有气，其实他看父母从小吵到大的这些年，理智上也想通了，他不在意他们分开，找到新的人。他和宁一珍是无辜的，他们并没有因此成为漂游的小孩。从好处看，甚至他们的生活里都各自多了一道木筏：两个爸爸，两个妈妈。只不过他还和旧妈妈住，而宁一珍和旧爸爸住，新妈和新爸把往日当作墙刷得很干净了，留给这两个家庭两把毛糙的刷子。

“我和我妈关系也不咋地。”彭子涵说，挠挠头，“不过不说了。你现在上高中吗?”

“我高中刚毕业。”宁一珍继续带着有点冲的口气说。

“知道大学要去哪儿了吗?”彭子涵问。

“上海。”宁一珍说，这回语气放软了下来。拿到这份录取通知书，是她很大程度上自由的象征，也就在这之后没多久她提出了改名字，她爸也就同意了。她想抹去在四川这些年压抑着的不快，尤其父母喊她“小珍”时的回忆。她不愿再听到新的生活里有人这么喊她，害怕这浪潮会从内地的城市追到沿海的城市，侵袭她的脚步。

“那离四川有点远啊。”彭子涵说，“我就在四川上大学，这不大一刚放假。”

“所以你现在是去哪儿？”

“去我爸爸家。”彭子涵想了想又加上，“也是你妈妈——你妈妈现在的家。”

出租车里响起了逃跑乐队《夜空中最亮的星》，司机听着两个年轻人的对话觉得很错愕，开车十几年了，没遇到过这种情况，不过他不喜欢多掺和别人的事，在后视镜里多看了他们几眼，干脆点开了收音机。彭子涵摇下车窗，车子转了个弯，透过彭子涵旁边的窗户，宁一珍看到她很熟悉的公安局，办改名证的窗口应该就在父亲办公的地方不远处。彭子涵很想问问宁一珍想把名字改成什么，但看她嘴硬，怕反而落得自己尴尬。

他抢在宁一珍伸手付钱之前说：“我们分半付。我也下车，我陪你一道去改名字。”

宁一珍瞪了他一眼。

“不到××小区了？”司机回头看着彭子涵，又瞥了宁一珍一眼。

“不到了，你接别人去吧。”

去公安局要穿过一条小巷，彭子涵一只手提着行李一只手拉着拉杆箱，走在宁一珍旁边。

“你干吗要跟我一块来啊？”宁一珍质问道，拉了拉斜挎的小包。

“好歹我现在也是你——你哥嘛。要是马上回家我爸问起来了，说我偶然碰到你，就不管你，自己走了，看他不骂我。”

宁一珍不出声地笑了一下:“这里好多叔叔阿姨我都认识,不用你担心。”她看了看彭子涵,“我爸在这里工作,他是警察。”

“办改名的警察?”彭子涵问。

宁一珍煞红了脸,“不是,他是刑警。”

公安局看起来很幽静,树叶在风里吹得飒飒地响,飘落在飞檐建筑的砖瓦上,大门敞开着,一只小黑猫坐在门口,尾巴呈S形挨着地面,警觉地看着与它视线持平的摩托车车轮。

“走吧,我带你进去。”宁一珍对彭子涵扬了扬下巴,在门口她和保安叔叔打了个颇为亲热的照面,看来她爸爸的确一官半职,在公安局是个人才。

没想到还要爬楼梯,彭子涵吃力地把行李一级级抬了上来,跟着宁一珍走在二楼的廊道里,经过一间间办公室,还是古代的雕花玻璃窗和红色的门檐,公安局竟然选了这么别致的建筑做办公楼。

宁一珍推开一间办公室的门,“把你东西放这儿吧。”

彭子涵一瞧,这里哪里是办公室,里面有一面大镜子,一大块银白色的剪发遮布铺在一个可升降的座椅上,地上还有些头发没被清扫干净。有个剃了平头的小年轻从沙发上站起来,喊宁一珍小珍,一边眼睛还不忘紧盯着手机。

“这是我——表哥。”宁一珍朝彭子涵努了努嘴。小年轻扫视了一下彭子涵点了点头,然后低头仍然继续看着手机。彭子涵看得出今天公安局里很清闲,基本没什么人。

“理发间?”他把行李放下来,问宁一珍。

宁一珍没给他个肯定的答复,只是上上下下打量了一下他,“你要不就待在这儿剪个头发吧。我下楼去改名的窗口自己把事情办了。”她转向那个小年轻，“小钟，你帮忙给我表哥理个发啊好?”

那个叫小钟的年轻人好歹把手机收了起来，对着宁一珍点了点头，颇为机械地到洗头池放起了水。“剪短点就好。”宁一珍最后留下句吩咐说，拉着她的斜挎包飞出了门，彭子涵还能听到她下楼的脚步声渐渐远去。

彭子涵稀里糊涂地就洗干净了头，坐在圆椅子上，小钟帮他把椅子向下调，直到他在镜子里看到自己湿漉漉的头发和有点发白的脸，正好出现在镜子边框上面一些。小钟的剪刀咔咔作响，开始用手指夹起他的一缕头发，估量着，打算往下剪，彭子涵终于忍不住问:“为什么公安局里有理发店啊?”

小钟笑了，“这是警官的福利。”

“哦，”彭子涵似懂非懂地点了点头，不知道警官还有这种福利，难道是为了仪表看起来更利落清爽? 也说得通。“宁一珍——小珍她爸爸也经常来剪头?”

“不经常，”动作麻利、声音方言很浓的小钟重音了“经常”两个字，“宁警官人比较忙哎。”

“经常有案子要办是吧?”

“刑警大队队长，能不有案子办吗?”小钟唰唰两剪刀，又剪去了彭子涵后脑勺上两撮黑发，“今年过年基本都在带队追那个犯罪分子王启龙，新闻里当时报道得沸沸扬扬，最近案子收尾了。你不知道吗? 你不是小珍她表哥嘛，家里人都知道吧，过年宁警官又回不去?”

彭子涵咽了咽口水，思虑着要不要说实话，说“同父异母”“同母异父”肯定不对，“法律意义上的兄妹”听起来又很奇怪，“小珍妈妈和我爸爸结婚了"说出来又太亲近，而且不知道这么一来，小钟还给不给他理发了，或者说不定给他理得很邋遢。于是，他就"嗯嗯啊啊"了几声，盯着自己镜子里的发际线出神，所幸小钟也忙着关注他的头发，闭上嘴不唠嗑了。彭子涵努力回想今年过年时自己在哪里——和新认识的大学朋友玩了一周，和母亲回老家见外公外婆，而父亲回宁一珍的妈妈陆绢阿姨的老家了，他只在电话里听到了他爸的声音。那么宁一珍要么就是和陆阿姨以及继父一起见了外公外婆，要么就是和她亲爸待着的。从他在出租车里提起自己父亲时，宁一珍颇为生疏的脸庞看起来，她应该没怎么和彭继父相处过。那么如果她和亲爸住，宁叔叔又这么外出工作，她很可能一个人度过了一个寒冬里的春节，还恰好是高三时的春节。

大概常常独立生活吧，怪不得性子这么硬。彭子涵想。

头发修好了，擦干吹干，拿走了遮布。小钟瘦瘦的身板又陷回了沙发里，盯着他的手机。彭子涵问多少钱。小钟一开始没听清。理发多少钱，彭子涵又问。

"不要钱啊，"小钟看了他一眼，好像他很滑稽，"这是我工作。理发是警局的待遇。"

"可是我又不在警局工作……"

"你不是小珍她表哥嘛……"小钟带着一种无所谓的拖长腔调又说了一遍这句话。

彭子涵觉得算了，把手提行李和拉杆箱都拿起来，"我不是宁一珍她表哥。"小钟愣了愣看着他，彭子涵往门外走去，夏日的热风蹿进了他削薄了的头发里，"我是她重组家庭的哥哥。"

大包小包的，楼梯依旧很难走，上坡累，下坡亦然，彭子涵像只大闸蟹一样一歪一扭地往一楼走，寻思着宁一珍改名字的事办得怎么样了。他有点担心她把他丢在这儿了。

到了一楼的大院里，彭子涵看见一个人影，松了一大口气。宁一珍正坐在靠墙的一片小竹林旁的石头上，手依然紧紧拉着她的斜挎包，腿直直地并拢着，坐得很端正，像个训练有素的兵。可是与她警觉的姿势相反，她的表情则似乎一个陷入了迷惘之中的人。风吹得她耳朵边的头发飘着，她嘴唇有些歪斜，眼神发直，空洞地盯着太阳投影到地上的某个斑点。

她看上去不大开心。不过她是在等他。

彭子涵上前问："名字改好了？"

宁一珍看了他一眼，没说话。两个人僵持了几秒钟，她说："今天改不了了，今天不办公。"

"没提前在网上确认一下办公时间啊，"彭子涵想安慰她一下，"真不巧。"

没想到宁一珍眉毛拧起来了，有些气馁地看了彭子涵一眼，好像是他导致改名的办公窗口今天不工作的。其实她是不想让自己看起来鲁莽或笨拙，或者说看起来无法推动她自己的选择，显得像只井底之蛙。并且，她发觉虽然彭子涵和她境况相同，却明显活得更轻松一些，她因此感到一丝无助，不知道他的秘诀是什么。对于她来说，对于幼年生活总是困于大人选择的她来说，她无法推动的事情愈少，愈能让她感觉幸福。今天无疑是个失败的例子——应该司空见惯的承受下来才对。也许她给自己时间沮丧，是因为面前突然多了个或许可以与她感受相同的人。

彭子涵不知道宁一珍在想些什么，感觉胃里咕咕叫了起来。一看时间已经十二点了。

“你不回家吗？”宁一珍突然对他发问，“你不是还要回你爸和陆阿姨家吗？”

“你也喊你妈陆阿姨？”彭子涵跟她半开玩笑道。

“当然不，”宁一珍说，她头扭向了一边，“我都好久不和她说话了。”

“这么严重？”彭子涵问，“我去年还在你妈妈工作的地方看见你帮她忙呢。”

“那是老早之前了……”宁一珍说，“那时候她还没有和你爸结婚。”

“你不怪我爸爸吧？”彭子涵问。

“我谁也不怪。”宁一珍又凶了他一眼，从石头上站起身来，拍了拍身子上的灰。

“这个点了，”彭子涵建议道，“我们要不一起去吃个午饭？”

宁一珍看了他一眼。

“要是你想回家和你爸一起吃午饭也行。”彭子涵说。

宁一珍又看了他一眼。“走吧，走吧。”她说。“把你行李看好——你也不嫌累。我认识旁边的饭馆。”

来到一家小店门口，他们一起抬头看着张贴在外面的菜单，彭子涵没看她，说：“还没谢谢你呢。今天午饭我请客。”

店里人不多不少，他俩选了一桌靠墙的座位坐下来，彭子涵放下行李，伸手抽了几张纸巾擦汗。他觉得应该给爸爸打个电话。他并没有忘记这回事——告诉爸爸自己晚点儿才会到家——只是不知道该如何在电话里说。开门见山？我碰见了陆阿姨的女儿——也是你的“女儿”，我的“妹妹”？他构思着该如何开口。再不打肯定不行了，虽然父子关系生疏，一直倒也客客气气的，彭绍风既不会像心切的老鸟一样等儿子归家，也不至于完全忘记儿子今天暑假回家这回事。彭子涵看了一眼对面的宁一珍，想着要不要和她说这件事。宁一珍之前不平稳的气息安定下来，正攥着筷子随意打量着周遭——彭子涵发现她很喜欢紧紧攥着一样东西。

“打个电话。”他对宁一珍点了个头，听到手机里叮叮咚咚的乐曲响起来，嘟了几声，通了，“喂——老爸？”

对面宁一珍的眼神霎地扑到彭子涵的手机上，挑着眉毛看他。彭子涵见势站起身，对着宁一珍指了指自己的行李，捂着手机跑到门外去了。站在树的阴影下，他努力听清父亲的声音。

“子涵啊？”彭绍风的声音，“你今天几点回来啊？”

“我在学校收拾东西弄迟了，”儿子回答，“现在在外面呢。我吃完午饭再打个车回去。”

“行，随你。”对面的中年男人显得不是特别在意，“你路上小心就行。”

几句话之后挂了电话，彭子涵回到桌子边，一人一盘盖浇饭，已经端上来了，宁一珍正一勺一勺地吃她那份，看得出已经很饿了。她估量到彭子涵在电话里一定没说实话，否则面色不会这么寻常。她觉得不止她和他之间有一面玻璃墙挡着，彭子涵和他爸爸之间有一面玻璃墙挡着，她和自己母亲之间有一面玻璃墙挡着，这一面玻璃墙会在不同的人之间移来移去，甚至更糟，它就伫立在每任意两个个体之间。想到这她就吃得更猛了，差点呛到自己。

“慢点。”彭子涵说，拾起勺子。“我和我爸说过了，你不要和你爸说一声？”

“他不管我。”宁一珍斩钉截铁道。

“我觉得你和你爸关系一定还不错的，”彭子涵说，“你看他单位的人和你多熟络。”

“毕竟我妈已经走了，我只有他了。”

彭子涵也吃了几口，“我们聊点别的吧。”

“聊什么？”宁一珍暂时停下咀嚼，看着他，“好好吃饭吧。”

“你想好到大学学什么了吗？”彭子涵问。

“生物化学。”宁一珍说，埋头对着盘子。“你在学什么？”

“社会学，也在上一些新闻传媒课。”

宁一珍没回话，但彭子涵感觉到讨论未来（而非压在他们头上的四个大人），让她的心情变好了。这么一个性格别扭的女生，也能静下心来在实验室里搞理化实验？他觉得很有意思，那就干脆顺着她的意思，不聊家人了，虽然他觉得在他们两个之间，不去聊这件事情就是一种对生活终极的回避，所以即使这使人不适，也应该去试一试。

“你妈妈——”宁一珍突然话锋一转，“你妈妈是个什么样的人呀？”

彭子涵觉得怎么跟她说话像打牌一样，扔出来的花色都出其不意，一会儿背运一会儿中彩。“我妈？”

“对啊。我连你妈姓什么都不知道。”宁一珍说，吸了吸鼻子。

“我妈姓季，季节的季。”

“你暑假不回她那去？”

“我都和她住了好久啦，放假了还没到我爸那去过一次。况且，不是我抱怨啊，我妈妈烧的饭实在是……”

“很难吃吗？”

“不是难吃的问题，她不吃肉。”

“素食主义者。那还挺健康的。”

“她不是出于健康，她是个佛教徒。”

“佛教徒？”

“你不会连佛教徒也不知道——”

“当然知道。我只是没在现实生活中遇到过。”

“那好了，现在你面前就是一个佛教徒的儿子。”

“你妈妈不烧肉，你不能自己烧呀？”

“你不知道，她不能闻肉的味道，这在一个屋檐下很难操作啊。我跟她吃，又经常吃不饱肚子。”

“彭叔叔呢？不信教？”

“他信什么教？”彭子涵摇了摇头，笑出了声，“你不知道他教什么？”

“我妈只告诉过我彭叔叔是博士毕业，还是大学老师。”

“他教马克思主义。”彭子涵压低了声音说。

“哦——”宁一珍似懂非懂地回应了一声，“信教违纪是吧？”

“也不止因为这个。他本身也对佛教不感兴趣，他有他那一套马原哲学。”

“我爸妈不是因为这些。”宁一珍顿了顿说，“他们就是总为生活上的事吵架，都觉得对方做事出发点不是为了彼此，觉得对方更自私。”

“我爸妈也吵架啊。看起来是释迦牟尼和马克思的区别,其实是一个吃肉一个不吃肉。”

宁一珍“扑哧”一声笑了。“你妈妈是不是觉得你爸很不善解人意?”

“何止。她觉得他思想大条,缺乏灵性。”

“我妈妈可不是这么认为的,”宁一珍摇了摇头,“她可仰慕你爸爸了。”

“我爸爸也不认为你妈妈生活上自私啊——完全相反,他觉得你妈妈做菜手艺特别好。”

宁一珍低下头咬了一口面条。“那他俩是配到一块去了。”

“是啊。”彭子涵长吁了一口气。“你难道不觉得有时候这样也好,省得家里天天吵得鸡犬不宁……”

“虽说是这样——”宁一珍脸上又换回那种她在树荫下坚毅而空洞的神色,“毕竟是和我爸处了那么多年的妈妈,生活都是一起操持起来的。”

她看了一眼彭子涵:“我不知道你爸妈在这方面的感触是什么。”

“你的意思是?”

“算了。”宁一珍说,像赶苍蝇一样对彭子涵摇了下脑袋。

“我不知道啊,”彭子涵说,“我只知道我妈现在也挺开心的。她都在见叔叔了。我可能也要有两个爸爸了。”

“她要再婚了?”

“可能快了吧,那人也是个佛教徒哦。”

宁一珍把盖浇饭的菜全吃光了,饭留了一堆。店里的小二正端着盘子走来走去，白瓷砖地上反射过来的阳光晃眼睛，门外一辆没有主人的摩托车鸣响了两声，她看得出彭子涵有些累了。她也觉得累——第一次和一个刚认识的人说了这么多的话。她觉得彭子涵对生活的概念是灰蓝色的，像架在一条河上的高铁的那种灰蓝，中学教室讲台桌的那种灰蓝，鸽子头上羽冠的那种近乎白色的灰蓝——他是轻盈的，是不会被已发生的事拖住脚步的；他是出离的，可以放过生活的。就好像在一支长绳队里，他不是那个紧张地跳着绳子的队员，而是甩着长绳的那个——这是他的秘诀。

彭子涵把账付了，宁一珍没有拦他。两个人没再说话，彭子涵一手一个行李搬到了门外，眯眼瞅着头顶的太阳。

"要回去了吧。"他对宁一珍说。

她点点头，两个人往马路边走，打算打车。一个回宁爸爸家，一个去彭爸爸和陆阿姨家。彭子涵打开手机里的滴滴打车，刚准备点下去，转过头问宁一珍："我们两个还是打一辆吧？"

"这——"

"这样比较方便。"

"行。"

马路上各种汽笛声此起彼伏，两个人找了一处树荫下待着等车。

"你爸爸——"宁一珍突然蹦出来这几个字，"你爸爸到底是个什么样的人呢？"

彭子涵愣了愣："你见过他吧？"

"是见过，感觉挺严肃的。"

“其实他很平易近人，”彭子涵说，“你可能以为我小时候他天天给我讲大道理吧？其实他最喜欢带我去郊游，还经常捡蘑菇。”

“捡蘑菇？”宁一珍觉得好笑。

“对啊，当个小风车一样的，在手里转儿，逗我玩。”彭子涵说，“不过这都是我很小时候的事情了。”

“后来呢？”宁一珍问。后来难道父子关系不好了吗？

“后来？后来就这样了呗。”彭子涵笑了笑。

他们打的的士绕着路急速驶来了，彭子涵在把两件行李推入后备箱的时候，疑虑自己今天在路边看到宁一珍的时候，是否应该喊司机停下来接她一道——他并没有他自己认为的那样，对一切都已看得很轻易，也许就因为根本并不，他才会一眼就在马路旁认出宁一珍。他想在她面前表现出哥哥的样子，但愈是去拆解、分析、理解父母的事情，愈是把它当作一个社会学样本，愈是觉得自己心头好像如鲠在喉。他也不知道马上该如何面对陆阿姨。不过至少他知道该如何面对父亲——像往常一样，客客气气——但现在，他还真的可以吗？

上了车，宁一珍感觉到彭子涵有心事。

“你不会想到要见我妈妈觉得紧张了吧？”她问。

他笑了笑。“你妈妈到底是个什么样的人呢？”

“我跟你说过，我已经好久不跟她说话了。”宁一珍微微别过头。

“这不妨碍你知道她吧。而且，今天比较特别……”

“怎么特别了？”

“我们俩碰巧遇到了啊。而且我都跟你说了我爸了，你也可以跟我说说你妈吧，毕竟，现在也是我妈——”

出租车司机在后视镜里打趣地看了彭子涵一眼。

"好了,好了,"宁一珍说,"我说就是了。"

"我妈年轻的时候一直忙着打工,她换了好几个餐厅,一个干不成到另一个,就这样跑了几座城市,直到在四川碰见我爸爸。即使后来我出生,她也依旧很忙,想着给家里多挣点钱。所以,她基本没有怎么管过我。

"我小时候很皮的。在学校里,我和男孩子打架,把一个同学的鼻子打出血了。那个同学的家长来闹,我爸跟大队出差去了,不在家,只好我妈妈来学校,她给班主任下了跪,求她不要开除我。

"从那以后我就不敢再和同学干架了。我一直好好学习,父母不能帮我,我就在学校里多跟老师学。高考的时候,报了上海的大学。几个月前,录取了第一志愿。

"我并不是不感恩我父母。你知道吗? 但这一切,的的确确是我自己学出来的——他们不能在学习这一点上给我任何支持。在我妈妈下跪那天,回家她跟我说,'能做的都帮你做了,你就自己看着办吧。'

"我妈妈能做什么? 她只能帮我去做这样一个放低自己姿态的举动。很多时候,我宁愿她当时没有那么做。"

宁一珍说完了,她的每个字都好像是从绞肉机里吐出来的,她的下颚似乎在发抖。彭子涵有些惊愕于她那艰难织成的坦率。出租车司机调低了收音机里的新闻音量。

"你一定很爱你妈妈吧。"彭子涵悄声说,"所以你才——"

"爱或不爱,或者其他复杂的感情,又有什么用呢——能让她回来吗?"

男孩儿沉默了。对于这个问题,他任何的说辞都无法真的于她有益。她在这事上是彻底的悲观。也许在一年的大学生活后她会不这么激烈?就像他现在一样——是的,一年后,她也会像他现在一样——并随着时间一点一点,将那盆水的重量减轻。

车子转了一个弯儿,减缓了速度,到了宁一珍父亲家的小区门口。

宁一珍深吸了一口气:“你会跟我妈妈说我们今天见到了吗?”

“我没想好。”彭子涵说,接着他忽然意识到了什么,“但要是你想说,我就会说,你不想说,我就不说。取决于你。”

女孩儿犹豫了一阵,司机的表盘在嘟嘟地响着,好像也并不急,最后她说:“你跟他们说吧,也没什么。”

“好。”他答应她。

宁一珍把斜挎的小包往身后拉了拉,推开车门,这时候彭子涵喊住她:“诶,宁一珍,你的名字!”

她回头看了他一眼:“名字怎样?”

“名字还打算去改吗?”

她笑了:“你也不问我为什么要改?”

还有为什么呢?彭子涵心里想。我当然理解你。

司机回头看了眼彭子涵:“小伙子,还走不走了?”

“走的,走的,就两句话。”转头,他看向在额头上伸着一只手挡太阳的她,“我现在只好奇你还想不想改。”

“小伙子别耽搁啦。”司机又回头瞥了彭子涵一眼。

宁一珍用力把车门合上了,车轮子又缓缓地开始转起来,彭子涵急忙把车窗摇下来。

“再见啊!”他喊。

宁一珍的嘴向一边瘪着,叉着腰站在路边,好像一边在进行激烈的思想斗争,一边在嘲笑自己的大惊小怪。不过,在车子完全开动之前,她冲他清晰地喊道:“我不改啦。”

彭子涵在车窗里笑了,车子开起来,带他去往那个新家,无论姓甚名谁,都是一家人了。

罗马书

陶逸还记得在毕业那一天，许多人喝得酩酊大醉，好像找到了借口，喝酒为这最后的庆典这是值得的，虽然平日里也并不是戒酒的清教徒。人们总是痴迷于拍照，虽然拍下来的那一瞬间便是已逝的，每一张都在记录人生命的有限。在台阶上是散落一地的照片：拍了课本、饮料、凑在一起的女孩子的脸。阳光像薄荷粒一样洒在照片上，清凉而刺眼。陶逸戴着学士帽，告诉自己选择商业是明智的。被周围所有人祝贺的选择。

多年没有回国，此刻父母也觉得很放心，女儿是走了些弯路，但像投币机一样，现在奖品终于出来了。她跟自己说，这么好的商学院，不应该难过。但她所在意的东西，没有被她亲手撕毁，也只能作为边角料继续延续下去，好像在桌布下铺的一层塑料纸，读了四年的历史学由主变次。第一年，她在历史叙事里感到了舒畅与自由。第二年，历史开始与政治牵扯。第三年，感受到研究具体历史问题所赋予人的权利。第四年，这种权利在图书馆的资料里变得太狭小而孤寂了，她自己也感到了恐慌。同专业的一个男孩儿仍然要当历史学家，去申请他的研究生了，而她却发现自己无法这么做。那时候，她才意识到自己喜欢的也许只是这人文学科的魅力，而非它本身。尽管她聪明，考试一向得分高。

对她更重要的是想象着一个说得出口的工作，这份工作不是历史学家，那样她将没有真正的一席之地。她要一个工作，它有更为确定的形状，可以在一步步爬上阶梯后掉进怀中。但她的脑海中还是不自主地给这条路做一些浪漫的想象。她需要把那些只闪烁一瞬的光芒放得高一些，这样当她在低谷的黑暗里默默摸索时，便会记得有奖品酬劳。为了在真实的事物里游刃有余，她需要感受到非真实性的东西，保存在学习程序中的情感动力。她需要记得在这掐班掐点的生活背后，仍有她以前桀骜而欢闹的那些情调。她找着，想在现在的生活里仍然拥有那样的东西。

飞机降落的那天，落地，她的双脚成为一个坐标点，在她走的路后，拖了属于她的颜色的人生彩带，隐形而燃烧，试图融化这里的雪。院校们仿佛一个个袖珍模型，一字排开，透明的玻璃上落了雪，屋顶和大地的颜色与厚度一样，都是悄无声息的白。她有她那栋楼的学生卡，还有小小的钥匙。但她常常怀疑自己仍是本科时代的样貌，小而手无寸铁，即使多了一把钥匙也依旧如此，仍然需要独自踏着大雪去吃一碗面，占着一块儿座，拥有一件足以御寒的外套，把双手搓热回到公寓的晚上，将作业一项项地列下来，关灯睡觉。但是这些是她隐秘的生活感受，当周围人想到陶逸时，多是在为她任务繁重而滴水不漏的作息表惊呼，说她对自己的要求多么严格——这是愈往上走愈要感到轻松而付出的代价，一价换一价，陶逸觉得如此一来，未来扼住喉咙的弱小之感便不复存在。

还有一些游离在她生活里的男孩子，本国或异国，她也处理得很好。他们彼此界限分明，知道互相需要的是什么。有时候是温存，有时候，一个在她看书时给她削水果的人，一个跟她聊聊自己的旅途的人，让她不至于觉得自己年轻而沸腾的情感无处安放。没有超过三个月的关系，偶尔也会和某一个去看看话剧，握手，亲吻。在一个人的时候，她常常觉得他们面目可憎，想要一推手，将他们的面庞摔下台面。

商业开始成为她赖以在世上生存的铠甲，包裹着她内心深处感到的空寂伤痛，而生活其余的一切没有善恶之分。她觉得自己总是还在模仿什么，模仿商业人士的口音，披着大衣的内壳下还是那个曾经抱着历史书籍的小女孩。

她觉得更重要的是要披上此刻身份的外衣。她从未后悔自己放弃了历史，选择了商业，即使有过，也无人会知。

走进女朋友慈溪的公寓时，她的头发还沾着染发剂的味道，这次是淡蓝色。自己住处的马桶里都被她染蓝了，才拿起手机发现超过了六点一刻，赶过去要六点半了。慈溪学社会学，永远是中分的黑色长发披肩，淑雅又利落，皮肤黝黑、笑容爽朗近乎东南亚女孩，正跪在茶几边上摆水果。陶逸探头看到厨房里有几个人笑笑闹闹的，正在包饺子，她上前和她认识的一个女生行了一个法国式的贴面礼，两人哈哈大笑。

锅里的芹菜肉馅散发出一种凉凉的腥味儿。这里只有女孩子，慈溪不邀请男孩子去她的派对。其中一个穿橙红色裙子的女生，在教育学院读硕士，会跳拉丁舞，嘴唇薄薄的，说话时像是在吹一卷叶笛。陶逸觉得她们都是美的——女朋友们常年读书散发出一种迷离气息的脸、白房子外的旗帜、一辆刚刚洗刷过的车子边发亮的石子砾、星期日的合唱班落进耳朵里的每一个音符。美是不需要去思虑的东西，一层落在余晖中的薄纱，可以探入看一番究竟，离开也很轻松。与更为沉重的真实与善良毫不相干。

在教室里，她们像一众西方斑雀里几只黑色的雕，跨越过本土昏长而可怖的教育坐在了这里，但当中国人碰面时，却仍然有那种阴影在盘旋。此刻，世界上最幸运的一群女孩子，回头已经没有必要，陶逸感到她们会聚一堂时，天穹是开着的，有几个天使在两旁吹号角，不该有的恩赐，等了太久的甘霖，同时落在她们身上。但有时，她会突然陷入感到自己是唯一的伪造品，不该待在这里的精神危机。她觉得这种想法不会在慈溪或在那个女孩子身上浮现，因为她们比她有更多理由热爱她们正学着的东西，背起了更高昂的代价。不过也许到头来付出更高昂代价的是她？某一天，当她四十多岁时，望着镜子里自己的脸，那个顿悟的时刻突然到来。

陶逸进了洗手间，看到镜子里自己的脸，她竟然什么也没有想，只是觉得自己看起来刚刚好，说不出任何特别的那种刚刚好。

水龙头里的水淅淅沥沥地沾过她的手，她在池子里甩干。客厅里白色的桌子上是几双手在抓饺子皮。最里面是一扇大玻璃窗，透出夜幕。一个她没见过的女孩儿正静静地朝外看着，穿着一件米色针织衫和黑色的裤子。她转过身，陶逸看见她手里捧着杯水，左手的中指上戴着一枚鹅蛋形的银色戒指。她突然觉得这有如荒漠中的仙人掌般扎人。

那女孩子走过来，和她目光交汇时，陶逸模模糊糊地想起曾在博物馆看的肖像。女孩儿脸色略微苍白，眼珠与睫毛都黑得很深，黑夜色好像落雪的树林里被寒雾加深了颜色的松柏枝叶。她额头上那一半遮住眉毛的刘海和披肩发,让陶逸联想起宗教国家的妇女包裹住头发的绸巾,像一个围笼那样围着她的脸。女孩儿越靠近她,她越感觉到她身上那疏离安宁的气息。陶逸突然想打一个寒战。

"陶逸姐?"穿橙红裙子的教育学女生冲她点了下头。"你没事吧?"

陶逸一下子抽离出来,冲她摆摆手:"没事,肚子饿了。"

正巧,慈溪从厨房里端着一大碗饺子出来,给她们每人夹了一些,包括那个戴着戒指的女孩子,大家便捧着碗闲闲散散地坐了下来。那个女孩儿坐在了窗台上,还是在向外看着。陶逸犹豫了一阵,接着坐到了她对面,将一条腿放上来。窗户有点冰凉,透着一点小风。

她们又互相看了一眼,女孩儿没有如她所料对她笑一下,而是以一种觉得自己应该和她说点什么的神情,专注地琢磨了一下她,礼貌而又不针对,好像她并非看到的是陶逸,而是任何一个坐在这里的人。陶逸觉得她好像身上融化着很长时间的年龄了,近乎枯萎过却还刚刚开放的植物。

那天,回到公寓,陶逸依旧咂摸着薄璃的名字。bo li,汉语拼音只有这么短,好像两个轻巧的钢琴键按下去。薄璃不肯透露太多,只是说在神学院读硕士第二年,和慈溪是来哈佛后认识的普通朋友。她不怎么笑,总之没有任何谄媚的笑,却也没有礼貌意味的笑。她不知道薄璃不露出一嘴大白牙幽默着,怎么在美国人当中生存。

也许因为是神学院，因为她的宗教气息，即使她身上有一种与美国文化里热情的气质所相抵触的避世感，也被欢迎着赦免了。但陶逸依旧在她身上感受到了另一种无所顾忌，一种她不知如何描述的无所顾忌——好像是风，感受得到却难以看见。如果说美国人的那份自由带有暖色调，而薄璃的不仅仅是冷色调，甚至是透明的。对于双方来说“自由”的意思都全然不同。而薄璃的这份她不熟悉的自由感就在那里，穿梭在陶逸鼻子底下的那片空气里。薄璃知道什么，而她不知道的。

陶逸感到为难，她俩之间话语的沟通很微弱，几乎建立不起任何热乎的联系，不像和那个橙红色裙子的教育学女孩，她们第一次在学校草坪上见面时，就熟络得跟初中同学一样。当她介绍自己在商学院读书时，薄璃也只是点了点头，而不像橙红色裙子女孩，热情地拍着她的肩膀，边吸饮料边对她做鬼脸。

在派对还未结束之前，薄璃就先告辞了。

陶逸在她走后有些无所事事地在公寓里游荡了一阵，她一般从不这么做，这样的行为让她感觉自己很被动。派对上又来了几个本科的女生，慈溪一直在陪她们聊天，她想和慈溪说说话，慈溪对她打了个手势，表示现在抽不开身。人多，陶逸游荡进里头走廊，左边的墙里，空心打出来一个放物品的架子，一张张装裱着的照片架在那里。有慈溪被东南亚的小孩子们围绕着的照片，慈溪在美国大峡谷里的照片。还有一张，里面有陶逸认得的人，背景空空如也，看不出在哪，那个拥抱着慈溪肩膀的中国男孩，和她差不多大，是慈溪异地恋的男朋友。

躺在床上陷入梦境之时，陶逸又想到薄璃。她不该称她为女孩儿。薄璃比她大。尽管她什么都不愿透露,她仍旧感觉薄璃的目光落在身上是舒适的,像一个姐姐。她又想起那枚左手中指上的戒指。订婚戒指,没错。

过了几天,陶逸在上课的时候,才突然想起自己忘记问薄璃在神学院学什么。上帝啊,还会是什么。但这个概念与她是无关紧要的。激烈反对与拥护的只是少数——大部分人并非教徒,也非无神论者,他们是不可知论者。上帝和反对他的人作对,和爱他的人相爱,却彻底遗忘了她这一类人。

她看着走廊上人多,每个人都脚步匆匆,好像在赶向命运。靠着栏杆,陶逸发了个微信问慈溪:"你和薄璃熟吗?"

很快收到回复:"还行。她不用微信,给你邮箱?"

是薄璃在神学院的学生邮箱。陶逸没想太多,便给她发了封邮件,说对她学的东西感兴趣,想了解一下,绝不占用她太多时间(其实是想了解她,但这当然不会明说)。

对方回复:"我给你讲可能有偏颇,正好我们班有一节对外公开的课,你如果有时间,报旁听生吧,就在官网上,很好找的。之后我们可以聊聊。附:带一本《圣经》。"

陶逸觉得有些别扭。毕竟她已经是商学院的学生,旁听生的身份让她觉得自己显得像个新手。网上写,这节课是新约《罗马书》的希腊语练习。周三下午,她正好没课,她没带《圣经》,而是在学校的打印机上把罗马书这一章打印下来了。

她来的有些早,薄璃还没到。十来个座位的柔软教室,像一个红色的舒适鸟笼。助教进来了,开始在黑板上以一种激昂的速度写下古希腊文，之后学生们鱼贯而入，陶逸以他们最显著的特征记住他们：橙红色头发的人、瘦瘦高高沉默阴郁的人、戴珍珠项链的银发老奶奶、一个日本老奶奶……薄璃，穿着一件灰色的外套，黑发简单地梳在脸颊旁边，捧着一沓子文件夹和课本，眼神安然好像早晨打坐了一个小时，刚刚从禅思中醒来。

陶逸对她招了招手，薄璃才发现她，好像并不记得陶逸今天会来一样，让陶逸有点疑惑。教授是一位留着小胡子的犹太老人。教室里的气氛虽然算不上肃穆，但也非常严谨，唯有助教显得颇有活力，在教授没进来前，晃着自己的表带，先把一系列希腊语单词给学生过了一遍。

在黑色的椅子上坐着，陶逸感觉自己的身体卡在一种怀疑之中。助教邀请她坐到他们十来个学生的桌子旁，她婉拒了。一开始总是这样。她被最不寻常的人在最寻常的场合下吸引。这句话开始在陶逸的脑海里重复。然后她开始在其他许许多多寻常的场合下，遇到这同一个不寻常的人，直到她在自己眼里恢复寻常。可是放在薄璃身上，这个公式似乎不合理了。肯定是因为，她身上还有什么她不知道却快要知道的。

薄璃从头至尾都在认真上课，未看她一眼。课有些沉闷，每个学生轮流翻译一句希腊语句子，于是陶逸便把摊开在腿上的罗马书章节自己略过了一遍。偶有一次终于谈起精义，老教授向后一仰自己的背，说了说《约翰福音》里耶稣在圣殿驱逐商人的故事——这里不是万国祷告的殿吗，你们却把它当贼窝了！他用一种近乎咏叹调的声音说，学生们浅浅地笑了笑。陶逸想起本科时上的艺术课，如果说这些于她有什么意义，那更像是埃尔·格列柯的一幅画儿《基督把商人逐出圣殿》,文艺复兴时期油画大师们的创作,定格在历史与神话间的隐喻而已,一种为了美术而构想的宗教象征。

神更像画里飞翔的鸽子,却不是活生生可以抓在手里的。陶逸想。

而薄璃呢?她会双手合十去祈祷吗?这里坐着的大部分人,所认知的与我是否是另一个世界?

不过还好这是一堂课,不是在传教。陶逸仍然觉得上帝于她没有必要。如果上帝会惩罚她,只有一点她会同意:她没有从内核里爱生活,她是个小偷,她非常努力,但她又撕下一张黑帷幕,盖上了自己原本最想寻求的事物,那是什么,她自己也已觉得模糊不清了。但即使如此感觉,她也不会和任何人说,不会与任何人表露,直到她自己也觉得那不适感不存在。

结课时,出乎意料的,薄璃在冲她微笑——显然她很享受这节课。陶逸和她一起走到走廊上。

“你们认识?”助教边把门打开抵好,边问。

“她在商学院。”薄璃替她回答。

“商业和宗教。”年轻的助教仰着头呼了口气。“很有意思,很有意思。”

“不常有人来听课。”他加上。

“不常有人来听课?”陶逸重复。

“如今大家都忙着自己的事情。”助教说,“神是另一回事情。”

忙着去赶他们的命运。陶逸想。命运又是怎么一回事呢,如果与神并非同一词的话?

外面的雪很厚,不仅把建筑都刷成了白色,也压着树丫,稍微晃一晃，随时有可能落在行人的头上。

“我们沿着这条街走一走吧，带你去一个小教堂。”薄璃对陶逸笑了一下。

“去听道吗?”

“不，只是找个地方歇脚。”

“好。”

路上她们一人买了一杯热咖啡，等咖啡冲好的时候，陶逸嫌冷，不住地扯了扯自己脖子上亚麻色的围巾——薄璃夸她的围巾好看。陶逸注意到她的眼睛透着晶亮的光，手指因为冷而微微泛红。

教堂好像被白雪覆盖的树丛中一座精美的小木屋，也好像通往另一个时空的通道。薄璃拉开木门上的门环，门“吱啦”一声关上了，寒冷的气息被挡在了外面。

“以前学历史的时候，不仅是研究历史人物的故事，我也养成了听周围人故事的习惯。”陶逸跟她说，跟在她的步子后面。“但从没有一个和上帝有关。”

薄璃刚才的笑加深了。

“我想，有神的故事也许总是比无神的好听一点。”陶逸说。

“看来你是对这个感兴趣。”薄璃说，“给你一个称谓，你现在是慕道友。”

她们上了这座小教堂的阶梯，来到上层一个空旷的房间，在前面这扇门的尽头，有悠长的钢琴声响起。薄璃暂时停下了脚步，陶逸也只好跟着她停下来。

“陶逸，”薄璃问她，“我看你听课时拿着一沓打印的罗马书章节。有没有什么地方引起你注意的?”

有的,陶逸思量了一下,换了一行字指给她:不要效法这个世界,只要心意更新而变化,叫你们察验何谓神的善良、纯全、可喜悦的旨意(十二章第二节)。

薄璃走到她身边,读出了她指的这行句子。

“我的疑惑是,”陶逸说,“心意更新而变化,从而察验神,是什么意思?我以为基督徒是去相信神,而不是去察验神的。”

“很敏锐啊。”薄璃轻轻拍了一下她的肩膀。“那我的理解是,信仰并非一成不变,也并非局限于教堂之中。在世俗的生活里,我们平时心灵的净土便是教堂。生活中的所有事情,都会使我们对神的理解发生变化,我们才会慢慢知道神所要我们成就的那些性格,是什么意思。我们的理解角度、深度,理智、情感,都在变化。最开始的信,只是一种决心,就像你准备做一件事了,但真的要做成,必须得不断地把它做下去,中途还可能有各种弯弯绕,对吧?认识神也是这样。

“在这里面最难的点可能是,你会发现并没有达到一个完美信徒的终点。你会放弃对完成的追求。你会留在不断凭着信心行为这件事本身里面,相信上天自会成就眼前所不能预见的事情,而这可能也就够了。”

要在平时,陶逸会本能地用不信的态度对待这一类言语,但唯独对薄璃,不会这样,心里还觉得有些难以言喻的不好受。而且,这个问题毕竟是她自己提出来的。一部分的她似乎敏感、深切,已经能触碰到薄璃口中的上帝,而另一部分的她,却随时想逃回她原本对一切都只在表层刮上一撇的心情。她想起自己此前觉得薄璃不坦诚，而此刻，她意识到是自己还无法真正诚实。左右为难之下，轻轻点了点头。

走出了这个空旷的房间，来到走廊上，两个人都被眼前的一幕吸引到了：楼下的房间里，是跳芭蕾舞的小女孩儿们，像一朵朵淡粉色的郁金香，在钢琴声里踮起脚尖、举起手臂翩翩起舞。

有位高挑纤细的母亲穿着大衣，拎着手提包，俯身注视着她的女儿，这时冲她们微笑了一下。

她们又走了一走，在讲道坛前座位上的最后一排坐下来。

薄璃终于深吸了口气，开始讲述起来。

陶逸看了看她那好像漩涡流转的双眸，感觉似乎薄璃将从大脑里引出一段回忆，而她将要暂时忘记呼吸，一头跌进去，天旋地转。她搅了搅自己咖啡杯里的残余，它们拼成了一个模糊不清的 X 形——X，意味着未解决的问题。数学家把它当作未知数，生物学家把它当作变量，小说写作者把它当作一个难以命名的人，律师把它当作第十个案子，神学家把它当作上帝。

“我很小的时候感知到有神灵存在。”

薄璃娓娓道来的时候，陶逸感觉教堂雕花窗户上的雪霜，正在越积越厚，随着薄璃的话越说越多，雪也越涌越猛，直至完全覆盖住了她们现在坐着的位置。

“很小，指的可能是三四岁时吧，可能更早，在我拥有记忆之前，甚至比那还早，在记忆还未被人们提起之前。”

陶逸还在恍惚之中，就被卷入了薄璃的童年。她看见薄璃，一个扎着两个羊角辫的小女孩，在一堆积木之间坐着，孤独得好像一座小堡垒。那眼睛一样透亮，只是现在更加深邃一些，而开始讲述往事时，更为忧伤一点。

薄璃的声音清晰地在她耳边响起："家里没有人信教，甚至连一点信命的影子都没有，没向我说过任何这类事物。但我认为天使存在在我们周围，还有守护灵、神祇、仙兽……我能看到虚幻的影子飘浮在我周围，有淡淡的紫色或蓝色幽光笼罩，让人感觉安详、幸福。有的时候，我也会听到它们的声音，例如有时候会有一个天使，拿着小号角在我耳边吹奏，我会独自被逗得咯咯直笑。我相信它们是在我来到母腹之前，就与我认识。

"我开始把这些告诉父母，他们一开始当作孩子的想象力可爱的玩笑，摸摸我的头，这件事就过去了。于是我开始在幼儿园里告诉其他小朋友，却遭到了嗤笑。他们告诉了老师，于是老师约谈了我的父母。这一次父母不再把我的话当作玩笑，而是危险的言行。我几番解释，却越讲越使他们着急与害怕，母亲甚至流下泪水。

"当时我五岁。

"父母把我带去精神科诊断，医生说我是一个有轻微的幻觉的小女孩。但是这个医生很温柔，他让我父母放心，说我很早慧，这可能是早慧带来的一种缺陷，不会有什么大问题。他还是开了一方药，让我一直吃到上小学的时候。

"于是那些陪伴我许久的天使都渐渐地消失了，我很久都没有再看到或听到任何人不能应实的事物，只是偶尔，天使们还会出现在我梦境里。直到九岁的一天夜里，我梦到曾经陪伴我最久，那个喜欢吹小号给我听的天使在播种子，眼神十分怜爱地看着我，而那种子从土壤里飞腾而起，长成了一棵有着红色果子的大树。

"第二天，我在放学的路上走岔了，发现了家附近的一座教堂。

我第一次拿来一本《圣经》看。一翻开，就是亚当和夏娃吃智慧果的故事。”

陶逸看到一个个子瘦高的九岁小女孩，在一页页地翻动一本厚重而细密的书，随着小女孩手翻得越来越快，那书页开始自己飞翻起来，从始到终，又从终到始。

“你可能以为我会很开心吧?”陶逸看到那个小女孩抬起头来悲哀地看了自己一眼。“不，我当时觉得很难过。既然始祖违背神的命令，去吃了红色的果子，是一切罪恶的开端，那么为何天使在梦里，用一种真诚而渴望的神态，去让我注意到那树上的果子呢? 很久以后那变成了更为复杂的问题：人智与神谕的无法相融，意志与诫命的交战。后来我又有了一次理解：人既然食了智慧果便堕落，于是此时归顺神的途径，用理性自然无法抵达，只好是用心中热切的情感。

“不论如何，你可能不想听太多这些抽象的思绪。回到现实的情景里，那时我已经忘了幼时的那些幻景，但离开了朦胧的天使与花鸟，遇到了一个如利剑一般清晰逼人的基督教的上帝。我开始天天都查看《圣经》，并且在周末溜到教堂听道。我和牧师渐渐熟络起来。有一天他问我愿不愿意受洗。结果呢? 我瞒着父母受了洗。”

陶逸听得聚精会神，而此刻，她自己正穿梭在一座已经年久失修，有些破旧的教堂里，站在一排排座位背后。她遇见十二岁的薄璃，头上夹着一个薄荷绿的夹子，面容灵动似一只温和的小鹿。小鹿望向一个盛着净水的池子，那水里不是年幼薄璃的面容，而是一个穿着白袍的男人的。就像鹿儿渴慕溪水一样，她可以看出来薄璃的心在渴慕池水里那个面容。

时光转换，现在是二十多岁的薄璃在平稳地讲述。

"我从水里起来，头发全湿，眼睛被水呛得辛疼，看到教堂略有些灰暗的穹顶下，是圣母玛利亚怀抱着幼年的耶稣。那一刻我决定此生都侍奉主，不仅仅因为主是我所知道的，比世俗之中看上去更加确切的一切人和事，都更为宝贵之物。另一个原因，则是因为我深深地被基督里的爱打动了，我的心好像一块石头，在神的敲打之下变得可塑造了。"

"可惜，我每周都去教堂的这件事，最终被我的父母和当时学校的老师发现了，老师劝诫父母让我停止这项行为，花时间在学校功课的学习上。多年因为我的信仰与我难以达成共识的父母，这一次却站在了我这一边，跟学校老师说他们无权管理我的这件事情。想起了我幼年在幼儿园被排斥的经历，父亲觉得怒火中烧。"

"那一次，我第一次请求父母与我一同祈祷，让他们不要记恨我学校的老师，并想办法让我可以离开这里，去一个主更为喜悦我去的地方。夜幕里，三个人的头靠在一起，他们学着我双手握住的样子，将平日里操劳工作、养家糊口的手，奉献给了一个与看不见摸不着之物连接的仪式，因为他们深深爱自己的女儿，尊重她爱的事物。"

"其实，神对人的爱与这次他们对我展现的爱，并无那么大的差别。"

"那一次过后，我和父母之间的关系不一样了，就好像一道水流悄然浮现在我们之间。"

"不过很快，我就离开了他们，转学进的是一所寄宿制的教会高中。那是我十四岁的时候。"

“一开始，那是我的天堂——不，可以说一直还是我的天堂——我进了一个圣洁的、也是严格的地方，早上祈祷一次，晚上祈祷一次，每周一起在教堂里唱圣歌，排演旧约里摩西引领众人走出沙漠的故事。每次庆祝复活节、感恩节、圣诞节，欢乐的气氛都在学校里持续很长时间。但气氛也是肃穆的，我们比普通高中的男女生多了许多规则，学校不仅仅是学习，也是修行的地方，在平时的礼仪、言行、服装上都有具体的要求。”

陶逸看见一个长大了些的薄璃，黑发扎成一条柔软的小辫子，低低地梳在脑后，穿着蓝黑色的过膝长裙，抱着一本黑色的书。她的面容比十二岁时更幽静了，多了一丝迷惘与坚决交织的神态，正走进周日的教堂听道。

“给我们讲道的，是一位德高望重的神父，也是给我们上宗教课的老师。整个学校都笼罩在一种祥和的团体氛围里，和外界几乎是隔绝的。”

“过了一年风平浪静的日子，直到我又开始做非常清晰的梦，梦里，那个九岁时的天使又出现了，但这次他不再与我对话，而是出现在各式各样五彩斑斓的图画之中，有时在腾云驾雾，有时是在天堂里的交响乐团做指挥，有时是在森林里与动物嬉戏。有一次，他身上披着绿叶点点的藤条，眼睛里盈满了泪水，正在俯着身子察看地球。”

“这些梦使我平日里的生活震荡起来，我不再像小时候，傻傻地逢人便告诉，而是加入了学校的绘画社团，开始把这些出现在梦里的画面变成实物。”

“因为梦里的映像原本已经很完美，几乎没有绘画基础的我，在几个月的学习之下，画得越来越好，天使有时是以小男孩、有时以女人、有时是以仙子一般的形象出现在我的画布上，每次添上最后一笔颜料，我都仿佛看见小时候的幻觉变得栩栩如生起来。可是教会学校的老师对这些画的反应，是不同的，有一些对它们赞不绝口，有一些却觉得我在画一些和耶稣与上帝无关的神祇，甚至有的觉得我在画一些妖魔化的事物。我解释说，我画的也是上帝的天使，虽然看上去想象力已经超出了《圣经》里既定的事物，背景仍是天堂与神祇，这并不违背我的信仰。无论如何，我的画开始在同学们之间流传，在学校里造成了一定的动静，导致神父介入了这件事情。"

"他没有询问我什么，只是来到了学校的画室，仔细地浏览了一遍我的画。"

"神父只问了我一句，让我当时觉得有些不搭的话，信心的大小从何而来?"

"我想了想说，从试炼而来。"

"神父沉默了，过了几天，他问我想不想以本教会学校学生的名义，在附近办一个画展。"

"我答应了。也就是在那次画展上，我认识了他。"

薄璃停顿了一下。

"是戒指背后的这个人吗?"陶逸问，感觉心提起来了。

薄璃闭着眼睛摇了摇头，好像卡在了回忆里，接着她继续叙述了下去。

"画展在附近的镇上举行了，学校为此租了一间空旷的场地，很小的一个展，只有十几幅画吧。人不多不少，有来助阵的我的同学、老师，也有我从没见过的镇上的居民。于是我鼓起勇气上前询问他们对我的画的看法。虽然他们不懂其中的宗教内涵，但都觉得画面里的场景生动而弥漫着一种神秘的气息。不好意思让你听我自吹自擂了。”

“就在这时候我看见有一个人，正看着那一幅天使俯身对地球落泪的画，不像其他人四处走动，他停的时间很久，因为画挂得不高，他的背微微有些弯了，背上还背了一个画板。我远远地站着，这时候看见他抬起一只手，似乎准备去触碰那幅画，便赶紧几步跑上前，几乎是本能地抓住了他的手腕。”

“他显然被惊到了，低头看着我。我这才发现他的长相很陌生，好像不是这一带的人。他的浓眉下是一双深邃的黑色眼睛，鼻梁高挺，皮肤像坚硬的岩石的表皮，好像被风吹日晒了，面色却很苍白。虽然他看起来有些强硬，眼睛显得那样坚固而自我，但我却没有感到害怕，只是一瞬间觉得很恍惚。”

“‘抱歉，但是你不能碰我的画儿。’我放下他的手腕，轻声说。”

“‘哈，你误会了。’他说。‘刚这儿有一只飞虫往你的画上扑，我只是想把它撣掉。’”

“我站在那里，‘啊’了一声，没有料到。他看了我一眼：‘原来你就是画的主人啊。’他把背上的画板挪了挪。”

“‘你能告诉我，这一幅画里的天使为什么在落泪吗？’”

“‘他也许不认为地球是一个让人放心的地方。’”

“‘有道理，是一个冰雪聪明的天使，但有的天使也可能下到凡间作恶呀，撒旦不就是这样一位天使吗？’”

“‘你也知道这个。’我笑了。”

“‘教会学校以外的人，就不了解《圣经》了吗？’他也笑了，眯着眼睛看我。”

“我看着他背上的画板，觉得好奇。他便把画板拿下来，给我看上面的一张草图。”

“‘是山吗？’我问。”

“‘不是一般的山，是我家乡的山。’他说。”

“原来，他是哈萨克族人，从新疆背井离乡，来这个镇上两年了，以作画和教画为生。叫塔木，宝塔的塔，树木的木。他听闻镇上的教会学校有学生开了一次画展，便来看看。”

“他问我愿不愿意去他的画室，看看他的画儿。”

“我平日里很少出学校，更不会做这样一件大胆的事情，可是那天，所有‘不’的概念都不存在于我的脑海之中。”

“画室的门镶嵌在砖石瓦砾的墙壁之间，此刻被推开。我看到一个搭着各种帷幕的杂乱工作间，一张足可以招待十二个人的桌子上，放着一盘盘颜料、刷子。这就像一个洞——我当时想到——一个孤寂无比的洞。”

陶逸看见薄璃，正缓缓地、一步步在向画室的深处走去，专注地看着一幅幅挂在墙上的画儿，就像刚才塔木在看她的画儿一样。陶逸将目光投向了正静静地站在门口的塔木，看见他的头发粗犷而凌乱，面容却像刀刻出来的一样，筋骨分明。与那些她见过的艺术系小伙子们柔软的脸庞与轻巧的姿态不同，塔木像一个从荒野中走出来的猎人，脸上写着纪律、分寸和严肃，好像通过重重苦难适应了现代文明。他年纪不大，眼睛里却有一种沉重感——与薄璃深邃的眸子有些相似之处，但却更阴郁也更僵硬。此刻他放下自己背上的画板，深吸了一口气，一只手搭着门，注视着与他相比好像一只鸟儿一样的薄璃。

他轻轻关上了门。

“你可能会想，我当时没有害怕吗？薄璃问。来自一种荒诞的直觉，我信任他就像信任一座住了许久的房子。我也不相信我为神的天使所作的画，会领我进入一个陷阱。”

“是陷阱吗？”陶逸不禁问。

“可以说是，也可以说不是。”薄璃笑了，“是没有危险的陷阱。”

“不论如何，我开始一幅幅地仔细端详他的画。与教会学校里的美术老师画的不同，他的画笔触浓厚大胆，却在出乎意料之处精密，所爆发的情感张力与他这个人缄默的样子看起来十分不同。那些画儿都是关于草原和雪山的，有的画着像大象的皮肤一样延绵不绝的深绿山峦，有的是灰蓝的晨暮里透露的遥远白色雪霜，也有的是牧场上的牛与羊群。”

“‘为什么要离开那里？’我问他。”

“‘那里的作画素材很丰富，’他说，‘但是太局限了，年复一年，日复一日，你看到的永远是相同的风景。’”

“‘你刚才说……你已经两年没有回去了，那这些画是什么时候画的？’”

“‘都是最近一个月的作品。’”

“‘你瞧，’我将视线从挂得高高的画上移开，收起了微踮的脚尖。‘你离开，却发现自己的创造仍然依恋回忆里的事物。’”

“他抿嘴笑了一下：‘那你呢？你的创作，似乎与哪一处都无关，却是关于那里的。’他用手向天花板指了指。”

“‘我的也没什么区别。看上去我画的是天堂，你画的是现实，对我来说那同样也是回忆里的事物——我相信我们潜意识里记得很多现在都无法看见的东西。'"

"'这个……这是他们在教会学校里教你们的东西吗?'他看了我一眼。"

"'不,不,这是我自己的想法。'"

"'想法总有一个源头吧?'"

"'我的梦。'我脱口而出道。'那些画儿,都是我梦到的东西。你甚至可以说我并不是原作者。'"

"'如果你不是原作者,还有谁会画出那样的作品呢? 他叹了口气,朝我走近了几步,停在我身边。'"

"'上帝呀。'"

"'上帝。'他轻微地重复了这个词,摇了摇头,接着把一只手向我伸过来。'来,我带你到二楼的画室看一看。'"

"我没有犹豫,就把手放进了他的手里。他拉着我走上吱吱呀呀的木头台阶,在二楼的阁楼正中是一个颇大的绘图支架,上面放着一幅完成了一半的作品。他松开了我的手。我看他不出声,便自己向前走了几步,看得出来有一个女人的轮廓,旁边似乎还有两个小孩。"

"'那是我母亲,还有我的两个弟弟。'他声音沙哑地说。"

"'你的父亲呢?'"

"'我还是个孩子的时候,他在爬山的时候,摔死了。'"

"我沉默了几秒钟,回头走到他旁边,轻声问:'为什么不回去看看你其他家人?'"

"'他们也许更希望我不回去……'他说。我看出来他三言两语说不清楚。”

“这时候他走到墙边，俯身下来展开了几块靠墙的画板，把其中一个架好，放在他那幅画的旁边。”

“‘你要是想画的话，’他说，‘这里所有的颜料、画笔都管你用。’”

“‘真的？’我问他。”

“‘你的画我从没见过重样的。你知道这是什么意思吗？’”

“‘什么意思？’”

“‘意味着你才刚刚开始作画，已经不需要模仿了。就连我，也还在模仿自然。’”

“‘我只是在模仿我的梦，我告诉过你了。’”

“他突然伸出一只手好像想搭在我的头发上，又突然顿住自己，把手收了回去。”

“‘塔木，’我第一次喊他的名字，‘我得回去了，我自己的画展，我人却消失，多奇怪。’”

“‘好，那你赶快回去吧。’他说，低头往后退了几步，看着我先下了楼梯，在我之后慢慢走了下来。”

“我推开门离开的时候，他问我：‘薄璃，你会不会再来我这里画画儿？’”

“‘你会知道的。’我回头说。注意到自己又对他笑了。他板起脸来多么生硬，生活里好像那么干涸，我的笑是他从那时开始便不断拥有的东西。学校里的画室足够了，我为什么还要去他那里画画？我问自己。”

“我心里已经知道了答案，从那时起，每一个周末我都偷偷溜出去，去他的画室。学校当然是禁止的，不仅因为教会对于爱和性的教导，也不准许基督徒与非基督徒相恋，而当时我明知他对于我的信仰是个门外汉。更何况，那时我才是个中学生，而他大我十二岁，无论在哪里，这都是无法被旁人所接纳的。可是我知道我们是怎么回事。"

"说来可笑，原本我逃离家庭、学校周末去听道，当我到了梦寐以求的教会学校，却逃离它而去寻找禁忌。我并没有忘，只是选择忘记一切教会里的教训。我想，你应该也不会因此评判我吧。"

陶逸听得恍惚，此刻摇了摇头："不会，之后呢？你们……"

"我们相爱了。有一天有一个问题却稍稍扰乱了这一切。我问他相不相信上帝。他说：'诚实地说，薄璃，我并不。'我问为什么。他终于告诉我有关他家庭的事情——他们一家人都是伊斯兰教教徒，而他从小不守规则，不愿意和家人一起礼拜，自从父亲去世之后，更加拒绝相信真主。作为长子，这给他的家庭造成了很大的困扰，母亲没有办法，只能隐瞒着更大的家族这件事情。最终，到底隐瞒不下去，他背井离乡，来到这个镇子。"

"我问他，你知道教会学校里是怎么解释伊斯兰教的吗？"

"他不语，看着我。"

"《圣经》里有位先知叫亚伯拉罕，他的妻子撒拉不育，于是亚伯拉罕和侍女夏甲生有一个儿子以实玛利。穆罕默德，伊斯兰教的始祖，就是以实玛利的后裔。而十四年后，上帝才应允了撒拉一个儿子以撒。"

"塔木好像想说什么，但我没让他说下去。"

"所以，以实玛利是凭着血气所生，而以撒是神应允的儿子。因此如果基督教是正统的宗教，伊斯兰教则是由私生子创建的。"

“塔木听了，说：‘两个宗教，谁真谁假，于我都无关紧要。我爱和人争论这个问题，不想自己的生活和命运中，有任何神灵的阴影。有我自己的抉择，于我就够了。’”

“他说：‘生活比神所应允的艰辛很多。’”

“我说：‘对我来说，恐怕就是在艰辛里才看到神的。’”

“他说：‘不，在艰辛里，我看到没有神。’他好像陷入了回忆里，我同他一起看到他父亲下葬时的场景。”

“那一次是我们唯一一次有了分歧的裂痕。我想，他一定认为我的生活过于轻松，所以我会轻易地相信昭示光明的事物。”

“是这样吗？”陶逸问。

“那时候我开始询问自己信神的原因，”薄璃说，“你看，我从来不去质疑神的存在，因为这对我来说，是和爱一模一样，无法否定的生命介质。但我发现我虔信的原因，并非因为要遵守特定的行为规范，而是因为我想最大限度地感受幸福：从小时候出现的被天使围绕着的幻觉，到学龄时开始对学校外的教堂感兴趣，一直到在画展碰到他。神意味着生命的创造与喜悦，而爱也同样。即使爱人并不信神，这并不妨碍我和他相爱。在我自己的理解里，我从一个基督教徒变为了一个基督信徒。”

“幸福……”陶逸说，“也是多种多样的。”她想起那些游离在自己生活里的男孩子，有些已经如幽灵般消失。你如何确定那就是幸福真正的模样……

薄璃闭上眼睛，缓缓背出《约翰福音》十三章第三十五节：“你们若有彼此相爱的心，众人因此就认出你们是我的门徒了。”

“难道这里的相爱指的不是男女之外的相爱？”陶逸继续问道。

“当然,它的意思肯定是辽阔的爱,对邻人的爱,对敌人的爱,对受难的人的爱,等等。薄璃睁开眼睛。但还有什么爱,不是起源于男女之间的爱呢?任何一个在世上行走的人类,都由一男一女的能量所创造出来。”

“可是,”陶逸看向她手指上的戒指,“你们为什么——”

“没有在一起?”薄璃说。“我继续说下去吧。这样持续了一年,都没有被任何人发现。我常常在他的阁楼里画画儿,一画就是一个上午,他有时候在我身边一起画,有时候在楼下独自画。他建议我除了画梦境里的事物,也去实地写生。他开着一辆吉普车,我们俩一起去小镇一英里以外的野外寻找更浑然天成的风景。那里天气干燥,也有无尽的山峦,与新疆的草原不同,是高地,他说他用了整整一年才适应。于是我也建议他,此刻不要再去画回忆里的事物,而是去画这里的风景。从各画各的,我们开始以不同的角度画相同的事物,我的笔触依旧有些飘忽,而他的较踏实,但没关系,这反而让我们互相觉得更能看到自己的特质是什么,或说通过这样的对比,看到独异的风格分别浮现在画布之上,再与另一个人的配合在一起。你没法想象,我那段时间心里有多喜悦。有的时候我们甚至一起画一幅画,他涂好背景,我添细节。他用灰蓝白三种颜色画天,我用黄绿红三种颜色画地。那时候在他阁楼上的床头,挂着我们一起画的一片山与天。”

“一年后,我十七岁了。晚上,我从学校里逃出来去找他,他给了我一幅画,在高山上有一点白色,有一朵花卉的轮廓。那幅画让我想起他画母亲和两个弟弟的那幅,画上的人也是这样朦胧的线条。”

"'现在我和你一样了,薄璃。'他对我说。"

"我很疑惑。"

"'这是我在梦里看到的花儿……'他幽幽地说,'于是我白天把它画下来了。'"

"'我已经好久不画自己梦里的东西了。'我说。"

"'但是只在梦里看到的。'他没有搭我的话,自顾自地说下去。'还不够清楚。就像凭记忆画什么人,总没有画面前的人清楚一样。'"

"'为什么你觉得自己会梦到这朵白色的花呢?'我把那幅画放下来,暂时从他的视线里移开,握住他的手。"

"他也把手放在我手上,可我感觉得出他的心思已经远离。他说:'梦里我正在爬一座山,远远地我看见在山顶这一朵白色的花,花瓣像喇叭一样优雅而笔挺地绽放着,但好像我的视线被什么模糊了一样,总是不能聚焦在这朵花身上,它就在那荒芜的黄绿色山顶摇曳着,而我却卡在那里,上不去也下不来,在梦里,我知道自己爬山是为了采摘下这朵花,于是努力地想伸手去够,可是怎么也够不着,大汗淋漓之际我醒了。'"

"我沉默了一会儿,他问我:'你梦到那些天使的时候也是这样吗?'"

"我说:'不,塔木……塔木,我觉得,你做了一个噩梦而已。'"

"他顿了顿说:'薄璃,我觉得这个梦是一个启示,要我去山上看一看。'"

"'看什么?'我警觉起来。"

"'去山上摘下这朵花。这幅画不够,薄璃,我要摘下那朵花,把它给你。你记得吗？我们外出写生的时候，有一座很高的山，你那次还笑着说下次要一起爬爬看呢。我觉得我越来越确信，那朵花就在那座最高的山头。’”

“出于一种汹涌的、感到不妙的直觉，我一下子从桌子边站起来，绕到另一边紧紧地抱住了塔木，我跟他说：‘你疯了，不要上那座山。’”

“他轻轻地回抱了我一下，接着却把我掰了开来。”

“我又重复了一遍：‘不要上那座山。你不是说要把花给我吗？那我不要这朵花。’”

“我心里知道，他不是因为要把花给我才执意要上山，他是被那梦里的奖品深深引诱了，那梦好像于他是一种疯狂的余音绕梁，最终致使他下定了决心。任我如何劝阻，他都不肯松口。我感到没来由地害怕。他跟我说：‘只是爬一座山而已，我不会有任何问题的。’”

“可我不相信他。”

陶逸看到薄璃闭上了眼睛，她读不出那里面的情绪。陶逸看见塔木的画室里点着橙黄色明灯的、有着深色木头桌椅，一个女孩眼神焦急，看着一个神色失落而着魔地望着空无处的男人。塔木这一年来蓄了胡子，黑眼圈比刚见到薄璃时重了一圈，肩膀好像显得更宽了。薄璃则长高了不少，比起一年前的纤弱，现在脚底结实，站如松树，像一个在军营历练过的小女孩。她年少时眼神里的迷离被一种刚毅取代了。

“他上那座山了吗？”陶逸轻轻问。

“他上山的那天是个星期三，我在学校里上课。我那一天都在头晕,觉得恶心,感到有不好的事情要发生。一下课我就赶到他的画室——他说那时候他肯定早就已经回来了。可他不在。我跑上二楼,发现那幅他一直没有完成的母亲与弟弟们的画,飘落在了地上。整个房间都散发着一种苦涩和凋零的木头味道。我颤抖着出了门,失魂落魄地在那条街上奔跑,终于想起来推开一家家店铺,询问店主知不知道塔木画室的主人去了哪里。没有人知道。我想起他去的山,那座离这里有一英里的山。去看车库,车子也不见了。他是开着吉普车去的。终于找到一家店铺的老板和塔木熟识,听到我的忧虑,便当即发动车子,我央求他把我也带去——他说:'如果出事,你可能不想看到……'我央求他必须把我一起带去。在车里,我打电话给当地警察,告诉他们在一英里外,哪一处的山上,有人爬山可能出事了。"

"等我们赶到的时候,他已经被送进了医院。听警察说,是有一家当地人,在山底经过时,发现了他滚落山坡的身体,当时他还有呼吸。但赶到医院时已经迟了,抢救无效。"

"那是我最后一次见到他,他已经没有了知觉。"

"我趴在他冰冷的身体上痛苦欲绝,他的双眼还直愣愣地看着前方,那些我看不见的东西。我把他的双眼合上了。"

"塔木在此地无亲无故,对我和塔木的关系,旁边的人此刻也一清二楚了,不过那于我此刻毫无要紧。"

"他们在他的口袋里发现了一些散落的白色花瓣。旁边有人说:'那是野百合。'经常有登山人上山想要采摘这种花,可是山体危险,塔木是在回程途中不幸丧命的……他们说那些花瓣应该给我留着,但我把它们重新塞进了塔木的口袋里。"

“这些花瓣最终和他一起下葬了。”

“那天医院还来了一个人，是神父。他一进来便直奔塔木而来，看到我，没有一丝一毫的惊讶。我的脸已经哭肿了。我看出他是准备来念临终悼词的。”

“‘塔木不是基督教徒，你来干什么？’我冲他喊道。‘还有，你要开除，就开除我吧。’”

“神父把手放在我的肩膀上，没有说话。”

“旁边有人说，这是塔木自己死前的要求，他说，‘让薄璃教会学校的神父为我主持葬礼’。”

“发现塔木的那一家人的妇女，过来告诉我，塔木最后一句话是，‘告诉薄璃，我死后还和她去同一个地方’。”

“我哭得更凶了，把头埋在了神父的袍子里。我不懂，为什么神不能让他在死前见我最后一面。”

薄璃停住了。她的话语里没有哀伤，只有平静。陶逸轻轻说：“他接受了你的上帝。你们的信仰归一了。”

薄璃没有肯定也没有否认。她嚅动嘴唇，继续说下去。

“回到学校的我，就像一个被掏空了灵魂的行尸走肉。学校里的人对我议论纷纷，我也没有任何回应。我的父母赶到了学校，母亲抬起手就准备给我一巴掌，被父亲拦住了。父亲看着我，叹了一口气。他说：‘我们原本以为你……’”

“他没有说完，我也不知道他当时到底想说的是什么。”

“神父喊我去学校的美术室。他把我开画展的那些画儿，一张张地拿给我看。我猜测他要开始对我进行一番说教，训诫也好，安慰也罢，无论关于基督徒的爱情，还是对于死亡的态度，最后再很抱歉地告诉我,他必须要开除我了。我很平静,漠然,不在他面前掉一滴眼泪。但我没有料到,神父突然说:‘这是我的错。是我当时建议你去开画展。你就是在那儿认识他的,不是吗?’”

“‘不是你的错,神父。’我说。”

“‘你还记得约伯的故事吗?’”

“‘记得。’”

“‘也许这是神的错。’神父说。”

“‘怎么是神的错呢?’我反问他。”

“‘你还记得我那天在这间美术室里,问了你什么吗?’”

“‘你问我信心的大小从哪里来。’”

“‘你的回答呢?’”

“‘我记得我说的,但我不想说出来。我不想说的是好像塔木是一个在信仰旅途中的牺牲品。’”

“神父叹了口气,像在医院里那天一样,把手放在我的肩膀上。‘葬礼在三天后,’他说,‘他的一个叔叔和弟弟赶到了。他们坚持要他以哈萨克族,伊斯兰教的信仰方式下葬。’”

“‘塔木不信教,连伊斯兰教也不信。’我说。”

“‘你知道他自己临终的意思是什么。’神父说。‘孩子,他在那一刻已经成为基督徒了,是你使他相信的。’”

“‘我宁愿他没有相信。’我忍住泪水说。‘也许就是因为遇到我……他……’”

“‘好了,’神父止住我,‘塔木的叔叔和弟弟和我说过,塔木的父亲也是在爬山时死去的,你不能自责,但你现在可以为塔木做的,是让他不要以本族的方式下葬,而是以他自己选择的基督徒的方式。

这是他与他父亲命运的不同之处。但是，我不知道如果让你去与他的叔叔和弟弟交涉，会发生什么，我担心事情对你来讲会更麻烦。'"

"那怎么办?"我问他。

"'在山底发现塔木，听他临终遗言的一家三口，愿意去为塔木作证。我也会在那里。他的叔叔和弟弟会以为他的皈依，是因为塔木搬到这个镇上，常常来到我们教会学校听道的原因。'"

"那时候，我心里知道神父和那一家三口这么做是说谎了，也许是因为保护我，也许是有其他原因，我也无从知晓。我同意了这个安排，没有见到塔木的叔叔和弟弟。"

"你想见他们吗?"陶逸问。

"塔木与我是一回事。"薄璃说。"他的家人与我是另一回事。就是那样。我们两个的爱情是不能深入两人的家庭背景见光的：我那样小，而他的家族信仰那样严苛。"

"毕业之后，我去了另一个国家，继续深造基督教神学，身边没有人知道我以往发生的——在他们看来会是——违背教义的事情。第一年里，我几乎隔上一阵子就开始失眠，夜里以泪洗面，白天强撑着去上课。但是在那一年里，另一件事发生了，你记得我跟你说过，在我还是个很小的孩子的时候——"

"你的幻觉……"陶逸禁不住接道。

"对，那些医生诊断下的幻觉回到了我的生活里。我又开始听到吹号的天使，看见长着翅膀的白色动物，有时会在我身边轻轻地呜咽，好像想帮我把伤痛背走。有一次我见到一个白衣女人，我一声都不敢出，而她抚摸着我的脸颊，经常来我身边，直到我睡着。我意识到那是耶稣的母亲玛利亚。但当我一年后重新振作起来时，幻觉也消失了。”

“塔木也不会希望我活在无止境的悲伤和幻影之中。”

“后来呢……”陶逸接上薄璃已经愈说愈微弱的语气。

“后来你就知道了，结业后我来到了这里，这可能是我最后一个神学学位了。”

“你打算做牧师吗？”陶逸问。

“不，更偏向于教书。”薄璃说。“我自视为一个基督信徒，而非基督教徒，做牧师恐怕不合适了。”

“我还得再理解理解这个差异。”陶逸说，转过头注意到窗外已经黑幕了。她看了看时间。

好晚了。陶逸想问她——你对神的理解是不是发生了很大的改变？转念，又觉得无须问。

她看着薄璃在窗户外的夜光折射下的面庞，感觉时间在她身上游过，又倒了几个来回。

那天晚上回到家，陶逸头疼欲裂，在热水缸里泡着，她觉得自己好像失语了。这样持续了三天，头疼才慢慢减轻。她的生活并没有什么变化，公寓的桌子上仍然堆着作业，第二天仍然要带着熬夜的黑眼圈去听商业大亨开讲座，偶尔她自然也还想着翻出抽屉里锁着的历史文本读一读。

但暂时在她心里锁得更深的，是薄璃对她讲述的故事。

生活的浪潮向她打过来，如果她此刻还沉浸在薄璃的故事里，她不否认，她被这个故事打动，但这个故事也像喷到枕头上的花露水一样，在她合上眼睛睡去时冰灼着她，使她的皮肤外敷上了一层凉凉的、使她觉得惊颤的空气。她开始清楚地感觉到自己的生活里被注入了一种新的、奇异的力量——坐在商学院教室里的未来银行家之中，只有她知晓一个藏匿在神学院里的秘密。

学期进行到一半，陶逸如约去赴一个周五晚上的聚会。红砖墙外面，挂着一串在寒风中微微摇晃的枝叶，还剩几片叶子，已经要凋零下来，这孤独而萧索的小景今日突然攥住了她。陶逸愣了愣，感觉到红砖墙内温暖的灯光和人们谈笑的喧嚣声，像一片云一样降落在自己的头上，便抬脚向前。屋内的光透过玻璃，像水汽一样洋洋洒洒出来，玻璃也像油画的外框，将里面的人定格在不断蜿蜒变幻的时刻里。陶逸走进这画框之中。

她拿起一罐饮料，这一平日不会引起她突然抽离的行为，此刻却让她隐约地觉得有些惶恐。有个男孩，是课上的同学，走到她旁边，开始有一搭没一搭地说起给他们上课的俄国教授，最后终于绕完醉翁之意不在酒的话语轨道，问她周末想不想出门看戏。她看了看那个男孩游离的眼神，他们之间那没有任何联结的冷凝温度。她知道之后会发生什么，和躺在她手机列表里的那一个个男孩子一样，他们将在不了解的情况下互相短暂地占有，最终在一种末日情绪里挣扎而欺骗自己。她对那男孩叹了口气，摘掉那些从天花板上落到她头发上的派对彩带，放下那罐饮料，走了出去，外面是漫天大雪。

就这样，她一直没再和薄璃联系，薄璃就像一个醒来还历历在目的梦境，比周围的一切都更真实，却也转瞬即逝，她们俩的生活再难找到相交点。直到那学期快要结束的时候，有一天，陶逸的手机突然嘟嘟响起来，很少有人给她打电话了——大家一般都是拼命地发短信,什么意思都尽可能地简写。

是慈溪。

陶逸划开收听。慈溪的声音稍有啜泣声。

“怎么了?”从没听见爽朗笑容的女孩哭过,陶逸觉得奇怪。

慈溪在电话里断断续续地抽泣着讲完,陶逸一边简短地安慰她,一边套上大衣出门去她公寓。是慈溪在国内异地了两年的男友,跑到美国来见慈溪,只是为了当面和她说分手。

陶逸边跑边往手里哈气,冬天已经深了。

这一次慈溪家的公寓没有派对来客,也没有饺子的香气,只有慈溪,穿着深红色的毛衣,蜷缩在沙发的一角,已经不哭了。

陶逸上前抱住她的头颈的时候,慈溪也只是把头稍微往她那里蹭了蹭。

“他人呢?”

“刚刚走了,就在你来前一刻钟。我暂时受不了自己一个人待着,对不住,喊你出来。”

“没事。今天要我陪你多久都行。”

“不要。你还有事要做,就陪我喝一点点酒吧。”

“好。”

喝了几小杯下去,陶逸问:“为什么呢? 可以说吗?”

慈溪昏昏沉沉地说:“他觉得坚持不下去了。哪有什么坚持不下去,就是消失殆尽了。”

“明明,”她继续说,“明明不是这样的……”

一会儿,慈溪抬起头:“其实我刚才第一个想到喊的人不是你,而是薄璃,但是她刚才打不通呢。你不会介意吧?”

陶逸愣了:“不,我知道你们俩关系好。”

“但我感觉…… 好像我暂时利用你一下一样。”慈溪微弱地笑了。

“你这样一说是有一点……”陶逸放下酒杯。“不告诉我不就好了嘛。”

“你呢?后来有和她聊?”

“有。”陶逸讲,以为慈溪要提起来薄璃那段特殊的往事。

慈溪说:“真好啊。她已经订婚了,你知道吗?”

“我只是注意到了她有订婚戒指。”

“咦,你们出去玩,聊天,她没跟你说吗?”

陶逸觉得不知如何开口,还好慈溪没有继续追问下去。

“是她在神学院的同学,”慈溪抹了一下嘴,开口道,“一个犹太裔的英国人。不过薄璃说她未婚夫研究的是犹太教,而她在研究基督教,也不知道两个人怎么解决这个问题,一个相信耶稣是弥赛亚,一个不相信。我研究社会学的,也不懂这些啦。”

陶逸感觉酒经过喉咙的速度变缓了,辣得她生疼。

在心里她苦笑了一下,薄璃是个基督信徒,而非基督教徒,所以她不会有问题的。

慈溪的头已经低下去,她睡着了。陶逸叹了口气,站起来,拖着女友不知因为悲伤还是醉酒而沉重的身体,把她在沙发上放倒,盖了毛毯。她仔细地端详着慈溪的脸,那平日里笑容洋溢的脸颊痕迹还在,合上的眼睛却显得悲哀。陶逸突然间感到羡慕她,羡慕薄璃,羡慕她们有珍视的东西可以破碎,羡慕她们愿意踏进可能万劫不复的河流,羡慕她们怀抱什么东西又被其刺伤。

和男孩在一起的时候,她甚至都看不出为什么自己其实不爱他们,只有在他们走了后,她才发觉自己多么不屑一顾。她也跳格子,只不过她从不跳进格子里,而是只在间隔线上跳。他们走的时候,她觉得他们的身体很软弱,像房间里飞虫掉落的翅膀一样飘浮着化为乌有,她感到轻松和虚妄。她做到了,他们对于她只是符号、工具,事情过去,又将自己的重心摆回她要争取的事物里:书本、成绩、论文、学位、商业投资前景。在这一点上,她也并没有什么错,只不过她也许连这些事物本身也没有爱过,而只是爱它们能带给她的东西。她以为自己可以分得很清楚,但不,在亦真亦假之间,她对于整个现实的视角都开始向某一个角度趋同化。

公寓里安静得好像有沙子在流。陶逸在沙发脚瘫坐下来,长吁一口气。不经意地,她的头向一边扭去,目光慢慢地聚焦,落在客厅的窗口处。

她拿出手机,划出薄璃的邮箱,给她发了封简短的邮件:

薄璃,我是陶逸。学期快结尾了,学期开始时,你和我说过一个故事。我很好奇,我们并不熟,你为何愿意告诉我一个封尘许久的往事呢?

又及:有空希望能再见到你。

她觉得自己的断句好像一个有点喘不上气来的人,奇怪,她平日的书写不是这样子的。

一周后,薄璃的名字落在她的信箱里,宛如一个冬末春初的白色房屋外悬挂的风铃,她欣然点开来:耐心,这是她们之间已经开始有的默契。

"陶逸你好,我从前总以为有一种厄运,碰到亲爱的人,只要和基督有关的事情介入，我都将迅速地和他们分开，和父母，与塔木。好像我只是轻轻地与他们摆渡过了一条河，他们便不再与我同时走上荒野的路，那路是孤独的，没有幸福可以期待，没有人在你左右。这种恐惧曾支配了我很长时间，我时常会在神学院学习生活的灰暗时刻，感到这种阴影的侵袭。只有我与神在一片荒地里，牺牲了我爱的、却又无法和我一样认识他的人。"

"直到后来，我才意识到这些只是自己强迫自己去接受的厄运，就像墨菲定律一样，我的恐惧成为一种指南针，方向却早已错乱。神并不希望我不幸——我也不能以为自己不幸。还好，是在日复一日、年复一年对基督的信仰里，渐渐摆脱了这种桎梏。"

"对你大方地敞开心扉，可能让你奇怪了。我看到你来听课那天，神情认真，还特意打印了罗马书章节，低头划句子，感到这是神的计划：他使你好奇，要让我和你说说自己的事情。你看，神的计划这种词儿，也许你听了并不相信，我只说说我浅薄的理解，有的人可能会说，神的计划即为遵照《圣经》的每一行字去行事。对我来说，则是那个朦朦胧胧，一个人终其一生，在她心里感受到的支配她一切决定与行为的事物，看不清，摸不着，却像一面旗帜在她心里伫立。而这便是我和你所说的，基督教徒和基督信徒的区别——当我选择和塔木在一起时，便已经抛弃了前一种信仰的方式。"

"生活现在于我，恐怕是律令与心意的一种平衡，是即便理念不同也可爱意相通的一种平衡。"

"我也要感谢你一件事。和你说过故事的那天之后，一个念头久久停留了下来——是否要去新疆，塔木的家乡看一看，看看他的叔叔和弟弟还是否在那里，告诉他的亲人当年的真相，和他们一起去一次他的墓。你知道吗？我还收着塔木的画，其中就有他画自己母亲与弟弟们的那幅，也有他此生画的最后一幅画——那朵最后散成碎片的野百合。也许是时候，去看看塔木画过的山，并把他的一些画交给他画的人了。那时候我才十七岁，如今已过将尽七年，当时我不能面对的，此刻应该能去了。"

"而你，是否愿意和我一起去？"

风一样的，一行行字，好像掠过陶逸面颊的鸟的羽翅。读完，她关上手机，将双手插进口袋里，感到暖意从指间弥漫开来，又慢慢遍及全身。她望向天空，波士顿的冬天总是这样酣睡着，等待着蛰伏着的暖季。她不知道自己有没有准备好面对自己想给薄璃的答案，这个答案在敲打着她，意味着她不会再穿梭入薄璃的回忆里，做一个无语的旁观者。她会是那个同行在画面中的人，从帷幕后走出来，从冷冬里走出来，从历史和商学在她脑海中搭建的书架中走出来，去触摸一些她们两个都无法够到的东西，也许是在薄璃的声音里、在塔木的画里、在新疆高原上的风中，甚至在她并不相信的两句经文里，在一个与攀向他人眼里的高度毫无关系的时间段里。

她又想起手指在打印的罗马书上触摸的那两行字：不要效法这个世界，只要心意更新而变化，叫你们察验何谓神的善良、纯全、可喜悦的旨意。抬头，是薄璃不经意的眼神，好像她在对着一片空旷的土地，在说："你会放弃对完成的追求。你会留在不断凭着信心行为这件事本身里面，相信上天自会成就眼前所不能预见的事情，而这可能也就够了。"

陶逸也希望，那可以足够。那可以让她感到生命本身足够。

在路的岔口处，有人在扫雪，他身后是一栋冷色调的建筑楼，墙面切割得如刚磁珠一般明亮，而地上在稀释、隆起又重复这一过程的雪，则隐藏了大地内核中明净的春日絮语，那絮语终有一天要渗透出来，使万物再一次更新换代。

到中国去

家里光线阴暗，参孙坐在沙发上，正在看一本书，前额上褐色的头发挂下来，有点挡着视线，但并不阻止一行行文字以心算般的速度掠过眼中。有的地方他会慢下来读，有的地方会增快。他视力不好，可是并不配眼镜，所以一日日，头愈发低下去，简直就像鸵鸟埋进沙子里一样，埋到书中去。不配眼镜，是因为参孙规定自己和任何现代文明保持距离，不用任何社交平台，写论文就带着书和资料去图书馆的电脑写，手机只用来每周末查收一次学校邮件、每月和家人通一次话。

听到门锁"咔啦"的声音，参孙抬头，看到秦如臻把门关好进来了。这间屋子是他们共同熟识的同学朱云霄大方地让他们来住的，就像一家免费的爱彼迎。朱云霄自己暂时不在扬州，跑到哪里玩去了，参孙、秦如臻和其他来借宿的五湖四海大学好友，也并不怎么清楚。他父母不住这里，偶尔来这间房子看看。

秦如臻见到参孙，热切地打了声招呼，就进屋里去了。他心里疑虑着是否要和参孙说说话，不过见他还是和在美国学校时一样，面色平稳又略迟缓地坐在那里读自己的书，便索性自己进屋，往铺着凉席的床上一躺，环视着朱云霄这间屋子里老式的黄褐色书架，和上面一本本互相斜靠着的书。

下午他们才好好说上话。

在餐厅的桌子旁边一起吃西瓜，空气很不好，是那种关上窗子，但窗外的硝烟还是要往里飘的感觉，即使屋子内的人想创造一种清新的氛围，也难以阻挡这种不明不白、使人不安的气息。并非事物干净与否的问题，而是电线杆上、林立的楼房中、小区的门卫站岗处，都像被浇了一层使人炙热又沉闷的柏油。秦如臻记得，在美国校园里偶然碰见参孙时，光景大不相同：当时他自己一手抓着手机，一手抱着两个纸盒子的快递物件，有点拿不稳，碰到参孙过来，帮他拿了一个。他们不是在讲英文，而是讲起中文。依稀记得空气是潮湿的雨气，好像隐隐约约盘旋着一条水龙，而这条龙，在秦如臻身处龙之国度时却消匿了，好像墙壁林立，龙已被斩首，抛到江河里去了。西瓜籽儿一个个吐出来，参孙吃得很娴熟，让人可以联想到他用筷子时的样子。有时候秦如臻觉得参孙比他还像一个中国人：举止温和儒雅，甚至显得有些拘谨顺从，再清风秀骨一些，几乎有一个古代中国文人的风范。

“你整个暑假都待在这里？”秦如臻问他，手上黏糊糊的，抓着西瓜。

“是的。”参孙说，然后露出微微下定决心的神色，准备说一个中文的长句子，“我听说你来扬州听演唱会。”

“是的。”秦如臻对他哈哈一笑。参孙中文发音很清晰，只是四个声调的抑扬顿挫还把握不好，听起来有点像一个持续的平调。他努力说起中文来时，和平日里温吞的样子很不一样，积极得都带有一丝侵略性，好像他骨子里西方的那一面是通过中文来体现的。他的英文讲得绵长、细微，声音好像蜻蜓点水，带着那么一些可能自己都不注意到怀有的厌顿情绪。可他讲起中文时，却好像一个变得警觉的捕猎者，猎物是从他自己喉腔里迸发出来的每一个汉语吐词。在从他准备讲中文的那一瞬间，有什么东西在他身体里切换了，他从一个内向者变为外向者，从一个认为自己无趣的人变成了一个对自己好奇的人。

“你知道还有别的什么人要来吗？”秦如臻问。

参孙没听懂。“就是，你知道还有其他人会来朱云霄的家吗？”秦如臻慢慢讲。

“哦，会有，有几个同学过两个星期来，我们一起学语言。”

“学什么语言？”

“法语，也学中文。”

“上周有个同学来的，但她(他)已经走了。”参孙又加上一句。

秦如臻点点头，站起身来准备把手洗干净了。那么一刹那，他忽然觉得参孙看起来有点不一样，在扬州老式小区的屋子里，参孙褐色微卷的头发似乎长长了，盖住了他的半个额头。他的胡子老久没刮了，没有让秦如臻想起大胡子西方人，反倒想起了悟空。他的眼睛在微微旋转的大吊扇下，看起来深邃而微微泛红，几乎让秦如臻在内心觉得有些隐隐惊惧。这个参孙，和他在美国校园里看到的，眼神刻板简单的参孙，有什么不一样的地方，好像褪去了一层面具，在中国找到了自己情绪的舒展感。他不禁又觉得参孙如果换一身打扮，不是如今二十年代法国书吏般的格子衬衫和皮带黑裤，而是手持折扇，穿一袭中山袍，可能才是他的真身显化。

参孙坐在椅子上没动，等秦如臻把手洗干净。秦如臻说自己要去周围的公园逛逛，问他是否一起。他想了一下，点了点头，下午的读书使他有点疲倦了，出门走走挺好，就像他在美国校园里读完书就出门踱步一样。是他当初问秦如臻要不要去中文小组志愿教中文的，秦如臻的中文，讲得比较慢，声音说不上清脆但很清晰，很合适当老师。一般是周五下午，几个中国人和美国人围坐在沙发上，非常初级的中文，从各自喜欢的颜色说起：白色、蓝色、紫色。或者喜欢的动物：熊猫和企鹅。当时他也是坐在沙发上，背坐得直直的，监督着整个学习过程，看到这个中国男孩子舒坦地向后靠着，跷着一条腿在另一条腿上，好像只是享受和大家侃大山，或者说，单纯能与外乡人流畅地使用自己的语言，让他很惬意。

对于参孙来说，当他愈加开始克服一开始发音的生硬感，中文就变为一种和法语一样柔和的语言，在英语之外多了一丝暧昧不明的灵活，又不具有德语那样不必要的复杂，同时又不像古希腊语那样，已经不再被人使用了。他不像很多人一开始学外语是出于对旅行或异域的兴趣，而是把语言当作他个人的心智锻炼，和现实世界的应用颇为隔绝。一开始他学的是古典语：古希腊语和拉丁语，它们没有声音，已经完全成为古籍密码，在这之后他才颇为迟疑地学起现代还在流通的西语、法语，直到中文。

通常，中文小组完了，是法语小组，照样是参孙一周中的光明时刻，不过秦如臻一般是就此告辞，去参加周五晚上学校的文娱活动了，这种活动，参孙来上学之后从未去过一次。

去公园的路有点蜿蜒，一路上很多歪歪扭扭的自行车，弥漫着城市里略微衰败之中的喧嚣与热闹。很热，热得秦如臻的汗不断地流下来，皮肤像被蒸气侵裹着。他想着参孙是否有点后悔出来，却见他脸上并没什么汗渍，相反瘦弱的身体迈着轻巧的步子，并不吃力，好像一只游燕一样。

可秦如臻总觉得，他看上去有些羸弱，需要再多锻炼锻炼身体。公园里多是老人、小孩，还有一支戴着红领巾前行的校园队伍，背着花花绿绿的书包，个头似乎都差不多高，社会主义下一片齐齐簇放的牵牛花。看得出国内小学的暑假放得迟，在骄阳下进行实践活动。触景生情，这一场景对于秦如臻来说，是童年记忆里芯片泛黄的历史，如背着石头一般重，他不会刻意躲避，却也并不会念着回头。

有几个路人在看参孙。他俩保持着距离，一前一后，一般秦如臻在前，好像一个翻译或者向导。

在凉亭里看着荷花歇息，秦如臻问："你有兄弟姐妹吗?"

"有，两个。"参孙说，"一个哥哥、一个姐姐。"

"噢，你是老三啊。"

参孙稍稍有点不明白。

"就是你是第三个孩子啊。"

"对。"

"你和他们关系好吗?"

"不太好。"参孙说。

"为什么?"

"我们喜欢的东西不太一样。"

秦如臻看他显得有点躲闪，便也不再问了。他估计是参孙喜欢中国文化的缘故，但他不知为何这就一定会让他和西方的亲人隔阂。

参孙忽地提起来:“我觉得,我可能想以后来中国学习。”

“学什么呢?”

“学古典文学,文言文。”

秦如臻笑了,“那么难,你愿意?”连他,一个中国学生,都不记得中学学的文言文了。

“我喜欢学这个。我在想,这边的大学可能会招外国的研究生。朱云霄说我到时候可以住他家里。”

“挺好的,我知道你对语言很感兴趣。”

“现在对中文最感兴趣。中文比较深奥。”

秦如臻用赞许的眼光看了看他,好像也想从眼神中传达他的一种民族自豪感。

参孙没有问秦如臻毕业后想去哪里,相反眉头紧锁,好像陷入了自己的沉思。

秦如臻问他:“你之前说,有一个人也来朱云霄家的,是谁呀?”

“是 Miss. Ni。”参孙说。

秦如臻想了一下:“倪莞尔?”

“对。”

他认识莞尔,还和她关系不错,是个经常和参孙一起学语言的中国女生,基本上每周学一次,参孙教她法语,她教参孙中文,语言的有偿互换。秦如臻偶尔会碰到他们俩这个二人学习小组。见到参孙在厚厚的语法书上精神抖擞的面容,觉得颇为有趣,便揣摩了一下他俩之间的关系,不过,看来看去,参孙实在不像是在对面前的人感兴趣,对方,那个女生莞尔,当时也的确是在选修法语课,准备考试忙得焦头烂额。

秦如臻估计，参孙对语言的这般痴迷，是在语言中找到了一种类似数学模型的线性结构，让他可以像一个生物化学家分解分子一样，在语言的规则里一直分解下去。语言于他，像倒进试管瓶子中的实验材料，经过一番戴着蓝色塑料手套的摆弄，重新成为被收获的、可以分门别类的知识。或说，他是带着侦探的眼光去追踪语言的，收集一条条线索，最后拼装成一份答卷。

参孙看着池水里的荷花一面面仰天盛放，不知身旁这位中国同学正想着什么。

秦如臻在想，自己和参孙不同，对一门陌生语言的感受是无组织的，就像这荷塘里的一片片荷花，是一种图像式的感觉，没有章法地浸润在他自己的头脑里。渐渐地，却发现湖底是有根茎连接着的，好像一张白纸上泼洒的无数个墨点。于是，新语言的不断输入不是逻辑性的一笔一画、一个句式接着一个句式，而是带着情感，泼洒着的、一团音律接着一团音律，墨汁互相交融，最终将整张纸沾染。

他自然清楚，参孙在汉语里看到了怎样的美，但却觉得自己和参孙交换了身份。这并没让他觉得不自在，他不觉得自己或者参孙有义务要做自己母语的专家——虽然外在他们似乎都烙印上了自己文化的封记，可内在也许都是异域的河流，被远方事物吸引，说不清为何。

参孙告诉过他，自己平时看 87 版的《红楼梦》练练听力，这就像秦如臻小时候，看奥黛丽·赫本的黑白电影一样，他们从对方文化最核心的审美层面，去对一个遥远的、抽象的事物着迷，一个飞到了美国大陆，一个放假了却不回家，跑来和中国同学住在一起。

“我们往回走吧。”秦如臻说，“好热。你觉得呢？”

“好。”参孙点点头。

两个人都下意识地抬手抹了抹汗。

演唱会开场前，秦如臻风一样穿梭在赶往剧院的马路上，经过一座天桥，感慨这一两年城市的发展，看到天桥下的街道整洁如新，一栋高高的、透明的服装大楼贴满了模特的照片，好像《格列佛游记》里规格庞大的人，穿着鱼鳞似的衣服，在夜光下闪烁着银白的光。

在剧院门口有卖票的黄牛在游荡，秦如臻避开他们，三步两步踏上台阶，和一群年轻人一起，向玻璃门里观望。时间到了，给工作人员检票，他排着队，仰头环顾，忽然觉得这样一个外形庞大、庄重和严肃的剧院，包括内里一排排的黑椅子、桌子和抽屉，不适合去表演、阐释和聆听，今天晚上这支乐队喃喃道来的异语小调。因为这个地方，有他中学接受军训结束汇总的报告厅的影子，走进去，他似乎还能依稀看到一些红幅条张贴在最上方，好像永远就没真正被摘下来过。

听的是外国歌手的现场民谣，舞台像光怪陆离的海底世界，黑压压的听众们则是沙滩上的人。他像一个要听海螺声的人，四处追寻这样的音乐之海。

舞台灯光很澄澈，五光十色的，又在艳丽中浸润着一种透明的光波。他这次听的乐队由四个人组成，其中一个成员戴着牛皮帽，另一个，在一首曲子的中途，从兜里抽出小笛子来吹。秦如臻坐下来，却想到订票的时候，并不知道参孙也在扬州，应该早点问问他是不是也想一起听。不过他又想到，平时从没在学校周五晚上的文娱活动见到参孙，估计他终究是个对语言修辞学更感兴趣的离群索居者。包括运动，参孙也不是很感兴趣，虽然秦如臻也不做什么剧烈的体能训练，但他至少每周都在学校的体育馆里打乒乓球。音乐、运动，这些要身体参与进去，而不仅仅停留于脑海的事物，似乎不是参孙愿意涉足的领域。学校足球队里的白人或黑人男孩子都很健壮，可参孙跟他们又不是一类人。他跟朱云霄、秦如臻是一类人，或者至少他自己认为是如此。

扬州这一场，是秦如臻成人以来听的第五场，无论音乐是取源于喧嚣的美国、幽静的瑞士、搞怪的日本、沉寡的英国，还是地域偏远的北欧小岛，这些乐队成员，来到中国的大舞台上表演，都像走入了一个有些荒谬的画框里，他们作为画中唱歌的人，与这一片背景环境并不搭。对他们来说这是一种探索，比这个大陆上的听众得到的探索，在某种程度上更为新奇。当他们在自己的网站上写下：中国巡演。他们想要的，不仅是音乐超越国界被听到，更是被一个异域的文化欢迎、接受、爱上。

也许参孙想要的也是这个，但他自己尚且并不知道而已。

音乐一首接着一首，主唱在间隙喝了一口水。听音乐的人是静态的，秦如臻在静态之中思考起来：人们说音乐交流是激发了听众内心的一些东西，表演者展开歌喉仿佛拉起观众的手一样自然。他自然同意，但他也同意另一点：有一些东西也因此被毁损了，而且戳得人颇为生疼。激发了新的，就毁损了旧的。秦如臻觉得他听到的不止音乐，他接触到的，还有演奏者独特的模样和气质、他们背后的历史，使他鲜明地感受到那一个幕后世界的存在，也是那个世界，使他们创作出所能创作出的胚胎，再生根发芽，变成如今舞台呈现的样子。他跑到了美国，他的中国自我销毁了一点，美国自我生长了一点。对于参孙，他也在毁坏自我的美国，就像拔牙一样。

歌声悠扬，遍布整个会场。秦如臻接着想，如果音乐只是音乐就好了，但音乐不只是音乐，音乐是录音棚录下的，票是用人民币买来的。这已经不是远古，人在自然，对着高山河水吟唱的时代。音乐本不属于尘世之物，却还是要在尘世里彰显它自己，听者所相信的那些彻底喜悦的瞬间，最终也要依靠世界的机械效率供奉出。

能听到，却不代表真的共享了。要怎么样才算是真正地听进去了，听进了耳蜗、大脑都不算，要听到脚跟处发麻、心坎里窝甜。就像他和参孙用中文沟通，也许他只是参孙练习中文的一个客体而已，语言被听到了，像一只球从一个拍子打到另一个拍子上，从这边的墙蹦到那一边，情绪、默契、意图、心愿，却不一定有。朱云霄和参孙之间也许有这些，他还不知道自己和参孙有没有。

他打断自己头脑里嗡嗡直响，望向舞台。四个高高个儿站着的人，三把麦克风、一把吉他、一把贝斯、一架琴、一双打架子鼓的棒槌，灯光像水里的探照灯，照亮珊瑚一样发光的音符，演奏者在这之中游走，随性地拍打着身体。这支乐队并不吵闹，是乡村与流行的轻柔结合。大多都是年轻人，坐在他前一排的，有一位抱着小孩子的老妇。一曲到了一半的时候，小孩子突然开始哭，哭声像一条水鳗在场内被水声的震动拉长。小孩子没有听懂音乐，这音乐不是他年幼时在摇篮床上方摇晃的铃铛，可以吸引他的注意让他安详下来。不，这音乐是陌生的，是海上船员听到的塞壬歌声，摇晃着孩子进入异域。

主唱笑了笑，继续表演。场内也有涟漪一样微微的一阵笑。

整场都很流畅，偶有起哄的几个瞬间。最出彩的，是弹吉他的人有一段长达四分钟的独奏，给轻柔的音乐加重了色彩，有了勾人的感觉，引得好多次鼓掌。一直在暗处敲鼓的乐队成员也走到前面来，四个人紧紧互相牵挽着，刚准备鞠躬时，一个穿着长裙子的女孩儿捧着一大束花跑上前去，递给主唱。他们在鼓掌声里鞠躬、再鞠躬，好像正副船长们对着一船船员，说，刚才的一趟航程已经结束了，我们只是在掌舵，谢谢大家齐心协力。

秦如臻觉得，自己听这音乐是愉悦的，然而表演者也很幸运，来到的这个异域是礼貌的、谦恭的、不温不火的，尤其是年轻人，甚至比这些特质更多，虽然是孔子礼教下出生的后代，也一样充满蓬勃的热情，有尖叫与喝彩、沸腾的告白。世界上的年轻人都还没有固化——这点是好的。但最终，乐队会日日有自己的音乐做伴，而留下来的听众，知道自己的命运，在一场来自异部世界的听觉盛宴后，被鼓动起来的心要重新收紧，回到没有现场音乐的生活里去。最多，也许会排队等一笔签名、买一碟专辑、和心爱的表演者握手，在几秒钟之内热泪。

队伍太长了，秦如臻没有排队要签名，他走出去，场外没有黑色的鸟在振翅等他，让他无忧地回家，而是等车，坐车，暗夜，疲乏，警觉，在夏夜是燥热，在冬日则是寒冷——今年放寒假时他回国，听了一场日本演唱会，离场时，脚一踏向外面，所有人都裹紧了围巾，场内的音乐欢愉那时已是舌头上含化了的糖果，外面的寒风才是持久的。当下涌现的感情如潮水一般真实，一旦入夜，外面的天空歇息下来，也就逝去了，至于音乐来没来过，听众自己也没有那么清楚，因为其他的事情会湮没他们。

回到朱云霄的爱彼迎，门锁“咔啦”一声打开，秦如臻轻手轻脚地进屋，已经是深夜了。他下意识地往沙发那里看了一眼，没有人。

秦如臻进浴室冲澡，水声哗哗的，有点头疼，他此时却突然想到那小孩子的哭，好像整片听众席辽远空间中的一个点，一个无序的、拉扯着的点。他的脑中又倒带放起那个时刻，当音乐在持续地演奏着，永不间断，包裹住任何不可预料的杂音。

他想，当时为什么主唱会笑呢，为什么场内的人会笑呢？为什么没有人觉得，那个小孩子打乱了原本美妙和谐的乐声。因为小孩子并没有真正打乱，音乐还在继续，而大家的笑也并非是讥笑，而是谅解的，温柔的，甚至同意的笑。笑的人们，那一刹是什么样的心境呢，也许是简简单单的一种意识，知道音乐的力量会持续，有信心音乐并不会被搅扰。

秦如臻觉得很羡慕参孙，因为他似乎也有这种相似的意识——十分明确地知道自己本科毕业后要做什么，即使那是一个可能在千万个美国人之中，才偶尔会有一个想去做的事：来中国学古典文学。这对一个中国人也并非易事，那参孙无疑是一个罕见的人。可他依旧觉得参孙可以多锻炼锻炼身体，他看书都看到书眼里去了，可看书的日子是很长的。

夜晚扬州公寓屋里，没有白日里那种闷顿的硝烟气息，秦如臻觉得仿佛回到了自己家里，关了灯，他枕在枕头上深深地打哈欠，感觉凉席的凉意和身上的温热混合在一起，疲乏渐渐包拢了他。他不禁想象着参孙此时也一定已经安睡了过去。

一早，秦如臻在厕所里刷牙，突闻门开的声音，一个男人和女人在说话。他匆匆漱口，推门出去，是一对中年人，女人剪着利索的短发，眼睛大大的，目光锐利又很和蔼的样子。男人虽然上了年纪，背有些驼了，人却显得很轻松，表情坦诚。

秦如臻一拍脑袋："啊，是朱云霄的爸爸妈妈吧？"

女人热切地和秦如臻说："你是如臻吧？云霄跟我说过你会来，我和他爸这几天忙工作，没时间到这边房子来。"

"对，对，没事，"秦如臻说，"叔叔阿姨不用担心，我其实今天就回去了。"

"今天就回去了？"朱云霄爸爸说，"来这边干吗的呀？来扬州玩的？"

"人家来听演唱会。"朱云霄妈妈对丈夫嗔怪道。

"对，对，"秦如臻重复了几个"对"字，说话有点磕巴，"我现在回房间收拾行李，今天中午回家。"

"早饭先吃了呀，"女人说，挥手叫秦如臻坐下来，"我刚才在楼下买了豆浆包子，就在厨房桌上，你和参孙两个人坐过来，把早饭吃了。"

她说起参孙的样子，就好像参孙是她自己的儿子一样。秦如臻有些惊讶于他们的亲昵。

参孙这才从他的房间走出来，换了一件黑色的格子衬衫，他的头发好好梳过了，昨日他看书时那根褐色的翘着的发梢，现在完全平坦下去。他用眼神和朱云霄的爸妈打了个招呼，又怪腼腆地看了秦如臻一眼。他之前已经和朱云霄爸妈以及倪莞尔一起住了一个星期，倪莞尔是来找她高中同学玩的，她先走了，然后朱云霄爸妈又走了，就是那个时候秦如臻搬进来的。他六点钟就起床了，洗漱完，坐在自己房间床沿看书，刚刚从房间出来，听到秦如臻说自己也要走了，心头稍有不舍。他感觉自己是这间扬州爱彼迎的永久住客，或像一只安静的老龟，看老房子里人来人往。他并不总是想到他们是中国人，而他是外国人。他只是作为人类看另一些人类在穿梭、生息、交谈，以自己的方式活着，而恰好地点是在中国。

他安慰自己，虽说秦如臻今天走了，还有两周，另外五六个包括韩国、瑞士、巴西的同学就要来一起学语言了，朱云霄也回来了。这个学习小组的建立，好像是因为大家都对学校里的生活怀恋不已，以至于连放假时，都还想造出一种类似于学校内读书写字的安静氛围。

秦如臻比他们小一届。

坐下来，参孙拿起一个包子，开始细嚼慢咽。朱云霄的爸爸妈妈进里屋，做自己的事情去了，客厅里又只剩下他们两个男孩。秦如臻对他笑了笑。

“你什么时候走?”参孙问。

“还有几个小时吧。”

安静了一阵。“这学期你最喜欢什么课?”参孙又问。

“古希腊哲学。”

参孙点了点头，回想了一下。“我去年也选了这个课。”

秦如臻问他：“你记得犬儒派哲学家吗? 那门课最后读的是这个。”

“记得。”参孙说，“读它帮了我很多。”

“嗯? 帮了你什么?”

“我那时候的野心太大了，让自己每天都不开心。犬儒提到要温和、自制，所以缓解了我当时的心情。”参孙一字一句地说。

“嗯，我也记得。”秦如臻肯定了一下，然后大胆地问，“那你当时的野心是什么呢?”

“就是想一口气学很多语言。”参孙说。

“你的语言已经非常棒了。”秦如臻由衷地说，“你会英语、汉语、法语、德语、古希腊语，好像还有……”

“西语。”参孙客观地补上。

“对。”

“你怎么看犬儒派?”参孙问。

“我记忆最深的一点，是说把自己当成自己的旁观者，观察自己像个演员一样在人生的舞台上经历各种波澜，这样就可以感受到平静地面对压力。”

参孙点了点头，秦如臻觉得自己说得有点咬文嚼字，不过参孙没有介意，一脸慰藉地坐在那里，包子还没有吃完，被他拿着，就这么停在那里。

秦如臻看了一眼时间。“我得走了。”

他把钥匙交还给了朱云霄的妈妈，她正忙着在客厅收拾什么。“如臻要再来玩啊。”

“好，谢谢阿姨了。”

拖着箱子来到门口，参孙像一棵纤弱的竹子一样，站在那里送他，认真地说：“再见。”

秦如臻忍俊不禁：“再见!”

门“咔嗒”一声关上了。参孙听见朱云霄爸爸和妈妈，一个在客厅,一个在屋内正传着话。他想了想自己的包子还剩一半,回到桌子边,坐下来,开始一口口慢慢地吃完。

秦如臻收到一张朱云霄发的照片,背景正是他和参孙在公园看荷花的那个凉亭,六七个不同国家的人站在那里看着镜头,笑得很开心。参孙看上去没什么变化,就是不知为何竟有了一点苍老的感觉,也许是照片的关系。听说他们的语言学习每天都进行得井然有序,秦如臻也觉得心生鼓舞。他在家练起了吉他,还是上初中的时候买的,重新拿出来,已经落了不少灰,小心地擦干净,琴弦发涩、嗡嗡响着,桃花芯木的板面摸上去很光洁,他左手手指按下 C 和弦,指腹曾经长过老茧的位置微微发胀,从前练琴的记忆也从皮肤那里慢慢涌上来。

如果练好了一首曲子,回美国后可以弹给参孙、云霄他们听听。他自知并不属于他们那个团体,不仅仅是小一届的问题,他对再学一门语言也缺乏那么大的兴趣,中文和英文对他就够了。但在他们互相学法语、德语、西语、韩语、瑞士语的时候,他可以学音乐,一个不属于语言世界的、纵横贯穿于巴别塔每一层的袅袅余音。

他对他们对语言的狂热也感到隐隐害怕。对他来讲,在地图不同板块上生活的人,降落到了一个地方,好像一个巨大的圆中迅速地出现了一个显著的圆心,而整个圆的边界都承受不住,弧形线条像压力太大的弓箭,一下子崩裂了。不同的母语塑造了不一样柔然的舌头,平时互相用英语沟通并没有什么,但当他们用各自带着口音的英语,以此为桥梁,学习对方的源语言,像是在敲打巴别塔,是一种达不到的突破,无法和解的、趋近饱和式的尝试。所以他潜意识里使自己安稳而孤独地置身事外。

秦如臻没料到这件事对他们是长久的。第二年的暑假，他早早地回国了，而朱云霄、参孙以及照片里的其他几个人，一同留在北美学校旁边的居民区，租了一间公寓，仍然继续着他们学语言的有序生活。回国前，他去拜访他们，有人拉开窗帘，开门欢迎他进来。公寓两层，不开灯的话光线很暗，客厅里打着地铺，扔了一些靠垫，看出来有人睡在客厅。有一个小厨房，摆满了各种碗勺，没有太多调味料之类的瓶瓶罐罐。

屋子里一股清闲、俭朴、踏实的气息，和扬州朱云霄爸妈的屋子很像，好像朱云霄把父母的住房克隆到了美国学校附近，重新创造了一个横跨大西洋后，却仍然几乎一模一样的现实世界，只不过现在的生活是多语言的。

现在他这里是晚上，朱云霄那边刚刚起床，跟秦如臻通话的时候，止不住打哈欠。

“没睡好吗?”秦如臻问。

“是啊，昨天夜里，”朱云霄又打了个大哈欠，“你不知道，参孙突然哮喘发作。”

“哮喘？他没事吧?”

“他现在没事了。”朱云霄疲惫地讲，“今天凌晨，参孙是睡客厅的，他跑上来，把我摇醒了，然后大家都醒了。”

“有没有去医院啊?”

“没去。先打电话给他爸妈了，打的免提的，我们其他人都听到了，都吃了一惊。”

“吃惊什么?”

“你知道参孙爸爸妈妈是做什么的吗?”

“不知道啊。”

“他爸爸是基督教科学派的牧师,好像在美国最大的科学派教堂做第一把手,同时管理另外十来个教堂的事务。他妈妈也是这个教派的牧师。他们听说他哮喘,没有安慰他,也不着急喊他去医院,而是让他先祷告,有信心耶稣会保佑他。”

“那后来他就好了?”

“他也没有太严重,就是一惊一乍了一下,主要是大家都心慌了。打完电话之后,他休息休息,就说自己没事了。”

“嗯。现在都没事就好。”

“只是我还是挺惊讶的,一般父母要是听到孩子不舒服,肯定是让他去医院,或者说些实际的解决方法吧。”

“嗯。但他们家有这个传统,估计从小也就是这样,遇事先求神。”

“对,但是他爸妈的语气都是冷冰冰的,很严肃,好像公事公办。就是感觉他们说话的时候,隔了一层东西,好像没有人和人的那种人情了。”

电话两头的人都愣了愣。

秦如臻打破了沉默:“我猜过他家里有宗教背景。你看,参孙这个名字不就是《圣经》里的?”

“什么呀?我们喊他中文名字参孙,不是都喊惯了。”

“对,但你看,他给自己起这个中文名字是音译的。Samson,参孙,旧约里一个士师的名字。虽然美国人起圣经名字也很多,但一般起这种有点生僻的名儿,家里都有这种背景吧。”

“嗯。我之前只知道他是德裔美国人，他好多亲戚都在德国。”

“那他德语说得好也不奇怪了。”

“对。而且他爸爸会十几种语言。”

“基因遗传啊。”

“总之，我看参孙自己不像是信徒，平时从没透露出来。”

“可能对他来讲，就是从小家里人的形式和传统吧。”

“嗯。还是挺意料之外的。”

秦如臻把话题绕开：“参孙说他以后想来中国学古典文学呐。”

“他现在这么说说，以后也不一定。”朱云霄说，“而且他身体真是不好，我和西蒙都跟他讲，他每天一定要锻炼。”

西蒙是另一个合租的瑞典男孩子。各自又讲了讲他们最近的生活，朱云霄说自己要去吃早饭了。

这样的跨国电话，那个暑假来回进行在朱云霄和秦如臻之间，参孙并不知道自己被包含在他们的对话里。

哮喘那天夜里，当惊险过去，躺在客厅的卧铺上，他注视着朱云霄和西蒙打着哈欠上楼去。父母电话里严肃的训诫和提醒的口吻，从幼时就是如此，对他们几个兄弟姊妹都是一样，他早已习惯了。宗教是父母的官职，因此也成为打上世俗烙印的事物。他长大之后，要寻找一个和拥抱耶稣的圣母毫无关系的世界。他在中国世界里找到了，这里古代有孔儒，现代也有繁荣的经济，与他从小被灌输的森严戒律没有任何瓜葛。

他自然不会忘记自己来自哪里，自己是全美最大科学基督教会教堂牧师的儿子，自己的祖父母在德国生活，每年假期期待见到漂游在美国的孙子孙女们。但是当他选择学习中文，选择不和美国同学在校内住宿舍，而是和中国同学一箪食一瓢饮，他就比他原来的自己更多剥离了童年时代单面相的文化回忆，将自己像一个四维的折纸一样弯曲、延伸、筑起。他德裔美国人的身份，也像马赛克一样模糊了。

参孙、朱云霄那一届毕业典礼的前一天，只见低年级的学生们三三两两下课，抱着书本爬上台阶，穿过草坪，有一个卷发的美国男生，正骑着一只独轮车在学校中央的院子中穿行。而平日里排着队挤满人的食堂外走廊斜坡，此刻空寂无人，食堂今天的晚宴只对大四毕业生开放，他们正在享用在学院的最后一餐。

食堂的那座建筑，看上去是一栋白色石头堆积的堡垒，秦如臻知道参孙在里面，不可避免地要加入这一感伤又热闹的庆典之中，不知他是怎么应对的。当食堂门终于又打开的时候，走出一批又一批身上仿佛散发着轻微荣光的毕业生。秦如臻坐在近旁另一个教学礼堂的阶梯上，双手握着，伏在膝盖上，终于瞧见参孙缓缓走出来，人小小的，弱不禁风，褐色的头发挡了半边的额头。

参孙在学校中央的院子上停下脚步，然后，他背朝着院子中央的大树，几乎是倒走着，远远地眺望四周的绿荫操场、红砖白墙、玻璃屋一样延展的教学空间，包括天空中软乎乎仿佛将要掉下来的白云。他绕着圈儿走，将学校里的一切尽收眼底。秦如臻本已站起来，准备大声喊他，此时只是从阶梯上走下来，静静地看着参孙身心都沉浸在对学校的环视里。

终了，是参孙先注意到他。他动了动嘴唇，好像思虑了一下，最后开口说的仍是中文："你哪天走？"

“明天看完你们的毕业典礼走。”

“好。”

“你毕业后去哪儿?”

“我还没申请。”

“还想申请中国的研究生吗?”

参孙注视了秦如臻一眼:“不。可能去德国。”

“德国?”

“对,我家人在那里。”

“挺好的。”

“我可能会在网上教古希腊语。”

秦如臻笑了。“很棒啊。”

参孙很认真地看着他:“听说你今天晚上会在学生音乐会表演。”

“对。”

“我很——期待。”参孙斟酌着用词,看秦如臻笑意盈盈,知道自己没用错词。

吉他是托运过来的,花了一大笔钱,里面塞满了泡沫,绑了好几条厚厚的胶带。买的时候就很贵,桃花芯木的古典琴,琴把稍微撞一下门,秦如臻都会感到心疼,不仅是钱的问题,做工也精细。还好托运过来没有损坏。此刻,琴在宿舍的角落里静静站着。秦如臻背上它,赶到了会场。音乐会在学校最老的建筑厅里举行,一把把编织的木头软椅排列着,墙上挂有古典音乐人物肖像油画,学生们已经坐满了。一楼没有天花板,和二楼是通的,于是来迟的人在二楼的白色扶栏上倚靠,向下俯看着,不断有皮鞋的脚步声和人们呼朋唤友的声音。

在后台的房间里，秦如臻向外探视，看到合唱团男女生们穿着礼服，正准备鱼贯而入上场。参孙坐在倒数第二排的位置，倪莞尔和另外一个越南女生坐在前排中间，那个踩独轮车的男孩儿则站在门口观望着，没有想坐下来的意思。没人注意到他在后台窥视。

像终于消散的泡泡一样，人们的话语声消弭于无，场内安静下来。

秦如臻抱着琴，离舞台有一墙之隔，里面的一首首曲子传递到他的耳朵里不真切，使他感觉像是处在一个半真空里。他要面对的眼睛和耳朵们来自世界各地，即便是美国同学，也多有像参孙这样欧裔的。在一开始，这个大陆就由一个斑驳的、流亡的民众组成，渐渐织成一条血脉通融而绮丽的河流。现在，他也融为这逍遥而散落的版图上的一点。他不是营销者、传播者、征服者，他是请愿者、寻家者、亦客亦乡人。

一对小情侣的钢琴二重奏正在演得热烈，鼓掌叫好声此起彼伏，还有吹口哨的声音。秦如臻感觉心跳得怦怦响，不禁向窗外看去。窗户又长又宽，涂着红白油漆的一条条横杠划分了十几个小方格。外面大树上的绿叶，因风的推力而洋洋洒洒地飘落下来，像青绿色的扑克牌，一张张的，在空旷的风中旋转，被重新清洗。夏日的云卷云舒，好像一面向他慢慢压下来的帆，他望着入了神，感觉手指轻颤了一下。

打着小领带、穿着白衬衫的主持人进来，朝他示意上台。

曲目的间歇，台下如同潮落了一样归于宁静。秦如臻想：把这当作送给所有人的礼物就好了。长吁一口气，他感觉重力都灌进了双腿处，安稳地坐在了舞台中央，他对准话筒，用英文讲：

“这是首写给我们学校的曲子，蓝调风格，所以名字也很简单，就叫《学院蓝调》。”

他感觉到有来自认识之人的目光，温暖地投过来，但他没有掠过观众席去看谁。清了清嗓子，左手轻轻一使劲按下和弦，就像接通电力一样，他听到自己的声音一句句地回荡在大厅里，身心都带进了吉他的振动之中。从二楼向下探视的人们，则好像围着一个镂空的祭坛，将他们的注意力，都投射向楼下的这一方音乐发声处。

他大胆起来，与前几排观众的目光一一注视过，秦如臻想把音乐的节奏连贯下去、再连贯下去，直到能穿过每一个人，又穿回来，形成一个具有开启心扉能量的圆。他觉得那扬州演唱会上的外国歌手们，更像是在向外泼洒他们的声音，而他此刻希冀一种和听众间更奇妙的、循环式的相互性。歌词是英文，由一个说了十几年中文的柔软嘴巴哼唱出来，他是一头东一头西的中立之桥，而音乐是桥下的水流。

唱到和声，要返回最后的主旋律了。门口突然有人走进来，手呈喇叭状捧着叫好，然后开始顺着节奏鼓掌，啪啪地响。一大半听众都回头看他，学着他鼓起了掌，包括那个骑独轮车的美国小伙子，本来只是斜靠着门，此时站进来了，颇为激动地打着节拍。

窗外一阵风卷过来，叶子又落了一地。最后一个音，右手划下去，完成了，台下是认真鼓的、被感染的掌声，但众人的身心参与进来，他们的节拍声比掌声更可贵。

他从后台走出去，把吉他从胸前放下来。

“嘿，唱得不错。”是朱云霄，走过来，对他嘻嘻一笑。

“那个带头打节拍的人是你吧。”秦如臻上前点了点他。

“你怎么知道?”

“我看到了啊。但不看也猜到了。”

朱云霄只是笑。

“明天毕业典礼准备好了吗?”

“就这样吧。”

“参孙说他要回德国,他家人在那边。”秦如臻还是提起来,“你呢? 回中国?”

朱云霄摇摇头:“我暑假待在这边,在美国实习。还在等几个研究生院的录取通知,看看结果。”

秦如臻对他点点头,拍了拍朱云霄的肩膀:“我们回去把音乐会听完吧。”

两人走到厅内,正巧碰上节目更替,秦如臻的目光却被观众席里一个身影拽了过去,是参孙,突兀地站了起来,正看着他们。他穿着他那一套格子衬衫,同一款式,他似乎有好几个颜色。今天是绿色的。

雪　山

出发之前，路艾玛的朋友唬她："科州有熊出没，听说熊半夜会从山上下来，爬到人院子里去。"她惊讶地说："真的吗？我只知道有蛇，有蛇是肯定的，熊没听说过。"从前她态度有点一本正经，不被对方吓到，常常使对方有点悻悻，所以她现在学会做出一副反应很强烈的样子，也就是为取悦别人。艾玛不知道为什么和男生说话，他们都带着希望对方被震惊到的期待，好像有一股兴冲冲扔手榴弹的劲儿，希望看到田里被炸出坑来。

艾玛是她的英文名，路是她的姓，她在来美国之后，为了方便，隐匿掉了自己难读的中文名字，逢人介绍自己叫路艾玛。

有蛇是小叔告诉她的。小叔是实事求是的人，亲眼看到过蛇在住宅旁边的草丛里缓缓地游。此时，小叔的车停在大杂棚里。车子已经开到海拔很高的地方。艾玛被有熊出没的可能性吸引住了，开始想在这里会不会遇见一只，是不是皮毛锃亮，眼睛溜圆，有厚厚的皮下脂肪，是否会有拖家带口的母熊。引擎息了，小叔示意她打开车门，她才清醒过来——这近旁停着这么多车子，人类的气味如此浓烈，熊怎么敢过来。

小叔刚刚搬到科州工作，在一家技术公司做软件编程，到机场接艾玛的时候，艾玛已经四年没有见过他了。他满头黑发已经有点斑白，可能是用脑过度的缘故。一双眼睛滴溜圆，警觉而认真，开车戴着眼镜。

艾玛脸上生着痘痘，头发遮着缺觉的脸，裹着一个大 poncho，眼尖瞅见了小叔，以为小叔会认不得她，没想到小叔也一下子就逮着了她，不由分说地还给她拍了一张照，好像在给她过最后一道安检。

艾玛等着小叔称呼她中文名字，好矫正他，告诉他自己的新身份，没想到小叔说话好像避手雷，对她以“你”相称，怎么也碰不到她的中文名。艾玛往车后背一靠，也不想这回事了。

科州的城市里，即使是晚上，也是一贯灯火辉煌的，小叔边开车，边和她唠嗑儿。

艾玛发现小叔避而不提她父亲怎么样了——大哥和小哥吵过一架，不是她能横在中间解决的。她也不想做这个中间人。小叔自从拿到工作签证，办好绿卡，就一直像一个荒野猎人一样，待在美国中西部不回去了。艾玛觉得也挺好，他能按自己意愿生活，只是这行为还是孩子气了一点。她有点困也有点冷，打起精神和小叔说话，小叔先是有些拘谨，接着开始乐呵起来，说起当年大学时代如何旷课和兄弟们喝酒吃花生，极尽少年荒唐顽皮之能事，依旧考试拿高分。

小叔在很稳地掌舵，车子像航船一样驶过夜半的科州小城。

艾玛坐在后座，想看一看小叔在前视镜里的脸，夜太黑了，看不出额上有没有皱纹。

小叔问：“有没有和同学开车在美国自驾游啊？”

艾玛说："没有。"

小叔问："你和那个男生的事情怎么样了?"

艾玛说："不好。"

对，艾玛之所以联系到小叔，是因为这件事情。从初中开始就在一起的男友，在她来美国读本科之后，每天互相发晚安时，艾玛明显感觉到时差使对方越来越不上心，两人几乎天天开始争吵，吵到有一天她要因为这个事情和美国女教授请假。女教授很理解，放了她一节课，在床上躺着哭。

艾玛成天想着要回国和他当面捋清楚。

小叔问："他不能来美国啊?"

艾玛摇摇头。年少的感情，她自己以前也没想过要走多远，也许她的未加考虑，也是他们终将分崩离析的原因，只是她更恋旧一点罢了。她不知道为什么会因为这个事情找到小叔，也许因为小叔和她爸当年也吵得很厉害，很像快要成为前男友的这个男生一样。她愈看那个男生，愈觉得像个不懂事的弟弟，想知道那一方到底是怎么想的。不过，小叔和爸爸的关系到底不同，是旁观者都知道总有一天会和好的，像拉得很长的橡皮筋，虽然互相都绷着，最后还是会反弹回来，还是一家人。这就是血缘，艾玛心里想。是在出生前就签了的合同。也不知道是好事还是坏事。

不仅人类是如此，恐怕熊族也是一样，一切有生命的，都要想着法子互相作用，亲情、恋情、友情，种种情谊。

她还是期待着见熊。原先，还有点反感用熊唬她的那个朋友，现在对野生动物的憧憬，反倒给她带来了莫大的安慰。

车子开进车库的时候夜已经深了，叔侄两个没有叙旧太久。艾玛在房间里收好窗帘，并没有想到也许会有蛇半夜游上窗台，度过了安然无梦的一晚。

第二天，还是在小叔的车上，科州不知为何让她想起枫叶国，虽然气候、海拔完全不一样。可能因为这里同样有满树的叶子落满了干涸的土地，峡谷的岩石在烈日照射下红彤彤的。离开了市区，小叔的车子驶过一条条边郊的高速，轮胎顺着塑胶跑道式的公路蜿蜒至上，两侧的风景与前一晚的已经截然不同。在颜色黄褐、石砾藏身的宽阔草场上，有几匹马儿甩着长鬃毛尾巴，低头摩挲着地面，皮肤好似柔软的深色硬壳。冬日的草地几乎已经枯黄，也许马儿们是在嚼干草。在这片空旷的边缘，是一栋白色的小房子。车快要驶过时，艾玛看见有戴帽子的牧民走出来喂养它们。

原来在这么寂寥的地方，人还会养马做宠物。还没能见到熊，倒是先见到马了。

小叔要下车去旁边的超市买电池，艾玛看了看那建在荒原平地上孤零零的店铺，说她待在车里就好了。熄了引擎的车子里，空气开始有点闷，她把副驾驶座上的遮阳板放上去，又拿下来，轻轻地乱敲打着摆台。外面都是车子，看不清任何景色。差不多五六分钟过去，小叔回来了。

车子愈开愈高，小叔示意她看最前方。

那是一整片雪山山峦。高高的山峰上点缀着白金色，好像即刻就要融化了，星星点点的阳光微芒在闪烁，好像山尖上挂着一串星星。这片山黑白相间，白的地方更多，于是黑的地方就像是一条条腰带横贯而过。

“远看着像一幅油画，”小叔说，“如果真的爬上山了，就会发现都是粗糙、锋利的石头，冰冷的泥土。”

“你爬过吗?”艾玛问。

“爬过。爬到半山腰下来了，体力不支啊。”

“山上风景很好。”小叔又加了一句。

从宽大的车窗玻璃里远眺，那山显得很近又很远，近是因为看上去袖珍，好像一只手就能抓住，远却也是因为袖珍，好像就要变得越来越小了，直到车子完全开离这一地段，变成一个针眼，消失不见。

如果有熊，就是在那上面，可能已经挖了个洞，在冬眠了，也可能会有掉队的，或不需要睡觉的，正在用巨大的爪子刨雪。

车稳稳地停在大杂棚里，小叔今天是和艾玛来参加公司的聚会，自己得赴约，正好带上放假来访的侄女一起。聚会的缘由是什么小叔已经记不太清了，好像是老板儿子的毕业庆祝会。

这个餐厅与酒吧的混合体建得四四方方的，透明的大玻璃吸收着冬日凛冽空气里的阳光，墙壁上铺满小砾石的装饰。室外摆着几张淡米色的桌椅，有几个人或坐或站，手上拿着烧烤纸。五颜六色的塑料彩纸叠成了一个个小三角，在高处挂了一圈儿。

室内很暖和，小叔和艾玛进去后，先找到了卫生间门口专门放衣物的地方，挂好外套。天花板极高，有一块儿地方，是圆筒造型的几张小沙发，坐着几个手拿饮料聊天、休憩的中年人。吧台旁边那一块儿，则站着穿梭不断、围成不少个小圈儿的人群，聊天声交错不断。

那些是小叔公司的同事们。

吧台建得很高，金属色的涂漆，里面不断有玻璃磕磕碰碰的清脆声音,人们点饮料的声音则像低音贝斯一样嗡嗡不止。有一小摞黄色的手带,堆叠在一个竹筐子里,小叔观察了一阵,拿了两个给艾玛和自己——戴了这个,在这里买饮料酒水就是公司请的。

员工自然要先直奔老板而去,那是一个高高大大、戴着眼镜的中年人,穿着淡灰色的衬衫,矮小的艾玛几乎要仰视他。小叔打了招呼,对方似乎不大认识小叔,点了点头,将眼镜往鼻梁上推了推,手里还拿着一杯东西,晃来晃去的,转身又和旁边的人说起什么来。

艾玛揉了揉眼睛,不禁觉得这个公司老板很像一只雪山上的熊,尤其是他的酒糟鼻,因为他的眼睛在镜片后有点模糊了,看不清楚,那微微发红的鼻子就像是他探测周围一切的工具。

在周围热情氛围的交谈之中,他们有点尴尬地站着。这时,任何同样此时是处于派对降温时间的人,便敏锐地互相识别到了温度——小叔和艾玛注意到,旁边有个人正独自站着,手里捧着一杯东西。

三双眼睛交汇了,那个人敏锐地察觉到了他们的处境,弯下了背,身形利索地跨了一步到他们旁边来。

"我是杰克。"小叔说,"这是我的侄女。"

"艾玛。"艾玛讲。

"瓦尔克里斯。"这个穿青绿色罩衫的男人点头说。他很高,比小叔和艾玛都高,头发有点乱,两只眼睛的间距有点大,一张脸有点皱巴,好像肌肉都已经耷拉了下来,正在缓缓地向下沉。

刚才,他跨过来的时候很利索,但似乎力不从心,好像内心其实花了很大力气将自己全身拖曳过来。

小叔不记得在公司有见过这个人,也许他是管理人员?

管理人员一般在单独的办公室里工作，程序员们则坐在隔间里打电脑。午休时候，小叔自己吃带来的饭，独来独往，只有一次某个同事走了过来，好奇地询问他的饭菜是谁做的。他自己是个出色的厨子，在经历留美生活的磨砺前就已经是，炊事造诣来源于很久远的大学军训时期。现在，他已经习惯了在科罗拉多州的清旷里晨起，出门跑步，带上前一天晚上冷藏好的一份饭去上班。

他看到侄女，就想到当年的自己，想力图避开提及自己将近中年生活的规律感，多提一提自己当年的不羁。

艾玛看出他俩不认识，不由觉得有些尴尬。她担心小叔在公司融入的不好。

“你什么时候入职的?”刚到这个聚会的时候，她问小叔。

“两个月前。”

那还好，艾玛想，他会更加融入的，以后说不定还会有同事在他桌子前面贴一两张便签纸条，写着“相信你的工作背后有神在支持”这样的话向他传教。

这是个电子软件公司，和艾玛学文科的头脑没什么相通之处。小叔想。他从本科到博士一直学的理论物理，他的程序员同事们也大多都是生物、物理、工程专业毕业。可艾玛，却使他想起当年读书时的少年侠骨气，那个时候他怀揣梦想，没有考虑做一个编程师，而是一定要实现某种远大的追求，甚至可以为了祖国献身，去戈壁荒漠做科学研究。艾玛让他想起这些，也许因为她毕竟是大哥的女儿。

小叔又注意到，面前这位外国同事一脸倦容，身形已经松垮，不由得对于自己的状态，感到一种几乎孩子气的自豪。虽说其实美国绿茵更多，更能给人锻炼的空间，小叔的良好运动习惯却是在国内的强压式教育下养成的，当年带着一种“为中华之复兴而锻炼”的精神，日日跑步。他对现在年轻人的惋惜，是他们用电子设备过多，满脸因辐射过度带来的疲惫，一个个未老先衰。他担心艾玛也开始有这种倾向。

不过，他却不好意思过多地提醒或管教她。一方面，他自己和大哥闹崩了，似乎没法对他的女儿摆出一份长辈的姿态。另一方面，他觉得自己的那一套，可能早已成了现在少年们教科书里的内容，说出来怕反而是跟不上时代。

艾玛并不厌烦和中年人聊天，甚至觉得这比和同龄人聊天轻松。只是开口时，她突然意识到自己对小叔的生活知之甚少。他找工作花了多长时间？谁帮他搬的家？他有没有谈女朋友？打不打算结婚？

小叔不想跟侄女谈自己的感情经历，虽然觉得他有所保留是有些不公平——毕竟艾玛一开始联络他，就是因为她自己的感情问题。但既然是长辈，保留一点尊严也是正常的。况且，他现在的心思多是放在另一件事情上——每晚下班回家对《西游记》的研究。

就像听蒋勋说《红楼梦》一样，他也期待着自己某一天也许可以讲讲西游。一开始，他着迷的自然是古龙、金庸写的武侠小说，但渐渐地却觉得打打杀杀的内容过多，要凭寓意，还是西游深刻，就渐渐变成了对中国古典魔幻史诗的兴趣，在书的段落对话旁边写写画画，一本书都快翻烂了。

艾玛回想小叔的生活细节，注意到他的桌上似乎摆着几卷古籍装订本，不知道具体是什么书。白天是电子程序员，晚上是古典小说爱好者。她在脑海里给小叔的生活批了一条横幅。

小叔估计艾玛对魔幻的理解是安吉拉·卡特。爱读书的年轻女孩喜欢西方这些文艺思潮，这个他很好猜到。而面前这一位美国同事对魔幻的理解是什么，他还不知道，也很难知道。这里已经太多元了，多元到没有任何类型的文化传统，可以定义一个常年生活在这里的人。

瓦尔克里斯见过杰克，他们的确没说过话，但是擦身而过的时候他都会对对方点头，说一声“你怎么样”。他不记得杰克有没有回复过他了——对别人打招呼更多只是出于他自己的习惯性礼貌。但他可以确信自己没见过杰克旁边这个有点黑眼圈的女孩子。他带来的女伴和他是什么关系？哦，杰克一上来就说了——我的侄女。

“你怎么到科罗拉多来了？”瓦尔克里斯询问。

“我在美国读书。”艾玛回答。“现在放冬假，到叔叔家玩。”

“什么专业？”

“人类学。”

“挺好的，”瓦尔克里斯点了点头，“我也还记得我的本科生活。”

“是在哪里读的？”艾玛也问他。

“俄亥俄州。博士我去了斯坦福。不过，我本科毕业后休学了一年，满世界到处旅游了一遍。”

“你在斯坦福学的是什么？”艾玛问。

“物理，我本科也学的物理。”

“我叔叔也读物理的。”艾玛看了一下小叔。

“对，我清华大学读的物理。”小叔一字一句地跟瓦尔克里斯讲。

场内音乐声有点嘈杂，瓦尔克里斯拿着玻璃杯子的手有点晃荡不安，没有听清杰克说了什么。他不禁稍微低头，一只手背在耳后，凑近了杰克。

“我在清华大学读的物理。”小叔认真地重复了一遍。

“原来如此，原来如此。”瓦尔克里斯听懂了。

“你来这里工作多久了？”小叔问瓦尔克里斯。

“我待了一年了。”

“为什么斯坦福毕业后没有继续研究物理？”小叔继续问。

“没找到合适的机会。”瓦尔克里斯回答，不由得耸了耸肩膀。

“你喜欢现在这个工作吗？”小叔问。

“是现在最合适的。”瓦尔克里斯回答，不由得欣赏起杰克的坦率来。他刚才跟别的同事聊了太多他们的滑雪计划，在碰见这两个拘谨地站在派对中间的中国人前，他都躲避着加入谈话，在薯片、饼干区搜刮，时不时去续一杯冰酒水。

“你休学了一年？”艾玛感到好奇。

“对，到处旅游，看这个世界，但我现在已经厌倦了，都看过了。”瓦尔克里斯闷闷地总结。

“你们来自中国，对吗？”他问。

“对。”小叔点头。

“我祖父母是犹太人，”瓦尔克里斯说，“我常常会回欧洲看他们。但我不信犹太教，对我来说那些就是文化而已。不过我回去参加仪式的时候，还是会戴上那个小圆帽。”他挥手往后脑勺上一刮，示意。

艾玛点点头。

“我也曾经可以到中国工作的。”瓦尔克里斯说。

这次轮到小叔听不清了。“你说什么?”

“我也曾经可以到中国的公司去工作。”

“哦,哦,到中国,那不错。”

“我还飞过去面试了,招聘的人把一大摞钱放在我面前的桌子上。”瓦尔克里斯索性放下手上的杯子,演示着一沓人民币重重地落下来的样子。

小叔说:“那他们对你很好。”

“对啊,但是我觉得在那里很难融入当地人的生活,融不入他们的圈子。你们看,没有家庭,没有朋友。”

这句话,好像突然使小叔想到了什么,他环绕了聚会一圈,突兀地问:“你的妻子在哪里?”

瓦尔克里斯被噎了一下,但接着哈哈笑了:“我也不知道,她在哪里。”

小叔没弄懂这个双关语。

“她还没来。”瓦尔克里斯哈哈大笑着接着说。

若是父亲疑惑在这里,艾玛一定会拍他背了。小叔反应慢,她就随他去了。

瓦尔克里斯忽地把话题转移到了艾玛身上:“你呢?你会留在美国吗?”

“我应该会。”艾玛回答。“我喜欢这里的教育。”

“教育。”瓦尔克里斯胡乱地点了点头,重复着这个词。“教育,对,美国教育好。”

他的语气好像自己也并不是很信服,或者其实在反讽,因为艾玛关注的已经和他现在的生活毫无关系了。

“毕竟还是个孩子。”他想。

艾玛注意到瓦尔克里斯身上，有一丝已经形成习惯的暗暗涌动的暴躁，这估计是许多感情生活不如意的中年男人都会面临的问题——悲观、烦闷和不再充满年轻时虚无缥缈的理想，使内心的某样颓丧而玩世不恭的躯壳渐渐伸展出来，覆盖了原本外在的那份坚定和率真。

艾玛不知道对于感情生活不如意的中年女性，那会是什么样一番风景。她觉得有一部分的自己，有可能也会加入这支晚婚队伍，而另一部分的自己，则很可能早早就结婚了。

她觉得两样都可以接受。

瓦尔克里斯想，这个小姑娘可能在美国读完本科之后，食言了，没有继续这里的教育，而是出于被美国冬日的寒冷气候所引发的孤独症所驱使，极度地开始渴求自己国家喧嚣而热闹的氛围，在一趟飞机回来之后，抛弃了当年拿到签证时的那份珍贵心情，凭着还算优异的本科成绩，和她在人类学方面做的功课，被某一家报社录取，开始了工作生涯。

也许，因为那本更适合另一种教育的性格，她在国内从小到大并没有感到开心过，于是只是松散地建立了和祖国的联系，而这样的心态形成习惯，又导致她在原本会更适合她的国外环境里，没有很好地将自己融入进去。她就像一个夹在两个岩壁之间的石子，出入困难，敌人是这个要重新看待与两种文化之关系的自己。

的确，艾玛在美国一开始还学着美式幽默，学期进入慢熬期后，便倍感隔阂，深居简出，基本只有上课和吃饭的时候会“出洞”，平时不和别人来往，而是缩在自己的小寝室里看看电视剧。学校旁边有一条小河，经常有成群的鸭子游来游去，她下课后偶尔会蹲在那里撕面包条子喂它们。

很有可能，在报社待不了多长时间，她就又一次被深深的孤寂感侵袭，在一个新年即将到来的日子里，直接辞了职，回家一个人躺在小公寓里借酒浇愁，最终空降在父母家里，带来一个令双亲瞠目结舌的消息。

她也许开始对佛教产生极大的兴趣，扔掉所有漂亮衣服，只留下两套素色的衣物一洗一换，在家里天天煮茶。她家里是殷实的，瓦尔克里斯看得出来。

最终，也可能她会某一天突然重新觉悟，决定申请人类学的博士。由于她生性有些执拗和冷静，想追求自己的一番事业，却又屡屡受挫，便几乎没有给感情生活留下任何空间，于是到了二十八九岁，还没有恋爱。

到时，也就和自己现在这种单身生活没有什么区别，最终都加入了遥望大队。

表面觉得无所谓，自由自在无牵挂，内心却是渴望的，这点无论什么文化环境，都是如此。

而她身旁的杰克，瓦尔克里斯想，自己这一块儿的事都还没解决，也不会为侄女操心。他猜测，中国人大概还是父母对儿女操心的比较多，除非很亲近，不存在亲戚之间操心更多的情况，而杰克虽然也有一把年纪了，看起来也还懵懵懂懂——他们这些做物理的人，时间长了，都颇有一点谢尔顿的味道，不通人事。

小叔突然意识到了什么很触动他的地方，向瓦尔克里斯靠近一步："你刚才说，如果在中国工作，容易融不进他们的那个圈子，我觉得很对。"

"嗯，"瓦尔克里斯回过神来，重重地哼了一下，"所以我拒绝他们的工作邀请了。"

话说回来，他也并不真正了解艾玛的文化和家庭状况，只是在投射他自己的想象罢了。

艾玛趁着他俩说话的间隙，猛劲儿地喝柠檬水。

在吧台的时候，小叔问她喝什么，她说只要不是酒都可以，还没到年龄呢。小叔问她要不要果汁，她说就柠檬水吧。朴素是朴素了点，小叔也没坚持要她换一个，就帮侄女捧了一杯柠檬水来，要了两杯，和侄女一样。

他还以为现在的年轻人会喝更激烈一点的东西。

小叔有点羡慕艾玛面前的时间，生命还为她留存着的时间。

他的确没对她男友的事情多说什么，只是让她自己权衡好，不要伤害到自己。他觉得那个男孩听起来不太靠谱，她最终会走出来的，很可能开始有一搭没一搭的，和现在学校的中国男孩开始聊起天——从上课打招呼，到吃饭坐一起，到手机聊到没电。他们很可能在开学时，发现对方从中国飞到美国的航班时间差不多，就约好一起去新学校，艾玛先下了飞机，左顾右盼，等来了这个中国男生。一起拼车，比一个人打车花的钱少多了。

接着她开始更为频繁地等他，自己下课了，就等他下课；自己在学校餐厅打完工，就等他学完车；自己收拾好房间，就等他发动引擎，两个人去自驾游。他喜欢看球赛，看美国政治类的遗址，也会体谅她，陪她去海洋馆和公园看鸽子。

但是，这只是一个开始，当他们干脆从学校宿舍里搬出来，合租一间房子时，艾玛会渐渐发现这个男生爱打游戏，不修边幅，买菜做饭洗碗都是自己承担。可她过于想抓住这段感情了，不想成为一个“没有男朋友”的女孩，都没有仔细看一看这个男生和前面那一位，是否本质上是一个样子，就踏入了这段关系的湖泊。

她一打开家庭微信群，就会看到母亲在发一些类似女性为何需要婚姻家庭的文章。即使她知道那已经和她出生的新世纪格格不入，她也会因为家庭的尊男观而焦虑，躺在男友旁边无尽地失眠。即使已经离开了家庭，在异国的大学生活，她依旧想要讨好家庭。

也可能，无论她后来和那个男生分没分手，艾玛都决定要把自己的学业推到极致。为了申到好博士，苦学是一个方面，另一方面，她甚至将每一门课的成绩都上诉了一遍，给每一门课的老师都发了邮件，希望 B+ 的科目能调到 A-，A- 的可以少了那一小杠。可惜老师们各个都不心软，表示自己打分的公平公正，从出勤、作业等一条条理由写起来为什么给的是这个分数。

艾玛还不甘心，找到了学校主任，主任不教课，只管学校事务，是个旁观者，看老师们老古董一样死守着自己的规矩，一封封信回绝这个艾玛，觉得也稍有一点不忍，又看她如此心切，还向自己诚恳地讨教，便教她的邮件该怎么措辞，放缓语气、表清原委。终于，有一天，艾玛有一门课上诉成功，由 B+ 调到了 A-，也是一个极大的奇迹了。

小叔觉得艾玛身上，有这种拼了劲的精神，会为了自己的将来，放下面子，放手一搏，甚至暗暗含了一种鱼死网破的意味，尤其因为她很明显是有焦虑症的，否则也不会内火过旺，痘痘不消。焦虑症积极的一面,也许是会推动她那一丝鲁莽的勇敢。但他却为她的感情生活放不下心,为一个他不知名的,艾玛自己恐怕也不知根、不知底的男生洗衣做饭,对方未来可能会直线消失。

可这是少女自己的选择,他也无话可说。少女身上,即使是像其他各个性别年龄阶段的凡人一样,有无数的缺点和恶劣的习性,也因为上天赋予了某种隐隐的充沛与韧劲而显得迷人不已。也许这是因为老天爷要预备她们做妻子、做母亲。

小叔突然发现自己是很懂侄女的。

艾玛想,小叔可能忽然以为他懂自己了,就像她以为自己忽然懂小叔了一样,或者一眼就可以看透瓦尔克里斯的全部过去,是怎样堆积到了他现在这张脸的褶皱里。

她用两个手指将杯子里的柠檬挤了一挤,喝了一口,是酸的,放下杯子,艾玛拍了一下小叔:“我去一下卫生间。”

她走得很慢,或者与其说慢,不如说随意,因为她真的只是这个派对里一个无关紧要、来去自如的客人。就这样,还没有走到卫生间,她就被大窗子外面的景致吸引住了——那一条边的雪山,的确像油画一样,在光的扫视之下若隐若现,像一捧终将融化的、雕刻成形的冰。

刚刚从小叔车子里下来的时候,两个人忙着往建筑里赶,没有四顾一下在这个高度可以看到的景色。而那景色就是现在艾玛瞧见的,一座座山是声波似的线条,却一声儿也不响,没有眼睛,却好像在恩威并施地注视,纹丝不动,却又好像随时都要喷涌岩浆。

艾玛感觉自己似乎现在就已经被这些雪山包围住了。

她恍惚了一下,然后快快地抬起脚步。

卫生间里隐隐还传来外面嘈杂的音乐和话语声，厕门“砰”的一声关上，弹了一下，洗手池前是一面光洁的大镜子，艾玛用洗湿的手抹了抹变得干燥的头发，正在侍弄着时，手腕袖口的一个纽扣忽地崩裂了，“啪嗒”一声掉在地上滚了出去。她下意识地四顾寻找，但豌豆大小的纽扣颜色暗淡，看不清楚掉在哪儿了。她悻悻地推开卫生间的门出去，想着权当给科罗拉多州留了一件私人纪念品罢。

她没有再看那窗户外的雪山一眼，绕过吧台，向小叔、瓦尔克里斯他们走去，看他们像玩具模型里的人一样，先是很小，然后随着她走近，越来越大，越来越显著，声音越来越清楚。

她忽然不记得那个犹太裔美国人叫什么，瓦尔克里斯吗？还是什么别的名字？是如何发音的？是V还是W开头的名字？听到的时候感觉像要卷着舌头，发音还有一种凝练的晶亮感。

小叔和瓦尔克里斯不再干站在聚会中间，两个人在吧台旁坐了下来。瓦尔克里斯坐在高脚凳上，一只手肘撑着台面，举着一杯饮料，一脸疲倦与警觉混合的神情。小叔正在说着什么。小叔和瓦尔克里斯之间正好有个空着的高脚凳，艾玛没说什么，坐了上去。瓦尔克里斯对艾玛的落座点头微笑了一下。之前的谈话让艾玛倦了，她紧闭嘴唇，微微收敛着坐在那里。

她发现小叔还在穷追不舍地问结婚这个事情：“所以，你没有结婚？”

瓦尔克里斯不再回答，转身示意了一下他后面的一个人：“他也没有。”

艾玛伸头看了一眼，是个光头男人，一双眼睛圆圆的，神情中有种孤儿院孩子般的迷茫和疏离，不知怎么让她想起了俄罗斯套娃。

小叔忽地神情又一变，仔细一想，很认真地问："你怎么看现在的政局？"

他话音刚落，有几个人从聚会的大圈子里流窜了出来，向他们靠拢，很感兴趣地听他们聊天。

"我觉得特朗普简直是个傻瓜，"小叔自顾自地说了下去，眉头紧皱，"但是另一位，希拉里，也好不到哪里去，所以我选择的很困难。这一次总统竞选实在是太让人失望……"

有一个穿着球队衬衣的胖胖美国男人，原本搂着他的女朋友，听闻小叔这样大胆地发言，把他搂着女朋友的那条胳膊放下来了，看着小叔，边听他说话还边嘴里哼几声。

那个光头男人也从瓦尔克里斯身后走了过来，几个男人快围成了一个圈子，都想谈政治。瓦尔克里斯看起来，则好像并不是特别感兴趣，只是被小叔对政治问题的热忱和直言不讳惊讶到，为了保持礼貌，正襟危坐在那里，并不发言。

艾玛从高脚凳上跳了下来，找着小叔身旁的一个侧缝走了出去。

有一个套着 poncho 的老太太正在给自己续杯，这件 poncho 很有印第安风格，和艾玛在机场等小叔时候穿的 poncho 有点像。老太太的头发，卷卷的、长长的披下来，干巴巴的脸上，镶嵌着一双很坚毅的眼睛。

听说艾玛来自中国，她点了点头："我年轻的时候学过中文。"

"您还记得什么吗？"

"唉，不记得了。"

"您学的也是物理方面的？"

“不，不，我做管理。”

艾玛指了指小叔：“那是我小叔。”

“啊，我知道，那是杰克。”老太太点点头。

艾玛注意到这短短的时间里，几个谈政治的男人已经散了，有一个高高瘦瘦的金发女人正和小叔说着什么。瓦尔克里斯，则还是百无聊赖地坐在原来那只高脚凳上，捧着他那杯酒水，看起来像一只坐以待毙的熊。不是一只在野生环境里扒拉着行走的熊，而是被猎人的麻醉枪射中，已经半醉不醒的熊。如果他坐直一点，则可能就回到了人形。

艾玛回到小叔旁边。

“哦，你一定就是杰克的侄女。”那个扎金色马尾辫的年轻女人，热情地拍了拍艾玛的肩膀。

“我刚才还在和杰克说呢，他可以跟我们介绍他的中文名字。我一直不知道他的中文名字是什么。”她连珠炮式地说。

“路，候胜。”小叔说。

“候……胜。”金发女人有点艰难地学着他的发音。

“有点难发音。”小叔说，“所以一直叫大家喊我杰克。”

“但其实，我们也可以叫你‘欧胜’的。”金发女人依旧坚持说。“发错了‘候’这个音。”

她看向艾玛：“杰克来公司的第一天，就和大家介绍说他的英文名叫杰克，都没有提他的中文名字。”

艾玛看了看小叔，不知道说什么，她脑海里忽地浮现出小叔第一天上班时的场景：他走进公共办公间，所有人暂时停下手头的工作，小叔鞠了一躬，说我叫杰克，我负责……他的中文名字，和她的一样，被自己隐匿掉了。

金发女人看起来有点局促。她搓了搓手，扭头向某个方向示意了一下："那是我的未婚夫。"

是个高高个子的男人，背影看有一点像那位老板，但是年轻些。看来，今天这个聚会上，婚姻是个永远没结束的主题。艾玛心想。

金发女人要走了："我和未婚夫，冬假去雪山上滑雪，正打算今天下午去买装备呢。"

"祝你在科罗拉州待的开心。"她对艾玛说。"公司见。"她对小叔说。

"她人挺好的。"过了一会儿，又只剩下他们两个人了，艾玛和小叔说。

艾玛还想说，其实你也可以不叫"杰克"的。不过她想了想，觉得"艾玛"没资格说。

"我们走吧，"小叔说，"去把外套拿了。"

艾玛跟着小叔离开人群，去把外套取下来，又穿得暖暖和和的，怪不适应。

小叔像完全忘记了室内还有别的同事一样，头也不回地直往外走，艾玛不禁向他们看了过去。瓦尔克里斯被挡着，看不见了。那个目光如同孤儿院孩子的光头男人举起了一只胳膊，向他们睁着一双好奇而迷茫的眼睛，挥了挥手。

艾玛也冲他挥了挥手。

外面的天空依旧是高海拔地区特有的一望无际，蓝得轻盈，有些够不着。太阳更刺眼了，艾玛伸手挡着眼睛，石砾地上的沙子闪着光，穿过她手指的缝隙。没有起风，只有冰凉的温度像稳稳降落的飞机一样，停歇在空气之中。

小叔直往停车的大杂棚赶，艾玛喊住他，示意他看周遭的雪山。这一回，没有窗户隔着，雪山更像地理杂志里的摄影图，即使他们现在隔得很远，也能感受到那上面的阵阵寒风，甚至想象出攀登的辛劳。艾玛知道，在这洁白的背后，有蛇、有马，最重要的是，隐藏着一整个熊族。有许多熊在冬眠，肚子一起一伏，却也有一些没有冬眠，在拖着庞大的身子走来走去。

艾玛疑惑，那一对未婚夫妇去滑雪时，会不会看见熊。会不会有熊在滑雪场里潜伏着，满身在雪里滚了一遍，再将雪全部抖掉，并在冬青后躲着，窥探另一个世界。

粉色大象

I

朝暮在很小的时候意识到人类有两种思考方式：一种是主动的思考，一般发生在被父母要求解一道题、识一个字时，这种时候，她的眉头会不自觉地皱起，眼睛微微闭上，屏息凝神，过一会儿，欢喜地得出答案。这种思考，很像她看到的成年女人们脖子上挂着的珍珠项链，那些珍珠，就像脑细胞，在思考的过程中，有序而整洁地串成了一条线，而当结论得出，就好像是项链被搭在人的脖子上呈现之时。

另一种，则有所不同，属于人没主动打招呼，就自己姗姗而来的思绪，在她发呆之时，这种思考常常大驾光临。比如，当父母去上班，她在窗口扒着看，看家的阿姨以为小女孩一定眼泪汪汪，没想到朝暮竟愣在那里，双目炯炯，一会儿，回头问阿姨：为什么天上的云和雪那么相似？等到朝暮吃饱了，睡午觉的时候，常常碰到更多的思绪以各种各样的形式，从她身体里涌现出来：图案、音乐、人物、说话声……醒了的朝暮，抱着靠垫陷入恍惚。她想要急迫地抓住这种思考方式，更多地和这个无需她做工就自动拼接的世界产生联系。等她大一些，她才知道，这些事物常常被称作“灵光一现”，或人的“潜意识”，连爱因斯坦，都曾经通过它们，在梦中澄清了白天苦思冥想也没有答案的物理难题。

当看到别的小朋友在琴房将双脚放在红丝绒脚垫上，朝暮也想学一种音乐。但她最后的选择，则是在家乱敲东西。家里有一排去西安旅行买回来的小编钟，被她从父亲的书房里取出来，丢在一堆毛绒玩具之中，拿在手里从左边刮到右边，从右边刮到左边，脆生生地响。大人们看了这个孩子的这个样子都直发愣：一个水灵灵红扑扑的小女孩，怎么拿着青铜色的、冷冰冰的、生硬的“文物”，当个宝贝一样。这家伙多重呀，要是砸了，不说坏了贵重的东西，也可能把脚丫子伤了。

但是朝暮自己玩儿得很开心，琢磨着这几个小钟罩子，“do”这个音敲一下，“sol”这个音敲两下，“mi”这个音敲一下，当敲出来的音，和音阶本身发音的顺序不同，就可以创作自己的曲子了。有一天，她这样玩累了，倒头歪在地上睡着了，迷迷糊糊之中，她听见好似一个乐团阵势的钟声大作，辉煌澎湃，好像越过几个山头挨个儿被敲响，中音与高音交相呼应，蜿蜿蜒蜒这么一通之后，又回到小桥流水般的叮零咚隆里，画了一个终曲，直到很小、很小的编钟在她耳边发出最后几个声音，朝暮才一下子惊醒。

她发现自己嘴边流了哈喇子，身上披着薄毯，是阿姨刚刚给她披的，怕把她弄醒，就没抱回床上。她爬了几步，抓住小桌子上的奶瓶，喝了几口，这才想起好像刚才经历了什么事情，再回想两下，脑子里才开始回放起钟声阵阵，却断断续续、渐渐微弱，怎么也无法完全记起梦中听到的仙乐。不过朝暮并不着急，仍然喝了几口奶瓶里的奶，想着如果长大以后学会了作曲，要记下梦里的音符自然就不难了。

在幼儿园里，朝暮发现，大家并不是很喜欢这第二种思考方式。老师们和家长们，习惯用第一种思考方式生活：发生了某个问题，思考出一个方案，顺利地解决问题。但是朝暮并不愿意对这一套买账。犯了错的小伟，爸爸决定要打他的屁股，再要求小伟向被他欺负的小亮道歉。朝暮跑到小伟面前，说："不对，是小亮先挥拳头的。"小亮尖叫："你说谎。"朝暮说："你表情很内疚，小伟表情不内疚！"小亮支支吾吾，脸涨红了，大哭起来。老师上来，把朝暮拉走了，朝暮拼命踢捶着老师的手臂："不行，小伟爸爸不能打小伟！"

远远地，小伟爸爸狐疑地看了看两个男孩子。

又比如，小晴在画一棵树时，会先问老师："树上是不是一定有叶子？"老师会说："分季节，冬天没有，但现在是春天，所以你可以画一棵有叶子的树。"朝暮对小晴的树撇了撇嘴："你怎么画了这么一棵树，"朝暮说，"和外面的树长得一样。"小晴哇哇大哭。老师上来敲了一下朝暮的头。不过，某一天，当朝暮偶尔看到小鹏将粉色颜料涂到大象身上，她开心地拍起手："粉色的大象！"朝暮说，一定要收藏小鹏的这幅画。因为，他是她见过的唯一一个使用了第二种思考方式的人。小鹏见朝暮扯着自己的画纸，哇哇大哭起来，说自己只分到了粉色的蜡笔，没有别的笔来涂大象，朝暮还来欺负自己。老师立即赶来调停，"啪"地打了一下朝暮的手腕，打出了一道红印子。

第二天，朝暮的妈妈严厉地拉着朝暮，找到幼儿园园长，问女儿手上的红印是怎么回事。朝暮瞪着一双眼睛，不哭也不出声。

园长问她："你是不是抢了小鹏的画？"

朝暮说："没有。"

园长说："小鹏说你抢了。"

朝暮说："我是在赞扬他。谁知道原来不是他自己要用粉色蜡笔画大象的。我都后悔死了。"

园长像盯着一个麻烦一样盯了朝暮一会儿，和旁边虎视眈眈的妈妈说："很抱歉，我会和老师说的，可能只是想轻轻惩罚一下孩子，没想到拍重了。唉，谁知道你家孩子这么细皮嫩肉的……"

妈妈大怒："细皮嫩肉就可以随便打孩子了?！小孩子之间互相拽一拽东西，老师们要那么干涉吗?！"

朝暮拉了拉妈妈的衣角，说："老师错了，园长错了，妈妈不生气。"

园长看了看朝暮："你这孩子，老师错没错是老师承认，不是你说的。"

朝暮说："错了就是错了，可以看出来。"

妈妈拍了拍朝暮的脑袋："我们走吧。"

园长在身后嘟囔说："这个做妈妈的，孩子这么口无遮拦，说话没头没脑，早就让老师操心了，也不管一管。"

于是，大人们很早就知道了，朝暮爸妈生了一个古怪的小孩，喜欢敲编钟，在幼儿园里欺负小朋友。朝暮爸妈则对此视若无睹，也成了小区里的怪人夫妇。但是，朝暮总是因为在学校里说了"特别的话"的缘故，被老师打电话到家里喊家长。等到她上小学了，就更是如此。一年级，她把同学说哭了。二年级，她上课顶撞老师。三年级，她带着一整条队伍在做操的时候罢工。终于，当朝暮四年级的时候，朝暮的妈妈疲惫地把她拉到跟前，认真地说："女儿，在学校的时候，能不能稍微少说一点？可以多说大家都在说的，但是少说一点大家都没说的，你说怎么样？"

"不好，"朝暮说，"说大家都在说的，还有啥意思？"

朝暮妈妈摸了摸朝暮的头："妈妈知道，委屈女儿了，但是你也不想在学校不受欢迎吧？不受欢迎，可是很难受的，你就会经常变得独自一人了。"

"妈妈，你弄错了，我挺受欢迎的。"朝暮说。"我让大家别做操那次，大家可听我的了。"

"你那次为什么不让大家做操啊？"

"因为体育老师对队里一个男孩动粗，就因为那个男孩喊他外号。小孩不对，但大人不能体罚。"

"难道体罚不常见？你没见过隔壁王叔叔揍他儿子小胖？"

"体罚不对。"朝暮说。

"唉。"妈妈叹了口气。"除去那一次，你平时如果有什么'特别的想法'，可以回家和爸爸妈妈说，不要都说给老师同学，好不好？"

朝暮没答应。

"你就当是为妈妈这么做，好吗？"

看着妈妈的眼睛，朝暮点了点头。

第二天，朝暮看见房间桌上多了本锁扣本，上面写着"日记"两个字。打开来第一页，是妈妈的笔迹：我的小朝暮，如果你有什么想说的，都写在这个日记本里吧。这个本子可以上锁，是你一个人的秘密，妈妈也不会看到的。

朝暮从那时懂得了，在外面，她只要用第一种思考方式就行了。上课老师问问题，她举手回答，28 + 43 = 71。离离原上草后一句是？一岁一枯荣。第三人称单数有：He、She、It。朝暮发现，生活变得容易多了，老师们不找她、也不找她爸妈的麻烦了，同学们也用平常的眼光看她了。她发发呆，晒晒太阳，每次想说什么异想天开的话，就掐一下自己的胳膊让自己警觉，便记得了什么可以说，什么不可以说，第二种思考方式的那个世界——必须隐藏！

与此同时，朝暮日记本里的纸张则渐渐被笔墨浸满，变得皱巴巴、沉甸甸的。

日记本渐渐变成了记梦本，一旦做了清晰的梦，早上起床，她的第一件事，就是把昨夜的梦用一段话写下来。她发现这个梦里的世界很多时候和现实世界并没有联系，就好像远方的信号灯，有不知名的人在向她传导某些信息，呈现她从没见过的场景和人。偶尔，她也会梦到生活里的人和事，这些梦朝暮则一般不记录。她只记下那些奇幻如空中楼阁之梦。虽回忆起来是空穴来风，却似乎隐藏了比眼前的现实还珍贵的某种东西。

渐渐地，一本日记本变成了两本，两本变成了三本，出远门时，朝暮都会把它们的外壳擦干净，放进自己的背包里，随身带着，这样无论在哪里做梦，都能将梦捕捉完整，编排进本子里。而在学校里，朝暮则成了标准的“三好学生”，不再对同伴说古怪的话，不再挑战老师的权威，不再为了某个缘由兴师动众，而一心埋头完成功课，和学校的世界划清了某种界限，这个界限最显著的边界标志就是她日记本的外壳，而一旦打开那些日记本，则是界限的无尽模糊，里面肆意地铺张着她意识的所有秘密和结晶。

而很快——朝暮那时候还不知道——这些梦即将过海关，出安检，被从亚洲大陆运到美洲大陆去，就像装在漂流瓶里的信纸，漂洋过海。离开了小学，朝暮开始扎马尾辫，要在陌生的加拿大初中度过她的第一个学期。父母商讨之后，觉得朝暮比较适合在国外接受教育，他们担心在国内的教育之下，原本一个活泼乱动的小孩子，变得渐渐沉默寡言。朝暮对这个决议只是耸了耸肩，并不觉得自己在小学的变化有什么不好——至少外界都接纳了她。妈妈担忧地摸了摸她的头，和加拿大的寄宿家庭反复交代和沟通，终于泪眼婆娑地看着朝暮消失在了祖国的地平线上。

朝暮在加拿大醒来的某一个早晨，望见窗外的绿色上点缀着一片白，在窗檐上，倒挂着一根根冰柱子，万物皆寂，好像如果一只昆虫凝固在空气中都能被发觉。她躺在床上，一动不动，聆听这寂静。这里不像她在国内闹市区上学的日子，每天早上醒来都能听见隔壁老奶奶切菜、楼下老伯伯叫卖、电动车嘀嘀响的声音。她一根根地数起那些冰柱子，看到它们一个个以冰激凌甜筒般的形状倒立在那里，觉得怪好玩儿——大气层里的一滴滴水落下来形成雨，又变成雪，最终愈变愈结实，原本那么细碎、易逝的事物，现今却佁然不动了。

她忽然想起什么，下床拉开抽屉，拿出自己的日记本。

她在加拿大照例会记录梦，只是没有原来记的那样频繁，也不像在国内时那样总是想着它们。除了见到冰柱子的那个早晨，她很强烈地意识到自己需要“记梦”，是在加拿大的一个周五放学时。

有点上年纪的格列佛先生拍了拍手，要大家收拾好书包之后，在教室中央的地毯上围坐一圈。

朝暮有点惊讶，但还是放下书包，和大家一起坐了下来，并且吃力地把两条腿盘在一起，惹得旁边的劳拉笑着拍了拍她。只有格列佛先生仍然站着，靠着后面的黑板，手插在口袋里，脚交叠在一块儿。他从口袋里掏出了一个沙袋，扔给了离他坐得最近的男生，艾伦。

“好了，我的小士兵们，”格列佛先生拍了拍手说（他年轻时参过军，爱这样称呼他们），“我需要你们依次传递沙包，当沙包在你手上的时候，你可以说一说这一周的学校生活之中，有什么是你想提建议的。无论是关于课堂、活动、课余安排，等等，都可以。如果你无话可说，那么就传给下一个人。”

从小天不怕地不怕的朝暮突然觉得有些紧张。她的胃缩成一团，看着加拿大同学们一个个接过沙包，开始说起这个、那个，好像就是在拉家常一样，耳朵里一点英语也没听进去。她试图飞速地思考起该说什么，但沙包落到她手上太快了，她脑中一片空白，只是知道围成一圈的所有眼睛正注视着她，等她开口。

“我没有……”朝暮摇了摇头，“什么话……想说的。”

她把沙包递给了下一个人。

那天回到家，她有些呆滞，拍了拍脑袋，又掏出了自己的日记本，一页页翻起来，不禁深深地叹了口气。今天不能发言，是因为英文的问题吗？并不是，她下课和劳拉打打闹闹开玩笑，英文说得可溜了，但是当要面对一整群人时，或者当有一个“权威”在监督时，她不再有小时的自信和胆量。她希望自己能像只乌龟一样——安全。不说话，就是安全的。说话，可能被歧视，可能被打，可能给妈妈带来麻烦。她想起小时候那个口无遮拦、路见不平便要拔刀相助的自己，咽了咽口水。是日记本的问题吗？是因为有了日记本，所以她就有了表达的舒适区域，而不再争取口头表达？也许是，但是写字成为表达的一部分，也并没有什么错，有些时候甚至更清晰，也能保留得更久。

第二周周五，大家又围成一圈时，朝暮接过沙包，牢牢地抓在手里，上下扔着："我觉得，我们可以做一个建议箱，放在教室里，有建议的话，可以写在纸上，投到箱子里，每周五拿出来读。"

"是个好主意，"圈子沉默了一阵，那个叫艾伦的男孩说，"这样平时有了什么建议都可以写下来，到了周五不容易忘记。"

"对。"有个叫琳达的女孩举手说，"格列佛先生，我每周五放学都要上芭蕾课，大家如果谈得太久了，我就会迟到，比如，我现在就应该走了，我妈妈在门外等我。"

她站了起来，手里已经抓着书包："如果有建议的话，我可以平时投到箱子里。"

"好了琳达，准许你走。"格列佛先生对她摆了摆手。

"同意做建议箱的同学举手。"格列佛先生说。

教室里零零散散地举起了手，先是三四个人，接着七八个人，接着很快几乎所有人都举起了手。

"好了，我看已经接近全票通过了。"格列佛先生说，"那下周，我们教室里就多一个建议箱。我来想一想啊，我们匿名写建议怎么样？你们不用留下自己的名字。我先问一下朝暮——既然你提了这个建议，你同不同意匿名？"

"什么是'匿名'？"朝暮把这个英语单词重复了一遍，困惑地看着格列佛先生。

“就是不写名字，这样读的时候，就不知道哪条建议是哪个人写的。”旁边的劳拉说。

“哦，我懂了。好的。”朝暮向格列佛先生竖了个大拇指。

格列佛先生对她眯眼笑了笑。

周一的时候，所有人早上到班里，就看见一个纸盒子已经做好了，放在班级的书架旁边，上面写着“匿名建议箱”。

“谁要第一个投呀？”朝暮回头对同学们说。

“这你不能知道哦，”黑人男孩费德尼说，“都说了是匿名的啦。”

“那是当然。”朝暮哈哈笑了，满意地看了箱子一眼，坐回座位上，心里悄悄鼓起了掌。

朝暮的加拿大生活就这样由教室里的小纸箱开始，变得成为习惯。她会和女生们一起在草坪上荡秋千，有时候一个个推着轮胎，堆得高高的，爬上去坐着聊天。在满山布满积雪的日子，坐雪橇滑下学校的后山坡。她花很多时间拼写单词，atomobile，restaurant，wonderful。吃饭的时候她会指着各种水果教大家中文，“苹果”“香蕉”。剪着金色短发的劳拉是她最忠实的中文学生，跟着她重复这些中文发音，发音不准确的劳拉最后常常说：啊，没事啦，朝暮，我只要会发音你的名字就好了。放学了，朝暮会帮寄宿家庭的阿姨倒垃圾，穿过有夜灯的街道，爬上铺着米色毛毯的台阶，来到家里，拉上窗帘睡觉。

朝暮再也不曾像在小学时那样，惹过任何麻烦，她的英语毕竟不如中文流畅，即使她想说一些让周围人匪夷所思的话，也无法清楚地说出来，这倒反而让她看起来乖巧而平常。但是，朝暮尽可能地积极举手，踊跃地将肚子里能说的话，一股脑儿倒出来，或者，事先查好英语单词，写下建议小纸条，例如：请格列佛先生在周五晚上讨论会时别站着，也坐在我们中间。或者，是对班级布置的奇思妙想等，投进那个匿名建议箱里。无论如何，她的这些举动都没有让她显得不合群，反倒她愈是表达，格列佛先生愈是在见到她时夸赞她，伙伴们也越喜欢跟她玩。朝暮想，非要为了他人的要求，装作“三好学生”的日子终于过去了，我就本本真真地做我自己，原来也可以有“三好学生”的待遇。她原来被封得紧紧的嘴，现在又欢快地开口了。

直到有一天，朝暮闹了个笑话。那天，她照例和加拿大同学们一起混迹在草场上，爬上了一个滑滑梯的等候区，滑滑梯上不断传来同学们的喊叫声和说话声，艾伦却正站在那里，一动不动，不往下滑，也不挪开，原来是在上面和站在地面的伙伴说话。朝暮见势，拍了拍艾伦：“Excuse me。”

“什么?”艾伦没听清，回头问她。“Excuse me!”朝暮急了，想让他移位。

“嘿，”后面的费德尼笑了，和旁边的人讲，“朝暮刚刚对艾伦说‘kiss me’呢。”

“什么?”朝暮回头吃惊地看着费德尼，拍了他一下。

“你刚刚那样说了啊，”费德尼憋着笑说，“你跟艾伦说‘kiss me’。你说了，你说了。”

“我说的是 Excuse me。”朝暮气急败坏地对费德尼跺着脚。

艾伦很困惑：“怎么了?”

很快，整个下午，朝暮对艾伦说“kiss me”的谣言就传遍了班级，每个人看到朝暮或者艾伦的时候都在那咯咯直笑。艾伦知道事情原委，红了半边脸，头发遮着，朝暮也看不清他的表情。朝暮坐在座位上，一个下午上课时都咬牙切齿，直到放学了，在拿书包的区域，和费德尼又撞上了，不禁瞪了他一眼。费德尼“扑哧”笑了一声，向她伸出一只手：“好了，朝暮，‘high five’。”

“没有‘high five’。”朝暮对他讲。

“艾伦知道你没有说‘kiss me’。”费德尼继续笑着说。

“你还没完没了。”朝暮准备扬手。

“哎，伙计们，”后面有个声音说，朝暮和费德尼转过头，看见艾伦正一脸平静地向他们打招呼。“早点回家吧，明天见！”

“明天见！”朝暮不好意思地说。

费德尼打了个响指。

可惜，这样的日子并没有持续多久，一个学期后，朝暮寄宿家庭的阿姨接了个电话，语气凝重地将朝暮喊了过去，让她接听。是妈妈。原来，爸爸这一年多投资的生意遭受损失，家里经济状况一落千丈，而爷爷这几个月来病情加重，照顾老人、生意失败使家里动荡不安，爸爸一夜间白了一角头发。妈妈的声音在电话里哽咽了，叫朝暮赶紧回来，又很抱歉要突然中止她在加拿大的学业，因为家里现在实在无法负担了。霎时间，外面的空气闻起来不再凉爽，那些好像一只只耳朵轮廓一样的秋日枫叶，看起来不再静谧，朝暮感觉身体在焦灼地燃烧，耳朵里嗡嗡直响。

要走的日子很快就要到了。她和劳拉抱头痛哭，中午只能吃下一点水果。费德尼重重地拥抱了一下她：保重。格列佛先生知道她要走的原因，叹了口气，她走之前的最后一周，为她在班上举办了一个欢送仪式。那天，同学们塞给她各种各样的小纪念品：巧克力条、糖果、小玩具、自动笔、拼图套装、书……艾伦把一张自己美术课画的画儿送给了她做纪念。朝暮拿来一看，竟然是一头粉红色的大象，好像在哪里见过。她向他点了点头。

他也向她点了点头。

在从寄宿家庭去机场的大巴里，朝暮一直在抹眼泪。她已经爱上了这个地方，但是留不留却不是她说了算的。在远方，也有她要拥抱的人，看起来他们只是电话筒那端的声音，或是电脑视频里因为信号问题常常模糊的脸，但事实上，他们才是她现在最亲的人。

朝暮在家里安静地待了几天，一张张地翻着同学们留给她的字条，和自己在加拿大记录下的梦境。爸爸妈妈都没有打扰她，直到妈妈问她愿不愿意去寺庙为爷爷的身体祈福，朝暮才主动打开房门，点了点头。

空山之中烟雨朦胧，朝暮已经不是很熟悉这样的地方了。她一步步地跟着妈妈的脚步，向微微泥泞的山上爬坡，石阶路有点打滑，一片片枝叶伸出来，要常常避开。爸爸呢？爸爸去医院守夜了。这是一座普陀寺，四个角的飞檐扬着，里面传来阵阵木鱼敲打声。

朝暮看见妈妈率先踏进了寺庙之中，轻车熟路地跪拜在垫子上，这才意识到妈妈可能已经来了许多次了。她深深地叹了口气，站在门口迟迟不能决定是否进去。妈妈也没有回头看她，只是自己安详地跪拜在那里，背对着她。过了一会儿，朝暮意识到刚才那个敲打木鱼的僧人正望着她。

她刚想说话，对方也好像想说话，就在刹那间，庙里的钟声突然响起来，原来在一进门的这座佛像后面，还隐藏着一个门洞，那里面摆着庙里的一排钟。闻钟声响起，朝暮和木鱼僧人都忘了刚才想说的话,听那有力而幽婉、清亮而低沉的钟声,形成了一个简短的乐章,又带着一丝丝庙中古老的气息,听得朝暮全身起鸡皮疙瘩,嘴巴紧紧闭着不敢说话,手扶着那冰凉的木头门。

钟声结束了。是庙里每日常例的三分钟钟响。那钟声,好像一下下地撞进了听者的心坎里。

朝暮还呆呆地停在那里,那个僧人已经走近了她:"噌吰初破晓来霜,落月迟迟满大荒。枕上一声残梦醒,千秋胜迹总苍茫。"他背道。

"噌吰是什么意思,丫头你可知道?"

朝暮摇了摇头。

"是对钟鼓之声的形容。刚才我背的,是清代朱集义的一句诗词。"

朝暮点点头。

"小丫头是哑了吗?"僧人笑呵呵地问。

"不是,"朝暮说话了,"只是那钟声,似乎是哪里听过……非常好听。"

"嗯,这说明你和我们寺是有缘之人。想问你和那位施主是什么关系?"他示意了一下跪拜在那里的朝暮妈妈。

"哦,那是我妈妈。"

"你妈妈已经来了两个月了,她每周三都会来。"

朝暮嘴巴紧紧一闭,防止眼泪掉下来。"我去陪陪她。"她说。

她来到妈妈旁边的垫子上,跪了下来,伸手握住了妈妈的手。妈妈一惊,看到是朝暮,紧紧地回握了一下,有了鱼尾纹的眼角对她温柔地笑了笑。

那天，下山的时候，朝暮突然想起来了，那钟声为什么那样熟悉。那是她还在上幼儿园的时候，有一天坐在地上玩编钟，睡着了，在梦里听见的……

梦里……梦里听见的……朝暮一瞬间感觉脑袋天旋地转，冷汗直冒，差点站不稳。

“怎么了，朝暮?”见她愣在石阶上，妈妈回头问。

“啊，没，没什么。”朝暮缓了一口气，冲妈妈摆摆手。

那晚，躺在床上，朝暮左思右想，还是觉得不可思议。虽然她习惯了梦境里那个光怪陆离的世界，却没有把它们和现实联系在一起，而只是将它们看作一些睡梦的小游戏，好像有一只手，在她头脑里做着一个个精致的小折纸罢了，她没有想到——梦居然会预言现实。

她自然不记得小时候做过的许多梦了，但是唯独小时候梦到的钟声乐章，像一个印章里的凹槽，痕迹刻在她的记忆里，所以当她在寺庙里听到那钟声时，就好像看见印章的盖子拿开了，红色的墨水印在了纸上，而以前，印章只是静静地躺在她的记梦本里，从来没有被使用过。

她翻了个身，手拽着被子，突然强烈地意识到自己当下的这一刻，也可能是梦中画面演映的素材，而梦中的电影，则也可能是未来对此刻的她的阵阵招呼。她想起小学的时候，怎样遏制住一次次想要告诉身边人自己梦境的冲动，转而只能去关注眼前已有的语文、数学课本，她最终知道梦境是违禁品，因为周围人都说它没用。但她今天发现，它们像间谍的暗号一样，有一些是会在某一天应验的。

她又用起那第一种思考方式，思考着要怎样去适应新的学校里的环境，在那里，她的第二种思考方式可能又要被悄悄地关闭起来，她将其看作一个百宝箱，在新学校的师长眼里，可能会被看作是一个要被处理的废品盒，就像加拿大学校里的那个匿名建议箱一样……

Ⅱ

母女两个在寺庙里的朝拜，似乎得到了琼琼浩宇中的某种感应，也或许只是一个家庭时来运转，更或许只是事物在时间发展里不断变化。总之，当朝暮重新适应着国内的初中教育，一点点地补课，跟上那些习题集的节奏时，医院传来消息——爷爷的病情稳定了下来。朝暮那时常常挣扎着熬到夜里，慢吞吞地写着一道道作业，习惯了在加拿大小镇放学后逍遥自在的生活，如今，大滴的泪珠却止不住落到本子上。她试图抓回从前“三好学生”的脉络，达到学校要求的高压强度。听说爷爷身体好转，朝暮更是“哇”的一声大哭了出来。是夜里，妈妈接起电话，裹着被子来看她，告诉她这个消息，看着朝暮本子上的泪痕，边叹着气边摸女儿的头，一声声说是自己对不起她。

“不，妈妈没有对不起我。”朝暮抽泣着。“等……等我跟上这个强度就好了。”

木已成舟，朝暮没有办法短时间内再回到加拿大去，她就像一匹被人群养的狼，或被狼群养的人，要回到自己原本的部族去，却发现自己要面对的生存转换如此困难，还不如留在一个原本不属于自己的群体之中。等爸爸了解到女儿的痛苦，正是生意上东山再起之时，便和妻子商量将朝暮送去外地的一个寄宿学校，据说那里环境更好,更开明一些。

朝暮碰了碰爸爸生意失败那段时间白了的一片头发,问:“还能变黑吗?”

爸爸笑了笑:“应该不能了。”

朝暮纠结着看着他。

“没事。”爸爸拍了拍她,“女儿的头发还黑着,爸爸的就是白了也没关系。”

“没有全白,只有一点点。”朝暮安慰道。

妈妈跟她说:“到了寄宿学校,每天和老师同学们像家人一样相处,一放假就回来看我们,好不好?你知道妈妈的工作也是在各个城市奔波,你现在上学,就和妈妈一样,好吗?”

朝暮点点头。当初去加拿大时,她并不很在意离开,这一次,她也不抗拒搬到另一个城市去。从某种意义上来讲,她觉得在哪里都是一样的,地理环境的变化,不会对她造成什么翻天覆地的影响,她就像一叶小舟,这里停一停,那里停一停,却总是会继续前行的。但让她伤心的是,她渐渐意识到在不同的地方,她可以说的、做的有一定的限度——就像鸟儿平时在蓝天之中无忧无虑地飞翔,却不能飞进禁林,否则就要隐藏着羽翼一样。她现在就在禁林之中,必须爱护自己的羽毛,不然随时可能被炙烤,变得乌黑,或和禁林融为一体。

她注视着镜子里的自己,想起劳拉脸上的雀斑,看见自己的青春痘在冒个儿。马尾辫更长了,有时候她会将其盘起来,像个黑色线团一样顶在脑后。搬进了双人铺的寝室,穿上了寄宿学校的校服,她觉得自己看起来像棚、厩里的动物,又像贴着标签的一个物件盒。她将这些发酵的抗议与质疑咽了下去，遵守着新学校的规章制度。这里的确比本地的初中好一些，但朝暮很快发现，“好”，只是好在校园条件设施、伙食、建筑设施等，学习的内容与作业、考试的强度与本地的学校如出一辙，她仍然得吭哧吭哧地给自己补习到深夜，每天拖着疲倦的面庞和宿舍里来去的姑娘们打个照面，几乎没有时间和他人闲聊，更别提上课举手发言了。

一开始，朝暮仍然延续着在加拿大初中的习惯，当老师一问完问题，就刹那间举起手，老师也同意她发言了，但她站起来说完一通话，却往往没有回声。她渐渐发现偌大的班级里，只有她一个人这样做，就感到像跳梁小丑，手也渐渐落下去了。来到这个新集体时，她发现更没有举手的必要了，老师连问问题都不会问，只是两手撑着讲台，低头对着讲义或投影仪，那四五十分钟里，只有老师自己的声音嗡嗡嗡地响遍教室，而同学们如同一只只逆来顺受的羔羊，手臂再也不曾举起来过。

有一天下课时，朝暮看到几乎所有人都趴着在打哈欠，不禁“砰”的一下从椅子上站了起来，直愣愣地发呆。这比小学时还糟糕，那时候她直率地表达，至少还会引起双方的抗争，而现在却是蜻蜓点水一样，连同学的异样目光或老师的严厉批评都没有，只有无尽的视若无睹与沉默——大家更在意的是习题卷上的钩钩叉叉。

麻木了，麻木了。朝暮站着，心里咬牙切齿地想，上课铃响了，班主任走了进来：“朝暮同学，请你坐下来。”

朝暮坐了下来。

下课时，班主任招呼她。这下好了，朝暮想，肯定是因为我前段时间上课总是举手发言，来告诫我了。

“什么?”过了一会儿,看着笑眯眯的班主任,她以为自己耳朵出问题了。“您说什么?”

“希望你能当班长呀。”班主任重复了一遍,“我们这不才开学不久嘛,班级里的各种职务都还没选出来,我想先钦定一个人当班长,把大家带着,士气振一振,之后可以再竞选。”

“我?”朝暮瞠目结舌地问。

“对啊,你呀,你各方面条件都很适合做班长呀。”班主任对她点点头,“愿不愿意呢? 为大家担起这份责任?”

朝暮想,班主任口中的这“各方面都很适合”,恐怕指的是她的成绩,和她以前的那些三好学生奖状。

“我——我不大想做班长。”朝暮诚实地说。

“为什么?”班主任很吃惊。

怎么开口呢……朝暮心里着急。总不能说:我不想做这个教育的狗腿子吧,很抱歉,谢谢您的赏识,但我对自己的定义是一个反叛者,一个为奴的反叛者,一个反叛者怎么帮着领导和老师管理为奴者?

班主任等着她的回答。

朝暮看着这个接下来几年都要管理自己的人。她咽了咽口水,最终说:“我啊,我有点担心自己能不能做好。”她听见自己干笑了几声。

“哎呀,不用担心,先做着再说。”班主任拍了拍她,“好了,我要赶紧到另一个班上课了,你回座位去吧,周五我会跟全班宣布的。”

朝暮没想到,这个职位就这样定下来了,她在众目睽睽之中成为一个叫作班长的人。这一次,同学们反而注意到她了,而她记得以前自己被注意，都是因为她讲话、做事闯了什么祸。

情况变了，朝暮每天午休时都会拿着一个大本子坐到讲台后面，当其他同学趴在桌上睡觉，她趴在讲台上睡，或不休息，而是盯着谁在做小动作或者讲话。看到了，就要先警告一次，警告无用，就记在本子上，放学后上交老师。做这个事情，使她无比痛苦，她不想记录谁，她原先可就是一个很喜欢在午休时间在桌上画画的人。所以第一个星期，午休记名本里是空的。

班主任很疑惑："我们班午休现在这么好啊？连那个某某某，午休也不讲话了？"

"他……他还好吧。"朝暮支支吾吾地说，"我再注意，我再注意注意。"

于是，朝暮开始学着做"恶人"，看到有人午休不安静，会拿着本子找到他，有力地假装扬起来要揍，小声地让他闭嘴。对方倒也逆来顺受，甚至有时候会作揖说："班长行行好，不敢不敢了。"但如果朝暮坐回去，发现对方过了一会儿还是不改正，像游戏里的地鼠，打了一下，又从第二个洞里钻出来，便开始大公无私地把名字写在记名本上。

慢慢地，就像一套程序一样，她会做了，也不觉得难了。只是她有时不禁想，为什么要我做这个监督者呢？如果科技更加发达，直接让机器管理学生，不仅是午休时的纪律，还有做操、排队、仪表、打招呼、出勤、迟到、早退情况，班主任是不是更偏向于选择机器管理？这样，他们这个班就能彻底经受军事化检测，成为军队。

这样的想法，朝暮也通通写进了日记本里，日记本里不仅有梦，也开始有了这些想法，一本一本，堆积的愈来愈多。但是日记本往往被上面铺着的练习册和考试卷湮没了，最后，为了防止被寝室里的同学看到，还要放进柜子上锁。

过了一段时间，朝暮发现一件颇为可怕的事情——她停止做梦了。她已经有很长、很长一段时间，醒来之后发现脑中一片空白，一个记得的梦都没有，连一点模糊的印象都不存在，也不知是否做过梦，还是做了却记不得。

是考试太多，像消梦药丸一样，消了我的梦。朝暮愤怒地想——梦，原本是我和我必须要承受的事情之间，唯一一个释放的渠道，一个只属于自己的空间，却也被蚕食了。不行，要找一个方式回击现实的牢笼，才能把自己的主动权要回来。如果稍微有一点出格，说不定还正好能让班主任把这个班长的徽章撤下来，也不用她自己辞职了，一举两得。

第二天上课时，朝暮开始坐得端端正正的，每节课，她每隔十几分钟就要举手一次，要么是表达自己对正在讨论的某首古诗词的看法，要么是说哪一道几何题有第二种解法，要么是给老师的历史课观点补充例子，把手举得高高的意图回答。

老师们虽然有些惊讶，也都应允了，半皱着眉头听她说完，就招手让她赶紧坐下去。她意识到同学们向自己投来异样的目光，但是站起来的时候依然脸不红心不跳，想着要做就一做到底，既然决定不能闷声不响，就要发出声音才好。

一天下来，朝暮的同桌注意到她的不对劲，用手肘戳了戳她，小声问："嗨，你今天怎么了？"

"没怎么呀。"

"为什么每堂课都要发那么多次言？"

“想发言。”

“你这样很奇怪的，他们都在看你。”

“我知道，但是，我能有什么办法。”

“你这样子，很快班主任就要找你了。”同桌摇了摇头。

果不其然，放学的时候，班主任把朝暮叫到了办公室。

“朝暮啊，”班主任笑眯眯地看着她，“最近怎么样啊？班长当的习不习惯？”

“还好。”

“今天这个李老师啊，王老师啊，还有宋老师啊，都跟我反映，你上课发言很积极。”

朝暮没说话。

“我觉得啊，这是好事。”班主任继续说，“但是呢，你这样，会占用老师的课堂时间，打乱讲课顺序。”

“我觉得，上课老师和学生互动挺重要的。”

“这是你觉得。”班主任变了脸色，敲了敲桌子，“我们现在的目标是什么？是大家整体的成绩能上去。你发言了，老师讲不完，或者要去讲你提出的那个点，拖堂了，大家知识点没吸收进去，怪谁呢？”

“怪我吧。”朝暮说，“我不配当这个班长。”

“你这么说就不对了。”班主任叹了口气，“我没有怪你的意思，也没说你班长当的不好，只是你得遵守我们现在的规则，如果班上同学都开始学着你，上课开始发言，老师顾得过来吗？还有时间讲题吗？你想一想，对不对？”

“这么说，我还是班长？”朝暮问。

“对，你还是班长，而且我觉得，今年就不用竞选了，你一直当着吧。”

朝暮愣在原地，这不是她以为班主任会做的决定。她离开了办公室，回教室缓缓地收好了书包，一步一步拖拖拉拉地来到了宿舍，躺了下来。纱窗外的鸟儿一声一声地啾鸣着，她感觉脑子昏胀得难受，翻了个身，看到自己锁着的抽屉，想到里面的日记本还有浸满了字迹的墨汁，一页页的，安静地藏身在那里。她叹了口气，钟声在脑海里悠悠扬扬地响起，她想起那个幼时应验了的梦，不知那些其他的梦，是不是也有可能在现实里找到它们的对应体——如果说睡眠真的是现实的平行世界。

室友都不在，朝暮没有去吃晚餐，在床上躺了很久，直到外面夜幕渐渐降临，凉风飒爽，听到同学们三五成群的聊天声，和向女生宿舍奔来的脚步声，才坐起了身，揉揉脑袋，披了一件薄外套，下楼走到操场上去。

操场中央有一长条紫藤花架，底下摆着木椅，她慢吞吞地走了过去，找了一张坐了下来，忽然听见耳边传来吹笛子和敲鼓的声音，还有间间断断的说话声，她循声而望，注意到班上的两个男生。她认得他们，却几乎没有和他们说过话。他们正坐在另一张木椅上，热烈地练习着音乐。朝暮被这一景象迷住了，站了起来。

注意到朝暮的靠近，两个男生回头瞥了一眼，看清是她之后，一个放下了笛子，一个放下了手鼓。

“是班长啊！”

“班长好。”

他们打招呼。这似乎是班里形成的习惯——女孩子们上厕所看到她会喊“班长”，男生们在走道里碰到她也会喊“班长”，却好像没人还记得她的名字了。

“别喊我班长啦。”朝暮有点阴沉地说。

“怎么了?”拿笛子的那个问。“你怎么看上去很不舒服?”他和旁边的兄弟对视了一眼。

“能和你们聊聊天吗?”朝暮问。

拿手鼓的那一个往旁边挪了挪，示意她坐下：“当然可以，你坐下来慢慢说吧。”

拿笛子的那个盘腿坐在了地上。

朝暮深吸了一口气：“第二种思考方式没有了，被剥夺了。”

面对这句无厘头的话，两个男生面面相觑。吹笛子的那个头发柔软茂密，手指修长，瘦得像一根竹竿一样，两颊瘪得像脸上长了两面峡谷。拍手鼓的那个长得敦实，剪着寸头，眼睛不大不小，显得很温和。

晚风徐徐地飘过操场，经过紫藤长廊，卷席过年轻人，吹干他们两鬓的汗水，在天空之下，小如墨点的身影坐在那里，像三个在薄薄的空气之中振动的音符。渐渐地，朝暮开始说起她定义中的第一种和第二种思考方式，时不时激动地拍一拍木椅，比着手势解释。

“其实，你说的这些难处，我们也都有。”手鼓男生拍了拍他的鼓。“你发言的时候，其实我心里也想过，要不要也跟着发言呢，要不要破坏这种日日沉闷的秩序呢? 但是，没有办法改变的是整体的形势，我觉得自己的一点言语举动，起不了作用。”

“对，”笛子男生点点头，“朝暮，你可能以为只有你是很压抑的，但我们每个人实际上都是如此啊，只不过不说罢了。”

“那你们觉得，能做的还剩什么？”朝暮问。

“忍耐，”手鼓男生说，“等待。”

“至少在表面上，还是遵循现在学校的纪律。”笛子男生说，“在私下里，找到方式维系你的独立性。”

“你说的这第二种思考方式，其实大家都在用不同的方式留住和保护它吧。”手鼓男生说。

“怎么说？”朝暮问。

“你是通过记录梦。”笛子男生说，“像我们俩，就是通过音乐。也许班上有人还是通过绘画、舞蹈，等等。”

“这些都是直觉性的东西。”手鼓男生总结，“你很难让学校生活去准许你这么一大块儿空间的。”

“但是学校生活的繁重已经是在以压倒性的趋势，斩除这些东西。”朝暮还是很焦急，几乎语无伦次，“我都有这么长一段时间记不得自己的梦了。”她用手比画了一下。

“没有办法呀。”笛子男生提醒她，“你在这个系统里。”

“而且还是班长。”手鼓男生笑了一下。

“不会分裂吗？”

笛子男生和手鼓男生没有说话。

“绝对会，”手鼓男生开玩笑道，“一个是正人君子班长大人，一个是神经兮兮朝暮同学。”

朝暮拍了他一下。

“你只要保持希望，就好了。”笛子男生皱了皱眉，“生命的时间还很长，有的笼子的门，你以为不会开，其实撑过那个时间，就自动打开了。”

“可为什么生命要被关在笼子里呢？只能被动地等待钥匙被送进来？”朝暮苦恼地问。

“有的事情，没有为什么。你得去和现状做妥协。”笛子男生长吁了一口气，“给你打个比方吧，我其实想毕业后去音乐学院学长笛，你觉得我家里同意吗？”

“要是我是你家长，我同意呀。”朝暮说，“前提是你吹得好，愿意练习。”

“班长的姿态出来了。”手鼓男生冲笛子男生笑了笑。

“可你不是我家长呀。”笛子男生说，“我家里不同意，我也没有放弃，但我也没有必要去忤逆父母现在的态度，先把课业做好再说。”

“他很辛苦的。”手鼓男生轻声补充道。

朝暮在心里呐喊了一句——但是，练习长笛的时间减少，你自己不会痛苦吗？如果你痛苦，你家里人看到了，不会心疼而愿意去向你妥协吗？为什么你一定要妥协呢？但是，她没有说出来，碰了碰手鼓男生的胳膊：“那你呢？”

“我家里比他宽容一点。”他回答，“不过我不是想学鼓，比较想学谱曲。话说回来，朝暮，你喜欢的是梦，这怎么办呢？你想过这个东西以后怎么发展吗？好像没听说过有人教梦呀？”他很认真地问。

笛子男生“扑哧”一声笑了出来。

“这个啊，”朝暮看了看天，“这我暂时还不知道。”

三个人沉默了一阵。

“能告诉我你们在练什么曲子吗？”朝暮轻轻问。

“我们自己写的，”笛子男生两手向后撑着地面，“还没完成。”

“就把现在已经编好的给她听一下呗。”手鼓男生拍了拍鼓。

笛子男生点了点头，夜色下可以看得出他有些疲惫，在地上换了一下双腿交盘的方式，好像一口气有些喘不上来。的确，可以想见，在教室里做了一天的习题，接着又加紧马力练习曲子，却又碰巧要听她的怨言。朝暮静静地等着他俩准备好，双手不再乱比画，乖乖地放在双膝上，听那一笛一鼓的和声开始轻幽地洋溢开来……

夜色已经很深了，她疑惑两个男生是怎么在暗处演奏准确，却看到他们的眼睛似乎闭上了，像盲人摸象一样行云流水。她的目光从他们身上移走，看到远处的宿舍楼，灯已经点亮了，每层楼每个窗户隔间，都点着橙红色的灯光，照亮了宿舍楼夜色下黑漆漆的砖石。凝视着这一层层的灯火，原本在听着音乐的朝暮定住了，觉得好像喉咙里被放进了一块礁石——她确信自己曾经在哪里见过这一幕，那里也是如此闪烁着，好像一面燃着一个个火种的古罗马墙壁……

等那天晚上她和两位同学礼貌地告辞，钻进被窝里，拿出手电筒，在记梦本里一页页地探照着，终于手指颤抖着找到了某一天的日记：

二〇××年　三月二十七日　昨晚的梦

我缓缓地经过一整面高高筑起的壁垒，以椭圆形的趋势，伫立在大地上，好像一个古罗马斗兽场。墙壁的许多个镂空处，都闪烁着红色的火把，好像一个个灯眼，也好像无数只蝙蝠栖息在上面。与这墙相比，我显得那么小，身后则似乎有人跟随，在监督着我的行踪。耳边似乎传来一阵阵微弱的乐声，仔细听，那曲子却有一种压迫感，庄严而盛大。

朝暮不知道是不是曾经有一个中世纪的自己，隔着时空向二十一世纪的自己对话，将一个相同的时间与空间结构投射在她的感知系统里，像是物理学中四维空间的网格，将朝暮冥冥之中记忆碎片里的古老建筑重塑，定格在她听两个男生吹笛子与打鼓的那个夜晚，重新演绎某种在她出生前被洗刷掉的声音。梦境并非精确地呈现，只是给出一个象征符号式的画面，让现实中真正的宿舍夜灯照亮朝暮，像是完美的典范中延伸出的一个普通现实。在摸不着的地方遥遥指引的符号，在现实中扩展成无数个定型的可能性，而朝暮在她个人时间的路径上，碰到了其中一种。

忘记那天逞强发言的事情，回到班上的朝暮，开始留意起吹笛男生和手鼓男生。她注意到吹笛男生成绩很好，拔尖，和她自己不相上下，而手鼓男生的学业则中规中矩，有的科目甚至很拖后腿——他俩的性格，则是前者显得有些清高，而后者是一个敦厚快乐的人。手鼓男生私下悄悄和朝暮说：你别看他那样子，其实他只是不想给别人添麻烦罢了，为了保证学业的同时争取练笛子，他几乎不给自己松一口气。那天，我们岔开音乐和你聊这么久，对他来说其实也挺罕见的。

朝暮点了点头。仔细考虑过那夜谈话的她，的确改变了自己与学校相处的策略，不再终日矛盾撕扯着如何去改变现状，而是像一头小牛一样，低头耕耘、忍辱负重，把学校时间和个人时间分得泾渭分明——尤其是学习吹笛男生的做法。她注意到手鼓男生其实并不像他俩这样“清醒”，而是对一切事情都持差不多相同的态度。

“你是没那么喜欢鼓吗?”朝暮有一次开他玩笑。

“不啊，不啊，最喜欢了。”手鼓男生说，“只是即使最喜欢，它也和其他事情本质上没有多大区别啦。”

朝暮扬了扬眉毛。这种人生哲学她尚且不太能懂。无论如何，她的梦恢复了和她的交流，记梦本上空白的一页页又被主人的墨汁填满，她知道在这些不断被她编汇的梦中，将有一些在未来某一天忽的原地出现，像一个启示一样，带她重新看待眼前的现实，而在那发生之前，就是一日日她思想与行动的漫长积累，直到一次次堆积成一个新的小土堆。

班主任对她这几年来选择的班长很满意，有一天，和办公室其他班的老师唠嗑道："哎呀，虽然一开始朝暮这孩子，不太配合，还有点闹腾，但不知怎么的有一天突然变得懂事起来了，愿意听老师的话，积极回应配合了，甚至在我生日那天啊，还悄悄和全班同学一起准备了一个唱生日歌的惊喜。我那天走进班里时，真是吓了一跳。也不用我说嘛，本来就是一个挺聪明的孩子，会变的，变好了，上课就乖乖听讲嘛，有什么难的咯。"

班主任不知道的是，朝暮在刚刚改变自己的那段时间，心情低沉到谷底，她需要像抑制强迫症一样告诉自己：不要多说话，不要说错话，不要说真话。这三个不要，就好像孙中山的三民主义一样，在她脑海里一遍遍绕着。忍受不住的时候，吃饭的汤勺她拿不住，在手里颤抖起来。这种自我阉割，就好像她必须要往自己的灵魂深处丢煤灰，把里面的光亮全部掩盖住，把她想和别人分享想法的冲动一次次压抑住。她如果不这么做，而继续主观行事，将自己所爱、所想置于最高处，便无法集中精力学习，像吹笛男生一样一直拿到好成绩，而当班长这么久，她品学兼优的形象已经形成，并被周围的老师同学凭着这股惯性一再确认，她也不敢再褪下这沉重不堪的外衣。她不知道该怎么再"辞职"。"辞职"，又会带来什么麻烦。

虽然她私下里严格记录梦境的习惯养成了，却频繁地梦到一个身穿紫色袍子的女人，头发长长的，披盖住了一部分脸，好像很忧郁，甚至好像病了一样。朝暮一直不知道这是谁，有一天夜里，在被子里被梦魇扼住，她仔细地想看清那女人的脸，却发现竟是一个有些苍老的自己。

她惊叫一声，却没能发出声音，双眼圆睁醒了过来，坐起身，一身冷汗，缓缓地摸着黑暗的宿舍墙壁走出去，到饮水机边喝水压惊。

朝暮不曾流眼泪。恐怖过于直接和庞大，就像从她脚底板上延伸开来的黑风，人的心要软才会悲哀，而被吓得僵固的心，都不知道如何松懈了。

一年后，她以优异的成绩离开了中学。接过班主任表彰奖状的时候，她平静而空洞地对她点了点头，想让眼睛透过面前这个人，看到那后面的黑板和砖墙。

在学校的日子里，为了避免班主任抓早恋之人的嫌疑，她很多时候并没有和笛子男生与手鼓男生走太近。毕业旅行的日子里，和几个班上的姑娘一同去海岛了，只是偶然再听到他俩的消息。那几个姑娘生性活泼，又有点娇蛮，心已僵化的朝暮同她们在一起，天天喝喝椰汁，吹吹海风，望望夕霞，倒也一时间忘却了她那感觉自己受束缚深重的中学生涯，也打算不再隐隐地怀着对这段已逝时光的记恨。

但是，宛如晴天霹雳，那天，她正听着身边几个姑娘谈笑风生、嬉戏扑闹，忽地手机响起来，是手鼓男生打来的电话。他的声音好像断了线的风筝，朝暮警觉起来，跑到一个信号好一点的地方，听到他断断续续、哽咽着的，好像一具木乃伊般失魂落魄的声音。

是笛子男生的噩耗。笛子男生跳楼了。自杀未遂，正在医院抢救。

朝暮听到电话那端已经挂了，嘟嘟的声音好像她自己的心跳。

笛子男生家里原本答应他只要考上重点学校，就可以辅修长笛。他也一向稳扎稳打，却大运不济，在最终的考试失利了。得知他考试失利的消息，他父母一怒之下怪罪长笛，将他最珍贵的宝物摔断了。笛子男生当场面无血色，转身没有任何预备地，就往楼下跳去。

朝暮的手机掉在了沙子里，她“扑通”一声跪了下去，捂着脸无法抑制地哭了出来。僵了几年的心，一下子滩溢在沙面上。

他们摔了他最珍视的东西，他，就也要摔他们的——可是，怎么能这样呢？怎么可以这样呢？你是那个劝告过别人：要挨过黑暗，要保持希望，要等待笼子打开的人啊！

我以为你是那个懂得如何承受这一切的人啊。

原来不是，笛子男生并不是。朝暮那些难以处理的痛楚，他也都一直觉得难以处理。

朝暮中断毕业旅行，提前回家了。笛子——她现在在心里这么喊他——抢救未果，年轻的生命因为一次失利，被早早地埋进了黄土。他又怎么会不失利呢？朝暮想，就像一根弹簧上压了千斤顶，那弹簧的质料再好，也撑不起这重量啊。她这时才知道，那些同学老师对自己当班长所形成的印象，根本没有真正影响到她，因为每一次她给家里打电话，每一次假期她从寄宿学校回家，父母都没有主动提过她是班长这件事情，甚至如果她不提，都不主动多过问她的学习。而她那些在学校无法说的话，全都被允许向家里倾吐了。

她是有充气床垫的人，而他的陨落，却没有。

朝暮在笛子的墓前鞠了三个躬。从前日日在食堂吃饭时脑海里念的紧箍咒又响起：不要多说话，不要说错话，不要说真话。她眼泪滴在埋他的地上。

在那个世界，一直吹笛子吧。

Ⅲ

几年后，朝暮剪了短发，眉眼间更有一种凝聚感，行为举止显得更笃定、自由，却也有些疏离。短发使她从背影远看，还是个少女的样子，正面与她打招呼的人却都可以看出一丝时光贴上的成熟。那天，她刚上完一上午的课，匆匆地拿着一沓学习材料，往食堂赶。食堂的两侧都是宽敞的玻璃窗，走进去准备坐下来的时候，朝暮注意到窗户里自己的倒影——一个穿着白色衬衫与浅绿裤子的短发女人。那女人也在窗户里回视着她，就这样互相愣着。

阳光有些刺眼，惹得她转过脸去，却觉得蹊跷。明明在公寓和学校洗手间的镜子里都已经看见过自己清晰的倒影，为何此刻在一面模糊的窗户里见到，却有一种惊煞到的感觉。她唯恐自己头晕摔倒，赶忙拉开一张椅子，把手里的文件和一盘食物都放下来，坐下来的时候，灵光回溯：

她知道了——一定是在梦里遇见过这个自己。

二十多岁的朝暮，并没有丢掉少女时期记录梦的习惯，相反，她的本子越积越多，几乎像医生门诊的记录。自从在中学毕业后重新选择赴海外读书，并且迷上了弗洛伊德等西方心理学家对梦的解析，朝暮开始投入所有时间选择这方面的课程，而她对此的理解也出乎意料的迅捷和深刻，写下的作业常常得到授课教授的赞扬。从前，她对梦的记录野生野长，是凭着被保护好的直觉，小心翼翼又循序渐进地，在家里、在宿舍里、在飞机上、在睡眼惺忪时记录下的。

而现在则不同。在长年与梦的迷恋和搏斗之中，她对其分门别类，取其精华、去其糟粕，摸清了梦的百科全书中的线索规律。所以，当她读到先人系统的记录与研究时，她就好像已经装得满满的一壶水，开始在煤气上燃烧，随着水的渐渐沸腾，她对梦的理解也得到一次次澄清和升华。

她这一次离开大陆留学前，手鼓男生送给她一本《梦的解析》。

“你还记得我问你，你打算以后怎么将梦发展到现实里？其实，你要是想的话，会发现它完全不仅仅只是爱好，可以成为更多的。”他这么说。

“呀，”朝暮当时欣喜地接过这本书，开他玩笑，“原来您是我的伯乐。”

“不敢当。一本小书做心意罢了。”

“你呢？还会学鼓吗？”

手鼓男生摇摇头：“学编曲，记得吗？当时我和你说过的。”

“是啊，我想起来了。还是去音乐学院，对吧？”

手鼓男生点点头。

两个人忽然都想起什么，低垂下了头。

朝暮轻轻说：“我们两个都可以去追随自己的热情了，但……”

“别说了。”从不打断别人的手鼓男生突然蹦出这几个字，咬着下嘴唇。

“他知道我们在笼子外面，已经拿到钥匙，会欣慰的。”朝暮还是说出来了。

手鼓男生摸了摸眼睛，长吁了一口气："你知道这路上还会很难的吧？各种各样的阻碍。"

朝暮等他说完。

"你要是在海外觉得难，记得发个电邮、打个电话给我。"

"嗯。"

朝暮没有发个电邮、打个电话给手鼓男生过，但她仔细地读了那本书，一直将它稳稳地摆放在自己的书架上。

那天的午饭朝暮没有好好吃，急着回到公寓，找出本子。她已经给它们按照时间和内容上过了索引，因此，循着标签找到某一个梦，变得很容易。她循着刚才的那玻璃里女人的关键词，翻到三年前的一个梦：

二〇××年　五月十八日　昨晚的梦

我走了很久，终于在尽头看到一面澄澈的窗户。透过那窗户的倒影，我看见有一个女孩穿着浅绿色的裤子。她向后挪了几步，轻松地坐上了一根栏杆，晃荡着小树枝条般的双腿，由内而外似乎散发着春日灵动的气息。

此刻，三年后，她拿了一支圆珠笔，在这个梦的结尾画了一个小钩。

她记得，当年刚刚做完这个梦，她醒来时竟有自卑的感觉，因为此前她不断梦到的，是那个穿着紫色袍子、憔悴不堪的人，而她自己的状态也和后者更像，夜夜在梦里经受审判，好像那个女人责怪她无力照料好自己。这个紫衣人并没有在她考出好成绩，或在她毕业后就消失。

紫衣女不仅在她最黑暗的那段中学时期出现，也在她重新准备出国时出现，虽然这个梦影呈现愈来愈少的趋势，却也有了一丝摆脱不掉的气息。

于是，当某一天，在梦里遇见一个如此肆意、活泼的绿衣人，她几乎没敢相信那会是四年后的自己。她以为那是什么别人，也许是一个以后她会碰见的人。她把这个小人的形象藏在了心底，几乎没有相信过她是她的另一个版本，在体内生长和焕发，以至于当她一路奔跑，终于在某个路口撞见了这个几乎不敢相认的自己。

梦，不再仅仅是在她周围环境里的现实里映现，也会将她自身的演化提前预言出来。

心理学课的作业，曾有一项，是分析有关“希望”的梦，以及这种梦里常有的象征。但她做着作业却泪湿了桌面，想起笛子曾经说过的话：你只要保持希望，就好了。

希望在时间里慢慢呈现。而时间，看起来好像脆弱，却其实是一丝有韧劲的弦线，每当梦应验的时刻来临，就在她脑中被拨响。她已经做好准备，迎接未来每一次被眼前的现实，与潜意识里隐藏的图景重叠的时刻，并弄清它们在对她自己的状态与选择，她的过去与未来，说些什么。

刚刚来到海外上学的时候，除了语速极快、布置长篇阅读的教授上大班课，也有小班课，是同学们围绕着一个圆桌子讨论课前布置好的阅读材料。第一次走进这个课堂的时候，朝暮想起加拿大初中的周五放学时刻——十三四岁的孩子们围着一张红色毯子坐下来，一个个接过沙包，怯生生却又清晰地说出建议，好像一个小国度里的管理员们。眼前相似的情形，使她差点暗暗湿了眼眶。

为了课堂上能更好地发言，她在阅读材料上事先列好了疑问以及觉得很有意思、值得深究的点。一堂课下来，在助教的带领下，阅读材料上的笔记更多了些。当年的沙包，现在变成了大家自己无形的判断：何时谁说话、谁接话，并没有定局，而是随着在说的内容，自然而然地使胸中有话的人变成一个短暂的领导者，再由思维的渠道连通到下一个人。摆脱了从前只能被灌输而无法发言的牢笼，朝暮重新回到了自己本身，侃侃而谈不受拘束，也会适时地安静与聆听。

她要摆脱的不仅仅是一个牢笼，还有那个牢笼对她的自我理解所伤害的部分——那些夜夜使她良心不安、自我谴责的影子，在这一次次圆桌讨论会后消亡了。朝暮不是仅仅怀着一种充满信心的反叛度过那些岁月的，她也曾经疑惑过，那些和外界产生的冲突和麻烦是否全是她自己的问题。她也曾因此忧虑过，是不是只要把自己改变过来就好了。如果不是碰到了笛子男生和手鼓男生，发现他们同样有苦楚，也同样有对当下无法被培养的天赋的坚持，朝暮也会以为自己对梦和心理的那些执迷，是微不足道甚至是虚幻的，影响她的集体生活。而现在，当她开始得到机会实实在在地学习梦的机制，她才知道，原来并不需要强硬地改变自己，而是碰到共鸣的环境，让真实的自己被看到就好了。

一年、两年、三年过去了，学习进入白热化阶段，朝暮就好像一辆加足马力的汽车，在知识的大道上疾驰起来。在研究生阶段，日子开始变得更加清苦——一个人租房子、煮菜、打工。朝暮渐渐知道手鼓男生从前的话是什么意思：把梦发展到现实里——把梦对自己的赋予以及自己对梦的痴迷不仅仅再当作爱好，而是变成工作。以前这是妄想，而现在第二种思考方式，终于在第一种思考方式的阴影下，活出了自己的一个小太阳，慢慢地沿着天空滚着铂金色的光芒。

朝暮的学习生活不再有以前那样随性和顽皮的基调，她自己也慢慢变得淑女，变得寡淡起来。口才好的天性，不再放在和同学朋友们插科打诨上，转为了在心理学工作时最大限度的专业发挥。在几年的训练后，她终于有了跨入梦境联想治疗师的资质，开始了为期一年的实习。

在病人的每一个梦境里，都会出现各种各样的物体、人物和场景，这些事物在治疗师的启发和梳理之下，被病人联想起来，记录下这些联想后，再一次从新的组合里创造出更多的联想，如此之下，梦的内容从一个轻浅的画面，深入到病人生活的方方面面，并带出最使其困扰的那个问题。究其根源，看到病人的心理状态。一本本记梦本边，多出了一沓沓标有各个病人姓名病号的医学记录册。每当病人入室躺在沙发上，朝暮都感觉好像看到一个幼年的自己，正头痛着、辛酸着、没有头绪着，在对着自己倾诉。她把对那个曾经的自己的感情，充沛而严肃地投入在了对这些素不相识的病号的关心与疗愈之中。

有一次，她碰到一个二十来岁的年轻女人，比她年轻些，可也是差不多的年纪，染上了烟瘾，戒不掉。每一次她进屋前都会掐掉烟头，和朝暮说起养大自己的姑姑。从来不谈什么时候开始有烟瘾，怎么开始的。

“你从什么时候开始吸烟的?”朝暮第十一次问。

“嗯?”年轻女人在沙发上转了转头，“啊，我刚刚说到我家后院的那个走廊……”

朝暮叹了口气:“帕翠莎,我要打断你一下。”

“为什么?”

“如果你不信任我,我们永远无法进入这个治疗的第二个阶段。朝暮把笔记本放在了桌子上。”

“我很信任你啊,我把我姑姑从小如何忽视我的情感需求,我的父母如何抛弃我,又在我长大之后回头找我要钱的经历,都告诉你了。”

“我知道。但是你不肯告诉我眼下最明显的问题——”

帕翠莎在沙发上坐起来看着她,眼睛里已经有了抵触的情绪。

朝暮只好打住。“算了,算了,你躺下来吧。我不问你的烟。但我有义务提醒你考虑这件事情是否健康,找到机会,开始把它戒掉。”

在帕翠莎的许多梦里,都可以看见烟的影子,只是她自己不愿意承认。她会梦见体内有一把火,慢慢燃烧,慢慢燃烧,最终把家具和房子烧着了。她还会梦见家养的猫总是往烟囱里跑,沾了一身煤灰又从烟囱里跑回来,帕翠莎将猫抱在怀里掸掉灰尘。

朝暮看出帕翠莎恐慌于烟对自己的控制,也想改变这个被烟侵袭的自己,只是无法面对。她每一次都会在解这些梦的时候,附加关于烟的注脚,旁敲侧击地想使她对自己的烟瘾历史坦白。梦的解析可以治疗心病,但对于烟瘾这种可以通过实际途径更快清除和修复的症状,有的话则应该尽可能让病人意识到它的不好。

帕翠莎每周一次的治疗一直持续了一年,也是朝暮实习结束的那一年。朝暮早已从前辈那里听闻无数病人中途退出治疗,或治疗无果的案例,所以并没有对帕翠莎的治疗抱那么大的希望。没有想到的是，最终她的确帮助帕翠莎认清了自己使用烟逃避的心理，她逐渐戒了烟，从姑姑家里搬了出来，生活也走上了正轨。而对帕翠莎案例的成功治疗，让朝暮灵感迸发，在一篇对“患者个人治疗动力与契机，与治疗师如何配合”的论文里大放异彩。她很快正式任职梦境治疗师。

正式工作之前的这些年，朝暮从一个国家搬到另一个国家，从亚洲迁到欧洲，最后仍是回了美洲，去加拿大的诊所求职，在这个曾经接纳过青少年时期的她的国度，安顿了下来。工作之余，她常常和异国朋友们在午后小河边散步、闲聊，她的公寓除了是写下一篇篇梦境记录的工作室，也会变成休闲沙龙，腾出空间招呼友人们来听音乐、说故事、斟小酒，在日暮下的阳台上眺望街道、侍弄花草。朋友里有男有女，但朝暮和他们都保持着日常生活的互帮互助，和工作上的思想交流，没有与人更近一步。她身边的人，更像在她私人空间之外一面广阔的人际网上的一个个点；而在那之内，只有她自己，与一叠叠的梦。

成家的女朋友们总喜欢拿这件事与她开玩笑——在这些年间，她参加了两个女朋友的婚礼，做了其中一人的伴娘，她自己这方面的日程却总是提不上。好不容易有进行的还算顺利的关系，最终往往因为她以自己工作忙作为推脱而结束，那个在关系中的人总会失望，发现他们在朝暮眼里可有可无的状态——在争吵时，朝暮被责备最多的，便是她真正在乎的只有她的梦，而不在乎人。朝暮往往回答：“我在乎我的病人们。”就这样气走了一个又一个伴侣。

久而久之，大家也习惯了她的独行侠身份。

那已经是她任职的第三个秋天，朝暮骑着自行车赶到办公室，坐下来查收邮件。她前几天刚刚送走一个病人，是她见过年龄最小的——一个十六岁的高中男生。男生有严重的抑郁症，和她谈话期间看起来礼貌、懂事、又聪慧，却有严重失眠的问题。他说自己的睡眠“好像被自己的意识剥夺了”。

朝暮对他的病因从家庭、人际、遭遇等等方面进行引导和排查，却找不出一个特别明显的理由，最终发现男生的抑郁症应该完全是生理导致，心理疏导也无法使他天生脑内缺乏的化学元素达到平衡，便只好建议他的父母送去医院配药。

这个男生的案例有点忧心到朝暮。一是她还挂念着男孩最后的结果；二是男孩的气质，让朝暮想到了笛子。如果笛子活着，恐怕现在也已经迈入而立之年；三是她发现自己的梦境疗法对物理上客观存在的缺陷不管用，对信心造成了一点打击。

浏览邮件的时候，朝暮发现其中一封的署名是艾伦·密苏里。这个名字让她觉得眼熟，但一时间想不起来是谁。

艾伦……艾伦……艾伦……这个名字一遍遍地在她脑海里响起，她顺着邮件读下去，发现对方想在两天后的下午来诊所约谈，却没有说他是谁。很可能是在诊所网站上或者名片上得到了她的邮件地址，但一般约诊都是通过诊所的统一安排，按病人的意愿以及治疗师的特长进行约定的，没有陌生人直接约诊。

朝暮本想当垃圾邮件处理掉，但突然注意到密苏里这个姓氏——前两天刚送走的这个抑郁症高中男生亨利，就是姓密苏里。也许是亨利的亲人？但为什么不明说呢？除了说要约诊之外，邮件里一点信息都没透露。也许是碰巧姓氏一样。如果亨利或者他的亲属自己有事情要找她，有很多其他方式，也一定会说明缘由。

于是朝暮索性没有理会这来路不明的消息，两天后的下午，在办公室里收拾着自己的文件，把桌子擦干净，水笔都归位，微微打起哈欠。门外，却突然响起敲门声。

“请进。”

“我是艾伦·密苏里。”一个穿着商务正装的男人进来，把门扣好，很礼貌地说。“两天前给你发了一封邮件，约诊的。”

朝暮停下了手上的整理：“他们怎么让你进来的？约诊，是先和诊所预约，不是给我发邮件。”

“我说我们认识，我是你的一位朋友，他们就让我进来了。”艾伦仍然礼貌地说。

朝暮已经将文件夹塞进了公文包里，站了起来：“但是我们认识吗？他们也太疏忽大意了……”

看她要走，艾伦拉了一下她的胳膊：“嘿，朝暮。”

那声音，听起来的确有些熟悉。很少有外国人将汉语的这两个字发音得这么准确，朝暮已经习惯了病人和同事喊她的头衔和姓氏。

“你真的就不记得我了吗？”艾伦问。“我们以前在同一所学校呀。”

“你不会是……”朝暮愣住了，回忆一点点渗透进来，她恍然认出了眼前的人。

两个人互相注视了一下，朝暮回过神来，摇摇头，拿下了背起来的公文包：“抱歉……”

“我是因为亨利听说到你的。”两个人都坐下来后，艾伦说，“亨利是我侄子，我们全家前段时间都很担心他。”

“怪不得。”朝暮觉得有些尴尬，“但是怎么这么巧？”

艾伦说：“可能因为你又回到加拿大了吧。”

“亨利现在还好吧？”

“他还在用药，但是睡眠问题好多了，性格也比以前开朗了很多。他好几次和我们提到你，说很感谢你的治疗。”

“不用感谢，我没能把他治好。”

“他说很感谢你看待事物的角度——看待他的梦的角度。”艾伦仰起头，努力地转述亨利具体说的话。“他说自己以前从没将梦看成现实问题的钥匙，说你教会了他一个自我转化情绪的方式。”

朝暮笑了：“这孩子把我看作老师了。”

“嗯，虽然没有根治，但是你给他提供了一种思维习惯。”

“我很感谢他能这么想。”朝暮客气地说。

“看得出来你做心理治疗师很多年了。”

“你呢？你现在在做什么？”

艾伦的手拍了膝盖一两下：“商业咨询。有点像吧？虽然我不咨询患者，也是给人提建议。”

朝暮点了点头，看到了艾伦左手上的戒指。“我注意到你结婚了。”她笑着说。

是啊。艾伦挠了挠头：“在两年前，实际上。”

“现在说恭喜有点迟吧。”朝暮说，“但还是祝贺你。”

安静很突兀，像剑一样。两个人都想起了当年闹的糗事，还有那个从中作梗的叫费德尼的男孩子。有时候人并不是忘记，而是因为没法回头，就选择了假装掩埋，但是只要有一点点风来吹动了那埋藏的痕迹，底下经年不变的事物就又会被看见。

窗外的夕阳正在西落。朝暮在加拿大初中时怯生而又执拗的气质，已经被时间洗净，现在她果断而又疲惫。艾伦刚进办公室时，差点认不出那个表情淡漠清扫着桌面的人，是当年有点爱闹腾的朝暮。她现在看上去更像一个完全陌生的女人，走在街上，可能彼此都认不得。对于朝暮来说，艾伦也是如此，那个穿T恤衫、背书包回家的清秀男孩，此刻已是一个模糊的剪影。若不是艾伦喊她的声音，让她记起初中时候的情谊，她可能仍旧认不出他。彼此的职业装好像一条更深的横沟架在中间，塑造了彼此新的身份。

“你知道格列佛先生现在还好吗？”朝暮问。

“他退休了。”艾伦说，“从城市搬了出去，去过乡村生活了。他身体还不错。你和大家后来没有任何联系了吗？”

“嗯，我回中国后，基本失去和大家的联系了。节假日，我和劳拉互相发过电子卡片，但是几年后我们也断了联系。”

“我还记得你的匿名建议箱。”艾伦说，却注意到朝暮背过身子，正拉开抽屉在翻找着什么。

“怎么了？”他问，“我‘问诊’的时间是太长了吗？”

“不，不。”朝暮皱着眉头转了过来，手上拿着一张有点硬的画纸，递给艾伦。

艾伦觉得奇怪地接了过来，接着“啊”了一声。是一头粉红色的大象。他画的。

“你一直留着。”他说，仔细地看了看，又还给了她。

“我一直挺喜欢粉红色的大象的。”朝暮淡淡地说。

两个秋天后，朝暮也有了自己的家。从独身公寓搬到一个家里，似乎也只是一眨眼间的事情，而她的头脑也不再仅仅被梦所围绕着，却在现实里也斑斓起来，开始仔细地甄别家人的需要。记梦本和诊所记录本旁边，多出了一本婴孩日记——她以一个心理学家的严谨，记录着孩子的一举一动，成长变化。和一个梦一样，一个孩子，也是从她身体里长出来的独一无二之现象。但做心理治疗师多年，让她的欢喜没有一般人母的那种特别明显的激动与欣悦，而只是一丝平静的责任心。

婴儿篮上吊着一只粉红色的大象玩偶，一个婴孩被细心地包裹着，在摇篮里闭着眼睛熟睡。朝暮减轻了工作量，重心从心理咨询室暂时隐退到了家中，给女儿唱摇篮曲，看着她蹒跚学步，利用空闲时间特意学了缝纫衣物，给女儿做了好几件她亲手缝制的衣服。

环境与时代已变，她不是很忧虑这个小孩子长大后，是否也会需要区分第一种和第二种思维方式，是否会遭受发言之苦，而是忧虑她看待这个世界的方式是否可以让她自己保持平静——无论环境与时代是何种状况，也可以让自己不受波动。因为全身心地关注着女儿，她觉得自己的力量变大了，变得无边无际，却也变小了，小到她不会再为周遭世界的曲折与不公即刻地愤慨，而只是抱着一棵苗一般小的希望，希望女儿自身可以具有足够的安宁，无论海浪如何汹涌，都不会翻船。她发现自己是无力的，无法指使那个将要围拢女儿的周遭世界的运转方式，而只能期望孩子的人格本身之中有解读生命可能迎来的一切不幸的方式。

这些思绪，直到女儿已经四岁，手里捧着奶瓶喝奶，和她并排蹲在海洋馆里看鲸鱼时，仍萦绕在朝暮脑中。

“妈妈。”女儿问她，“为什么水都是蓝色的？为什么不是像你身上的这件斗篷一样，是红色的？”

“你觉得红色的海水美吗?”朝暮笑着问。

小女孩想了想,皱着眉头说:“要看情况。”

“大象是什么颜色,你记得吗? 我们在动物园看过的。”朝暮问。

“嗯……褐色……灰褐色……”小女孩掰开奶瓶说。

“你房间里的玩具大象呢?”

“粉色的。”

“哪个是大象的颜色?”

“灰褐色。”小女孩没有犹豫,肯定地说,“但是我更喜欢粉色的。”

“嗯。”朝暮摸了摸她的头,看奶瓶已经空了,从女儿手里拿了过来:“我的小女孩啊,记得,无论一个事物实际上是什么颜色的,你永远有将它按心意重新想象的能力。”

女儿没有听她说话,激动地站了起来,指着玻璃后说:“妈妈看,鲸鱼!”

不过没听见也没有关系,现在听到了也可能不会懂,朝暮知道,不用特意教女儿第二种思维方式——她相信,她是天生就会的。

与工作量的减少相同,朝暮记梦的频率也减少了,但那天从海洋馆回来,她感觉到有什么想法一直在脑子里和自己拔河,弄得心里怪痒痒的,使她意识到很可能又是记梦本里的梦应验了,一页页地翻了过去,她的确找到了十二年前的某一个梦,近乎复制般地提前记述了刚刚从她眼前溜走的现实:

二〇××年 十一月三十日

我在水族馆里扛着摄影机,它对准了一对母女,她们正蹲在围栏旁边,看海豚的鳍从水面上穿过。母亲穿着一件红色的斗篷,好像稍稍心不在焉,而小女孩好像还是叼奶嘴的年纪,正捧着一个奶瓶喝奶，全神贯注地盯着宽大的玻璃展馆后面蔚蓝的水波。

朝暮合上本子，发现当年的梦将女儿也预言了，她心里的不安多于惊喜。她一开始把这个梦当作敌人，当作一种威胁——因为它来去自如、吉凶未卜，好像将女儿的命运提前预言、束缚住了一样。放不下心，她开始仔细地察看自己的记梦本，把关于小女孩的梦全部找了出来。

后来，这些梦，的确通通在小女孩成长的过程中应验了。它们并未预言什么不好的事情，虽然小女孩也像其他孩子一样生病、跌跤，和小朋友发生争执，但有女儿出现的梦，全部都是好运的、温柔的梦，有一些提前呈现了她和女儿之间美好的瞬间。如此，朝暮也就安心了，换了一种颜色的笔，在这些当年的梦旁边，记下十几年后现实中真实发生的细节和对话。

二〇××年　一月七日

一节课开始了，我不能进去，在窗口向里看，有一个穿白纱裙的小女孩，头发乌丽，只有五六岁，正在学跳舞，裙子的纱带洋洋洒洒地在飘。随着小女孩脚步的旋转，我看见她头发上多出了一圈绿色的花环，长出绿莹莹的小树叶来。谁的头上会长叶子呢？梦里真是什么都有。

后记：送女儿去芭蕾舞课的路上，她兴高采烈的，课结束的时候，看她从教室里走出来，头上戴着一顶绿色花环。她告诉我那是老师发的道具，为她们圣诞节时要表演的舞剧准备的。

二〇××年　三月四日

我正在逛集市，看见猫、菠萝、长裙，以及各种复古的东西。经过一个餐厅的时候，门口有一尊双手合十的青铜色小佛像，个头和一个小孩子差不多高。有一个小女孩出现了，奔到了这尊小佛像面前，嘴里说着："我们做朋友吧！"

后记:女儿穿着凉拖鞋和我在集市里走,我怕她会感冒,想抱她起来,她不愿意,想自己走。过了一会儿,她远远地看见了路边一尊佛像,就像碰见失散的亲人一样,还上去把双手搭在这小佛像的双肩上,对它问候。若那雕像是活的,似乎当下就会在她洋溢的笑容前开口似的。我问她,在幼儿园里和别的小朋友怎么没这么亲密?

二〇××年　六月二十一日

梦里好像是秋冬季节,我在爬山,和我一起爬的,还有一个穿小棉袄的女孩。我一路只顾爬山,而她边爬,边采集着野花,于是我就总是停下来等她。林子里很静,只有鸟鸣声很清晰,还有女孩儿叽叽喳喳的说话声。女孩儿看起来有十一二岁,有一双很敏锐的眼睛,脸颊瘦削红润,看起来经常在外面野着疯玩,小小的身板很结实,蹦蹦跳跳的。有她陪我一起爬山,我觉得很安心。醒来我问自己,这个女孩是谁呢?我平日里从没见过这样一个人,却觉得好熟悉,好像我们已经认识几辈子不止了。

后记:加拿大的秋日去爬山很合适,女儿上小学了,几乎每个周末我都会带她去爬山。她平时在学校喜欢各种体育运动,在家还做后滚翻,像个小猴子一样,爬山也毫不费力。一路上,她带着一个小篮子,要采花。我提醒她蘑菇就不要捡了,如果有毒,碰到手上过敏,就不好了。她今天很听话。边爬,边和我说着学校里的各种事情,嘴几乎停不下来,看上去上学的日子让她很开心。我很释然,觉得她不会再重新过我从前的日子了。

对了,在她说的事情里,让我惊喜的还有这一件:她告诉我,昨晚做梦梦见妈妈了。她向我要本子和笔,说要将昨晚的梦记录下来,也许它们会应验呢?

博物馆之行

鹅毛大雪一直飘到夜里九点，弗莱德里克送喻荣回公寓的时候，在门廊外稍稍逗留了一会儿，脚步踏在积雪里，阵阵寒意从鞋底渗透进来。白色的大门顺着惯性，很重地关上了，卡丽帮喻荣打开门，在缝隙里，隐隐约约看到了弗莱德里克：灰色大衣，穿着黑色靴子，高高瘦瘦的个儿，好似一个雪夜孤独的巡警，满身萦绕着萤虫一样的雪花。脸庞是苍白的，比树梢上的冬雪还白，衬着一双黑色的眼睛。随着门关上，他就像一把老式雨伞，也像一个折叠式冬日贺卡一样被收起，消失不见。

卡丽有种消极的直觉，就是他像这样出现，也会像这样消失在喻荣的生活里。

这个画面深深印刻在她脑海里，致使她真正看到弗莱德里克的时候，还恍惚以为他是个纸片人，刚刚从动画手绘室里被剪辑出来。她对喻荣掩藏起了自己的好奇心，只是将弗莱德里克当作一个无足轻重的来访者，但毫无疑问他的到来，打破了她和喻荣之间的安静和平衡。当她们两个一左一右向着约定的地方走去，就像僧人肩上担着的一前一后两个水桶，摇晃着，不说话，随时都怕水被打翻了。

“你陪我去吧。”喻荣前一晚说，“你不是说想去博物馆的吗?”

“不要了，他是来见你的。”卡丽推辞。

“就是一起去博物馆看一看而已。”

“我去不合适。”

“但是，我不大想和他两个人单独去……”

“好吧。”

白日刺眼的清晨里，弗莱德里克站在街道上，手插在两只口袋里等她们。卡丽发现他没有她以为的那么瘦，只是高高的，骨架大，大到好像松松的，脸颊上还有小男孩似的婴儿肥，眼睛像一条直线，不拐弯。冬日街道上的水泥好像凝固住了，他灰色的着装和那街道恰好浑然一体，他双脚呈八字站着，背挺得直直的，像军校训练出来的兵。

走近了，卡丽发现他有点紧张。

喻荣冲他笑了笑，指了指卡丽。

“这是弗莱德里克。”喻荣对卡丽说。

“卡丽，”卡丽对弗莱德里克讲，“卡丽·曼德贝尔。”

“你好。”弗莱德里克动了一下，好像准备把手伸出来，但是又没有。他看了一眼喻荣，忽地摸了一下头。

“那我们走吧。”喻荣欢快地说。弗莱德里克还是没说话，转身拿出车钥匙启动了车子。喻荣坐进了副驾驶，卡丽坐在后排。

他查过了博物馆开放的时间，这个点开始开车，到市区后再坐地铁，是最合适的。从口袋里把手拿出来，稳稳地掌着方向盘，他能闻到喻荣头发的一点清香，而感到卡丽像房间里的大象一样不声不响，颇具威胁地坐在后方，好像螳螂捕蝉，黄雀在后。

他昨天下午开了五个小时的车，从自己的城市赶到喻荣的城市，想在这个圣诞节假期见见她，此刻可以有她坐在身边，他的内心是雀跃的。他们实际上已有大半年没见了，他是在暑假的数学课程里碰见喻荣的，在大礼堂里听课的时候，不知怎么就瞅见了这个娃娃脸的中国女孩子，被她全身洋溢的开朗吸引。他沉闷、默默无声，而喻荣则像一个太阳，走路有力而匆匆，总是咧着嘴大笑，大声说话。

加了她的联系方式后，他每隔一段时间，就会给喻荣发一条和数学有关的文章，而屏幕上每次都会显示“对方已读”，并且附了一个大拇指或者开心的表情。他踟蹰许久，终于编辑了一条信息，告诉喻荣自己圣诞节去她的城市。喻荣很快回复了他，说很欢迎他来玩。

虽说如此，他立马油然升起了一种责任感，即他自己当然必须安排好行程，做好领路工作，不能全权交给喻荣去劳神了。他对她欢迎他来有一种莫名的感激。喻荣住的公寓很小，他到的时候，她没有下楼接他，告诉他自己正在楼上炒菜，让他自己爬上来。他在门口听了一阵，听到锅里有刺啦刺啦的声音，敲了敲门。

喻荣还是嘻嘻哈哈的，一种恰到好处、热情洋溢的嘻嘻哈哈。他从来没在任何人脸上看到过那种向日葵般的表情。他的父母，是阴沉而严肃的人，他的哥哥，也继承了这样的个性，但他却在内里觉得这样并不自然，他最惶恐的，就是自己竟如此不习惯自己。

客厅很小，他在饭桌旁靠墙的位置坐下来，把双腿放进桌子底下，怪挤的。他的帽子和大衣在旁边放着。喻荣很快端上来一盘绿色蔬菜,一盘炒牛肉,一盘白白的东西,后来她告诉他那是山药,是一种薯类块茎,类似土豆、红薯。他没有带任何酒类,包括葡萄酒,怕她误解,不过也许更怕的是他自己要面对什么不知道如何处理的情况。他愣着,对桌子发呆,好像看到了包好的葡萄酒瓶子碰到桌面,拿着瓶颈的手重重地要沉下去。

车子开了一阵,弗莱德里克很礼貌地问了问卡丽一些问题,比如,她是从哪里来的。

"蒙古。"卡丽说。

大部分时间弗莱德里克都是沉默的,双眼直视着前方开车,喻荣是主讲人,滔滔不绝地,摇了三分之一车窗下来,短发在风里随着她一张一合的嘴巴,被吹起来。

喻荣昨晚亲自下厨,给弗莱德里克做了顿晚饭。为了让他晚上有地方睡,她把公寓里的一个空房间收拾干净了。她来卡丽这里睡,并非是为了避嫌——公寓的热水器坏了,她已经在卡丽这里待了一周多。她没和弗莱德里克解释,只是单纯说自己晚上都和另一个女生住在一块儿,他可能觉得她们就是合租的关系。

卡丽不清楚这两个人昨天是怎么吃晚饭的,她估计喻荣并没有在弗莱德里克对面坐下来,只是像在食堂的时候,两个人分一张桌子一样,坐在斜对面,轻轻巧巧地拿着一双筷子,分给对方一双刀叉,谈话像台式电话的电话线一样,缠缠卷卷又不冷不热的,关于他们各自的生活。

那晚,当弗莱德里克送喻荣到卡丽公寓的时候,向内探究地看了一眼，隐隐约约看到了卡丽的身影，裹着厚睡衣，黑色的头发特别长，几乎把半张脸都遮住了，露出的脸则怪惨白的。今天她穿着一件黑夹克，看起来更是整个人都裹挟在一团黑色之中，除了那涂了一层粉的脸，颧骨有点高，撑着两边的头发。

喻荣一开始对这张脸，是称呼曼德贝尔小姐，就像卡丽也称她为喻小姐，直到后来才喊她荣，她喊她卡丽，两个名字都像猫的称呼。早上，卡丽百无聊赖，趴在窗台上浏览她相机里的照片，喻荣精神抖擞地上网课学编程。中午，卡丽会打两个鸡蛋，喻荣烧开水煮拉面，卡丽把鸡蛋加进面里。下午，两个人一块读书，喻荣专心致志，卡丽没过一会儿，就去摸一下手机或者下楼活动身体。往往喻荣担心起来，就在窗台上向下张望，看见卡丽正蹲着看花，或者在发呆。具体在想什么，喻荣也不知道。晚上，喻荣会催促卡丽去选一部电影来看，两个人湿着头发，抱着腿排排坐着，最终，一般是卡丽哭得泣不成声，即使已经是她看了第二遍的某个悲剧，她也依旧会哭，喻荣则安静不语，最后会点评两句。

喻荣一直在学数学学科，做电脑方面的维修，也做一些社区的管理工作。她一开始发现卡丽，是发现有个人坐在黑暗里，她把灯打开了，想起来她见过这个人，叫曼德贝尔小姐，也在这里生活。她问她怎么了，她用结结巴巴的英语说，不要管她。喻荣脚步顿了一下，本想转身就走，又一咬牙，坐在她旁边：不行，你要是有事，我得送你去医院。泡了杯热茶给她，卡丽终于把头发捋到耳朵后面，和喻荣说话了。她的日本朋友想让她尝试毒品，她不想，日本朋友留下一顿狠话，跟她断绝了关系。

喻荣当下被激起了一种保护欲。卡丽是需要照顾的孩子，是抵抗后的受害者，是一只流浪猫。她还在卡丽身上看到了一种很奇特的事物——好像是一个和黑暗纠缠不清却又游离在外的影子。当她看到卡丽相机里的摄影作品时，更加确定无疑这个蒙古女生有一种被埋在了废墟里的天分，那里有她国家的流水、鸟、电线杆儿，有洗刷成了黑白色的传统帽饰，上面是 iPod 的耳机线。还有一张，则是一白一黑的两件 T 恤衫挂在风中，有点像是情侣衫。

她一张张浏览过，觉得都是需要解读的图片，一眼看不明白。

她觉得自己的生活里缺乏这样的事物。某种程度上，只要不是快乐的、欢喜的东西，都叫人一眼看不明白——因为那些阴郁的事物都有缘由，而快乐则本是人最初的状态。如同当她第一次催卡丽找一部电影，卡丽问："为什么你总想看悲伤的呀？不太符合你呀。"

"需要补一补这些，浸透浸透。"喻荣说。她并不是也想变成一个悲哀的人，而是害怕未经打击、未经磨砺后的快乐，是肤浅的。

喻荣比卡丽大七岁。其实，她也不知道卡丽到底有没有吸食过毒品，尤其是当她的脸色那样苍白。

"一定不要碰毒品。"她告诫卡丽。

"好。"卡丽总是这样回答。至少，在表面上，卡丽挺听她的话的。

弗莱德里克将车子停好，三个人一路并排走向车站，喻荣在中间。有一群鸟儿从地面腾飞而起，似乎被他们的脚步冒犯。

等地铁的时候，弗莱德里克注意到喻荣把手插在了卡丽的大衣口袋里，卡丽没有推就，一会儿，还会伸手拽一拽喻荣夹克衫的帽子。两个女孩对视的时候，喻荣还是一脸嬉笑的样子，而不怎么爱笑的卡丽，此时嘴角也微微上扬。弗莱德里克站在旁边，想说句什么，加入她们的小玩闹，却又不知道如何说。

这时候，他看到卡丽小心地瞥了他一眼，眼神里好像有歉疚，他不禁对她温和地笑了笑。

卡丽立马避开了他的笑容。

弗莱德里克看出来她年龄小，虽然不知道多小，也不知道喻荣和卡丽是怎么认识的。

正互相假装逃避对方的拨弄，喻荣小声在卡丽耳边说："他会不会以为我们是同性恋？"

卡丽对喻荣边皱眉又边摇头。

"你们不冷吗？"弗莱德里克终于发问。两个女孩停了下来，回头看着他。

"不冷，"喻荣说，"你看卡丽，大衣里面穿了毛衣的。"

"站在这个站台上有点冷。"卡丽说。

弗莱德里克看了看略显空荡的站台，灰白的、清冷的风一阵阵地从半截人高的玻璃门上飘过来。

地铁门开了，三个人找到了庇护所。两两的座位，卡丽靠窗，喻荣坐她旁边，弗莱德里克坐在她俩后排。

喻荣回头认真看了看他，弗莱德里克一下子有点紧张。喻荣笑了笑，索性半个身子转了过来，仔细地看了弗莱德里克一眼，好像发现了什么新大陆一样，用一种鹰一样锐利又稳重的口吻说："你眼睛的颜色挺特别的，是灰色的。"

“啊，对，”弗莱德里克说，“你的呢?”——他微微向前弯了弯腰，睁大了眼睛仔细地瞧——“是深褐色吧。”

“就是黑色啦。”喻荣说，双膝不安分地互相碰了碰。若是一般人，会笑的，可弗莱德里克仍面色如磐石，并不透露内心。在喻荣看来，他的严肃是因为不自然，面庞还像一个稚嫩的男孩，白色的脸颊像发酵的面包一样微微鼓起，看起来有点呆呆的，这也是她想要逗逗他的原因。

卡丽也转了过来，半个身子对着后面，她坐姿很拘谨，黑色的大衣包裹着，就更像一颗秋日从树上掉下来的栗子，而喻荣则像一个活跃的松鼠。

而他呢? 他恐怕是一棵纹丝不动的树。

“你的是什么颜色?”弗莱德里克很自然地被牵引过去，仔细地看了看卡丽的瞳孔。除了在医院，卡丽从来没有被任何人用测量仪器般的方式，检验她身上的某一个部位，她汗毛竖起。弗莱德里克对她本人并不给予那种，他给予喻荣的、放大了的、战栗般的关注，却对她的瞳孔，比对喻荣的更加感兴趣。这是因为他不敢看喻荣的眼睛，而看卡丽的，则无需费力，甚至有一种游刃有余。

三个人都屏息凝神。

“深褐色。”鉴定完毕了，弗莱德里克向后靠在椅背上，刚才那种奇幻的感觉消失了。“不完全是黑色的哦，你们两个的眼珠子，都是琥珀颜色的。”

“你的头发是这个颜色的。”卡丽说完，转头去看窗边的景色了，车子晃荡了一下。

“你们俩的头发颜色也是一样的，”弗莱德里克说，“都是黑色。”

“对啊。”喻荣愉快地拍了拍椅背。

到站了，弗莱德里克认真地看了看手腕上表的时间：“现在博物馆已经开门了，我们到的时间正好。”

博物馆里的人流，和封闭空间里的安定感，吹散了三个人之间的紧密。椭圆形大理石的前台后，坐着一个身穿制服的工作人员，胖胖的中年金发女人，正看着她的电脑。卡丽瞅见台子上摆着一沓手册，便跑过去拿了一张看。喻荣和弗莱德里克跟在她后面，也趴在前台上拿了一份地图。那么短短的一瞬间，三个人像是一场球赛的看客，因为在人潮多的地方笃定地停下来，像是表明了他们三个人的一体性，使得一种别扭的情绪散发着。

“有什么需要我帮你们的吗?”金发女人问道，眼睛转了一转，停留在了弗莱德里克身上。

弗莱德里克似乎突然意识到了什么，往旁边退了几步：“没有，谢谢你。”

卡丽和喻荣都看着他，他与她俩一一对视，惹得金发女人又扫视了他们三个一眼，狐疑的。

“走了。”喻荣一下子从冰凉的台面上收起前胸，边说，边拍了卡丽的肩膀一下。

他们无声地开始了随意的浏览，卡丽在一处，喻荣在一处，弗莱德里克也自处，好像博物馆过于神圣，容不得任何两个人腻歪在一起。但是每一个人，却又用余光和直觉注意着另外两个人的动静，谁先来到一个展馆，另外两个人便在她看完三幅作品的时间后降临，谁快谁慢又不停地变动。于是，每个房间里，都像蚂蚁搬家一样，印刻下三个人共同的脚印，好像有一个纺锤，被置放在某个最终的房间里，它流出来的丝线无形地缠绕着三个人，随着他们的走动在博物馆里遍布开来。与其说他们在看那些作品，倒不如说是在不断注意着，如何让三个人一直缄默地联系在一起，好像他们是一个独立却又已经成为彼此手脚的乐队。

直到经过红丝绒地毯、黑色的雕塑、镜子、有斑纹的一节节柱子，三个人都到了接近顶层的一个展馆，里面都是十八到十九世纪的欧洲油画。

喻荣很专注地看着一幅画儿，如果说之前她和另外两个人一样，对博物馆并不那么忠贞，走得有些心不在焉，此刻她则是被这幅画吸引了。这间展厅有一面全是窗户，外面好像下起了小雨，有些潮湿氤氲在窗户上，一丝凉意透了进来。

这幅喻荣看的画儿是朝北的，里面有个穿镶金边米色袍子的女人，正读着一本书，后面有个男人正在调适窗帘。

卡丽也走了进来，喻荣不禁转头，小声喊她："卡丽，过来。"

卡丽顿了一下，到了喻荣旁边。

"你觉得这幅画怎么样?"喻荣问。

"有很多角度可以分析，"卡丽慢慢盯着那幅画讲，"画里有画，女人在书里看到的东西也许才是秘密，而画家本人想看却看不到，只能看见我们现在看到的景象，而那个在她身后弄窗帘的男人，也许反而瞥见了书里的内容。"

"嗯，一环套一环，蛮有意思的。"喻荣说完，捏了捏卡丽的肩膀，卡丽没有防备，踉跄了一下，笑着耸了一下自己的肩，捶了一下喻荣的腰。

“你真的应该学点和艺术有关的东西，你知道吗?”喻荣说，“你的那些摄影，你对电影的感觉，等等。”

“以后也许会。”

“别说以后也许会好不好，从现在开始，就可以好好想一想啦。”

卡丽对她笑了笑，忽地感觉有人在注视这里，回头，弗莱德里克正愣愣地站在门口。

“我去看看别的。”卡丽对喻荣说。

喻荣看着卡丽的背影，站着没动，弗莱德里克走过来，坐在喻荣身后的沙发上。喻荣回头对他笑了笑：“看累了吧?”

“是啊，你不累吗?”

“还好。”喻荣摆摆手，在弗莱德里克旁边坐下。

“有个民俗动物展，卡丽应该挺喜欢的。”她翻开那个手册，指着其中一页的一个区域。

弗莱德里克凑近她，读到是有关蒙古国的野生动物神话志。

卡丽像一个脱离了大部队的侦察兵，一路南下，远离了油画区域，来到了第三层楼。是那些黑色的地毯吸引了她，她的黑发和黑色大衣此刻像变色龙一样，被融合在了这一层楼的颜色里。她走进这个展，看到人们的脚步好像爬山虎一样静静栖息在不同的展画前，他们浏览的速度如此之慢，好像有人画了一个休止符。这里不再有那种鞋跟啪嗒的清晰声。对卡丽来说，也不再有需要不停地用余光捕捉同伴的游戏。

和刚才油画展馆里白色的沙发不同，这个展馆更小的房间内部，都是黑色的沙发椅——或者只是因为这里光线太黑而让人误以为是黑色？卡丽不知道。坐在这些沙发上面的孩子和大人只剩剪影轮廓。卡丽抬起头，看到一大幅黑色屏幕中，有一个在游动的四方体，呈金黄色、粉色、紫色、蓝色混合的光亮，从不同角度向外投射出不同的颜色。

它看上去像是一个昂贵而又精确的宝物，像一个精子和卵子的结合，却也像老式电脑待机桌面的泡泡屏保，它此刻被放在最大的一张黑色底片上，所有路过的人都会不得不注意到。这个难以命名的东西，匀速地运动着，似乎是在微微呼吸，又好像是在一下下地冲撞着屏幕。

卡丽很快了解到，这是一种数码摄影。她慢慢地走，浏览过一张又一张，觉得黑底相片里的几何光体很美，像是一个个说话的瞳孔。

她想起自己放在公寓里的相机和里面的数百张照片。这是一个彬会喜欢的展，她对自己喃喃自语。可惜彬已经走掉了，在她的生活里，彬已经是一块碑。当喻荣每每告诫她："一定不要碰毒品哦"，她的脑海里都浮现出，彬最后一次见她时的样子：暴戾、颓丧、绝望，并且希望她和自己一起沉沦。无论她如何安慰他母亲去世的事情，彬都无法复原，从那个温和和善良到一只蜻蜓飞过，都要拿铅笔去画的男孩子，变成了一个手心握着伤口的小兽。

她和彬说过，我们已经在美国生活了，忘掉在日本遗留的那些问题，就像我也忘掉我在蒙古的一部分回忆，否则你永远会重新深究，重新想踏入为时已晚的河流，那里的水不会再接纳你，只会打翻你，拖拽你。你的妈妈，也会希望你向前看的。

"你并不懂我妈妈，"彬冷冰冰地说，"你不懂我们家庭的矛盾，她不应该这么早死。”

这是使卡丽最难过的——不是彬的性情变了，甚至也不是彬要她和他一起食毒，而是彬不肯告诉她，他的家庭到底曾经发生了什么事，这意味着彬从未想要她帮他愈合。她醒悟的是，在彬的妈妈出事之前，彬就对她隐瞒了，对他自己来说是最重要的事情。

在彬最消沉的那个阶段，染上了毒品。他有一次敲开卡丽房间的门，手里拿着一个袋子，面色煞白又带着一种微醺的喜悦，卡丽才发现事态不对。她更恐惧的，不是他在往自己年轻的身体里装进什么，而是怕他在某个神志不清的夜晚，从窗口跳下去。她不敢给社区的管理者，也不敢给医院拨电话，她不想看他受罚，而彬也威胁她不准告诉别人，有时候她觉得在这件事上也许她做错了，她应该做的是将他的状况暴露。

可是，她却也害怕那些陌生人会成为彬的救赎者，而她将彬交给了她无法触碰的世界，他的康复、他的重新认知，都会与她没有联系。他会被重塑成一个可能不认识她的人。她和他在一起，已经分不清黑白，即使这是罪，也是彬的隐私。于是，她唯一能做的，只是守着他，守了很久，直到彬因为她拒绝和他共同吸食吗啡，将她留在了一个黑暗房间的沙发上，留她两条腿无力地挂在沙发的扶手上，身子仰躺在沙发里，手扶在额头上哭泣。

而喻荣，则是在那个时候，像惊雷一般，踩着欢快的步子踏入了那个房间，发现她的。随即，她们就搬到一间公寓里了，喻荣缺一个合租者，而对卡丽来说，就好像老天怕她重蹈彬的覆辙，让喻荣像风筝线一样牵引着她，让她不至于滚下某个未知的山坡。

彬第二天就回日本了。她知道，可这些她都没有和喻荣说过。

相机里的一大半照片，都是彬拍的。那张传统蒙古帽子上摆放着 iPod 线的照片，是她和彬一起坐火车的时候，彬将自己的 iPod 线放在她的帽子上，摆拍出来的。

那一黑一白两件衬衫，分别是一男一女的。

每次喻荣让她选电影，她选的都是和彬一起看过的。当她哭泣，不是因为那些电影。

他一直是更有艺术天分的那个，却又像一个荒废自己的激流，她从他身上得到他才华的残羹冷炙，已经分不清哪些摄影角度是她的灵感，哪些是彬的指示；哪些电影是她的喜好，哪些是彬的口味；哪些见解又是她的独创，哪些是她从彬那里听来的。

而眼前的博物馆里，这些飘浮在黑暗中的彩色水母，也许被毒汁浸染了，一个个都像夜晚潜伏的动物眼睛，看似浪漫执着，实则失落凶猛。

卡丽在彬消失后，习惯性的心不在焉。她从前是一个会更温暖地去拥抱别人的人，就像对弗莱德里克。她原本可以以一个朋友的角度，鼓励他对喻荣的好感，但她的眼睛里看见的总还是彬，那个影子抹不掉、洗不完，甚至在喻荣旁边的时候，也依然是。喻荣和弗莱德里克，在这个数码摄影展馆里，变得与她几乎毫无关系。

她走出来的时候才发现头昏昏的，外面清澈的光线，带走了刚才的回忆。她下了整整两层楼的台阶，来到一楼大厅里，又看见了那个椭圆形工作台。不过工作人员却已经消失了，只剩下那个椭圆形的台面，好像一个被吃了一半的甜甜圈。

像触角灵敏的探测器一样，她感觉到最前头有人在注视着自己。抬头，看见喻荣和弗莱德里克站在那椭圆形台面旁边，远远地望着她。

他俩在等自己，像一对夫妇那样。她也许像他们走失的孩子，不过那样未免也太滑稽了——她原本是喻荣的挡箭牌，现在却成了不可或缺的桥梁?

她走近了，看到喻荣天生水汪汪的眼睛一下子释然开来。

喻荣的手，正插在她鼓鼓的羽绒夹克口袋里，夹克敞开着，露出里面淡黄色的毛衣。她柔软的圆形脸庞上挂着黑色的短发，刘海有些凌乱地铺在灵巧的额头上。弗莱德里克两手垂在身体两边，面色依然镇定得似乎没有情感，像一个手拿墓地通行证的验尸官。其实他只是严肃、认真、负责，但卡丽已经开始习惯性地将他想得不好一些。很奇怪，刚才她还希望他能成为她和喻荣共同的朋友，现在她又开始敌视他，何况，他那些严谨的品质，在卡丽内心深处看来已经过于夸张，几乎是一种对害怕失控的掩饰。

“你们怎么在等我?”她停下来，问。

“当然等你啦，我们找不到你了，很担心。”喻荣摸她的头发。

“真是很巧，就在一楼的这里碰到了。”弗莱德里克说。“喻荣给你打电话，说打不通。”

“哦，我改成静音了呀。抱歉，抱歉。要是真走失了的确麻烦。”

“不会的呀，我们心有灵犀嘛。”喻荣说。

弗莱德里克感觉大衣磨到了手，不知道喻荣口中的心有灵犀，指的是她和卡丽，还是他们仨。

“我去一趟卫生间。”喻荣说，“等会儿手机联系。”

只剩下他们俩，还未面面相觑，弗莱德里克就说话了。

“那边有个你会想看的展，我带你去吧。”他未等她回答，就像个领路人，微驼着背向前走去。卡丽惊讶地看了他一眼，不知道葫芦里卖的什么药，只是一股劲地跟着他往前冲。

不知怎么，弗莱德里克让卡丽想起祖父以前和她相处的方式，一个是威严的将领，一个是女扮男装的小兵。而不是她和彬相处的样子：两个小猫崽子，分不清你我，滚在一起，嬉戏打闹。

走进展馆，卡丽哑笑了一下，这里有石龟、大雕、鲜红的鹿心、游牧民族的图片和服装程设。

原来是关于蒙古的。

“你好好看吧，我走了。”弗莱德里克唐突地说。

“哎，等等。”卡丽回头叫住他，“你都过来了，不想一起看一下吗？”

弗莱德里克吁了一口气，缓步走了回来，点了点头。卡丽总觉得他手里缺一顶帽子，他应该手拿一顶帽子，每次踟蹰或游移时，就把那帽子脱下来再戴上。

就这样，走走停停，卡丽终于忍不住问道：“你是英国人吗？”

“不，我不是。”弗莱德里克顿了一下，“和这个展有关系吗？”

他问的很无辜，并没有质问的意思。

“不是”，卡丽笑了：“只是你给我这个印象。”

“我给你英国人的印象？”

“对，你很认真，但是有时候又非常严肃，几乎使别人紧张。”

“我让你感到紧张？”

“我其实是不在意的，但你想一想喻荣吧。”

“我使她不舒服吗?”

“这个我不好说,我只是说有可能。”

两个人沉默了。一起盯着一个玻璃盒子里的雕塑动物。他们此时彼此都意识到,这个蒙古民俗动物展只是个幌子,唯一真正在意这个展好不好看的,是不在场的喻荣。

弗莱德里克摸了摸鼻子:“你——你和喻荣是怎么认识的?”

“巧遇。”卡丽说,敲了敲那个玻璃盒子,“偶然、意外。”

“最好不要敲它。”弗莱德里克说。

卡丽把双手举起来。

卡丽放下双手说:“实际上,我知道为什么有人会喜欢喻荣。”

弗莱德里克的脸微微泛红了:“我——”

卡丽打断了他:“因为她有一种慰藉别人的能力,倒不是因为,她特别会说些什么安慰的话,只是她的性格、她的活力、她存在的方式,本身就像一个火炬,可以把黑暗的地方通通照亮。”卡丽说,伸手挥了挥,好像他们周围就是这个黑暗的地方。

卡丽看不出弗莱德里克是有些吃惊,还是出乎意料的平静。这两种表情在他脸上分辨不清。

他听得懂卡丽在说什么。喻荣的热情不是聒噪、喋喋不休、烤得人难为情的,而是有分寸、恰到好处、温暖得正中要点的,像太阳,有起有落。但是卡丽这样直白地指出来,让他一下不知道如何接话,才是恰当的。

“你的意思是说,喻荣在你生活里扮演的角色,是这样?”弗莱德里克问。

“对,但她不会刻意需要发光发热。”卡丽回答,“不会累到她自己。这是我们之间的平衡。"

她想起她仰卧在沙发上流泪的那个下午,和与之而来消沉的时光。无论是她之后陷入恍惚,在楼下看花草,还是吃饭的时候勺子掉下来,把东西放错位置,喻荣在她简短的解释过后,从未再往深处问过。即使她也许内心知道卡丽有隐情,她也不好奇。对于喻荣来说,卡丽在她旁边,她们一起过着一段有滋味的新生活,而她喜欢她身上艺术气息的东西,就够了。剩下的,过去的,应该是卡丽自己想明白。

卡丽感觉大衣口袋里的手机振动了一下。

"她在××口等我们。"卡丽看了一下消息,和弗莱德里克说。两个人吁了一口气,向外走,弗莱德里克摸了摸自己的手机,瞥了卡丽的屏幕一眼。

喻荣等他们的地方,是一个几何展的入口。她翻过手册之后,觉得这个地方自己很想看。在展外的时候,她已经向里张望许久。两个同伴一到,她就上来拽着卡丽的袖子,招呼弗莱德里克赶紧往里走。

这个展颇为现代化,像是一个新开发的区域,头顶的灯管是露骨的,如果把这片区域作为营销的场合也是合适的。有一面墙上是无数个数码标签,制成了不同的颜色,远看是柔和斑斓的线条,好像一大面抽象画,近看则是一个个具有规则的方阵组合而成的。

卡丽环顾了一周,坐了下来休息,这里的凳子是一条呈S形的红色固体,没有靠背。远处有一个线条奇奇怪怪的雕塑,也是红色的。她回头,看到喻荣和弗莱德里克两个人正站在那个东西前面,互相说着什么。她收回头，打了个哈欠。

喻荣和弗莱德里克很喜欢这里的数码感——像是以一种符号化的形式，重塑了他们平常学习工作内容。弗莱德里克脑袋里，还嗡嗡响着刚才卡丽说的话。喻荣看着他发呆的样子，觉得怪好笑的，也很庆幸自己今天带了卡丽来，免得他误会。她拍了他肩膀一下。

“嘿。”弗莱德里克像被逮了个现行，晃了下脑袋。喻荣在他旁边问：“你觉得这个数学展怎么样？”

“挺好的。”弗莱德里克点点头，“嗯——荣？”

“怎么了？”

“你以后会一直学数学吗？”

“应该会。”喻荣说，“不过没想好是理论还是应用。你在学理论，对吧？”

“对。这两者深入下去，还是有差别的。”

“我可能会更偏向应用，对我来说更好上手一点，理论的都是你这样的数学天才才会学啊。”

“我不是数学天才。”弗莱德里克摇摇头说。

“不用谦虚。”

外面下小雨，卡丽把大衣领子竖了起来，喻荣把夹克衫的帽子戴上，弗莱德里克则拉好外衣的拉链。

“去意大利餐厅？”

“越餐？”

“去日料店吧。”卡丽恳切地说。

像雨里的三只燕子，快快地躲到屋檐下，他们在靠窗户的位置坐下来，互相挤着。喻荣和弗莱德里克一排，卡丽一个人对着喻荣。

店里的张灯结彩颇具美国文化风格，有几个彪形大汉在高脚凳的位置坐着，背对着他们。很快，弗莱德里克的牛排饭和两份拉面就送了上来。

"那是什么?"弗莱德里克往喻荣的碗里看了一看。

"拉面。"喻荣说，拆开筷子，和卡丽相视一笑。

卡丽边吸拉面，边觉得很神奇：喻荣特别喜欢吃拉面，但是每次都是超市买的袋装面。这是她们第一次出来吃拉面。卡丽有时候感觉喻荣的这个饮食偏好，是彬无形之中加给她的。

不合口味，弗莱德里克没有吃多少。

天空的光已经越来越暗淡了，城市的光却越来越明亮。他们一路步行，走到地铁站。一路上，博物馆像化石一样伫立在那里，现在全部关门了，但是餐厅的灯都很辉煌。以前和彬在美国城市里乱逛的时候，彬会说他们是两个小吉卜赛人。卡丽反驳东方没有吉卜赛人，彬说这是一种精神，不是血统。卡丽喜欢把这种感觉再带给喻荣，所以她脚步快了起来，在小雨中跑了起来，每到一个亮起灯光的街边灯柱，就在那里靠着柱子，抱着双臂或者踩水，等他们。喻荣笑了，拉起弗莱德里克，也往前跑。弗莱德里克不好意思，只是快步走，大衣在风里被吹得微微卷起，直到发现追不上她们，也撒开步子跑起来。

喘着气停下来的时候，三个人都没想到竟还被一对中年夫妇拦下来，问路。

"我们——不太——清楚。"弗莱德里克拍了拍自己的胸口，对他们抱歉地摆摆手。

“走啦。”卡丽边笑边拉了一把弗莱德里克，拉到了他的手，好像一只白色的雕塑。她赶紧松开，就像在蒙古民俗动物展敲完那个玻璃盒子一样，霎地举起双手。

弗莱德里克长出了一口气，站直，收了收自己的大衣。三个人的脚步都缓下来，过了这条马路，就是地铁站了。能看出地铁站是这一条连贯的、车水马龙的街道里唯一不应景的地方，像一个大嘴巴，将要离开的人吞食，又不断吐出刚到的人。

“哎，我们给他一点硬币吧。”喻荣喊住另外两个人，示意他们看地铁口那个拉琴的老人。不用她示意，另外两个人也听到了那悠扬激荡的琴声，似乎在与地下那随时要呼啸而过的列车呼应，微微的蓝光似乎从那老人的琴弦上释放出来，像蒲公英一样，吹到行人的耳朵里，头发上，关闭的博物馆穹顶上。

三个人都从大衣口袋里掏零钱，一阵叮零哐啷之后，各向老人倒置的帽子里给了一把。当他们向老人的琴音频振动的方向靠近，就像朝着一阵无害的海啸，而站上电扶梯向地铁进发后，那种强大引力的牵引又消失了。

“现在我们口袋里基本都空了。”卡丽说，对另外两个人仰着头。

门开了，地铁里座位有点满，只是正好有一对情侣站了起来出站，一双空位在他们眼前。

“你们两个坐下来，”卡丽干脆地说，“我想站着。”她伸手，就像刚才扶着灯柱子一样，扶着地铁里的柱子。

“你们两个坐。”弗莱德里克说。

卡丽对他皱眉头。弗莱德里克跟她对视了一眼，坐下来了。喻荣摇了摇头，坐在了弗莱德里克旁边。

慢慢地，车子开了一会儿，人稀疏了，卡丽也坐了下来。弗莱德里克不禁回头看了她一眼，看到了她的背影。

他转头望着窗外的夜晚微曦，想，这一定是移情，因为他喜欢喻荣，而喻荣喜欢卡丽。

喻荣和他说着话，一会儿她好像很累了，把头搭在了他的肩膀上。他也没有推脱，但是她搭了只那么一下下，就又重新抬起来了，恢复了那种热情得恰到好处的样子。

一直到列车停站，弗莱德里克觉得自己都在与窗外的余晖对话。

将她俩载回去的路上，他一个字都没有说。

“你不会是今晚就要回去吧?”车靠边停的时候，喻荣忽然想起来什么，问。

“对。”弗莱德里克冲她点点头。

“你不再在这里待一个晚上?”卡丽在后座上惊讶地问。

“不，我今天早上出发的时候，已经把行李都放进后备箱了。”他在后视镜里对她微笑了一下。

“嗯，”喻荣遗憾地咂了一下嘴，“你家人希望你回去过节，是吧?”

“毕竟已经是圣诞前夜了，明天再赶回去，就迟了。”

“能理解。”喻荣说。

两个女孩下了车，弗莱德里克在车里坐着没动，黑暗的灯光下，只能看到他脸的轮廓，手扶着方向盘。

喻荣看了看时间，九点。她俯下身对着前座的人说：“但是你现在开回去，到目的地都要凌晨了。”

“我这么做过的，不成问题。再见，荣！”

车子缓缓地向后倒退了两个轮胎翻滚的距离，轻轻地蓄势待发，向着道路疾驰而走，扬长而去。

“比中国人还重视家人呢。”喻荣对卡丽说。留下她们两个站在路边顿了顿。

“比日本人还重视。”卡丽说。

“说什么呀，蒙古小女孩。”喻荣拍了她一下。

“你喜欢他吗?”卡丽问。

“什么和什么呀。”

“你知道他专门来看你。”

“我对他没有那种喜欢，”喻荣说，“我不是很喜欢他这样性格的男生。诶，你说，他刚才说他这么做过的，是什么意思?”

“就是在夜里驾驶过吧。”

一周后，喻荣在桌前忙着电脑编程的学习，焦头烂额。休息的时候，发现卡丽不见了。她撩开窗帘向下看，果然，卡丽又蹲在草坪上，雪地靴扎在铺着雪的泥地里，正用一根树枝在地上写着什么。喻荣推开窗户，伸长了脖子，想看得清楚些。是大大的“日本”这个词写在那里。卡丽扔了树枝，站起来，用雪地靴将这个词又涂抹掉了，一下下的。喻荣轻轻收好窗户，背过身，在屋内叹息了一声。

卡丽应该去找她最想找的人，这没有错，即使那个人可能是害她的。

你去日本吧，喻荣在脑袋里演习着应该怎么对卡丽说这句话，这样，卡丽离开的时候，就好像是她主动让她走的。

原本不怎么使用社交网络的喻荣，浏览了一下他的脸书主页。她以前从来没有主动给弗莱德里克发过消息，她希望这一次也不必。她扫了一下聊天主页，发现和卡丽的在最上方。

弗莱德里克再也没有给喻荣发过消息。

那天夜里，五个小时的车程，弗莱德里克开得稳稳当当，但是当车停进车库里，熄灯了的时候，他突然憋不住，在大衣里畏缩了一下，抽泣了起来。门开了，是他的哥哥和母亲裹着毛毯站在那里，父亲的脸露在他们后面，一齐望着他。他擦干脸，下车拥抱他们。

谜　面

1

陆伞伞童年时有一种错觉，似乎自己的父母不是像其他人的一样成双成对，像一出京剧里的一对男女角儿，或者一对站在花田和米黄色房子前的陶瓷先生和女士，也难以想象他们会最终成为在河边手挽手散步的老年夫妇。他们各归各的，像两只向一南一北不同方向迁徙的候鸟，而他，这个他们之间的诞生物，则是他俩远隔时间、空间与呼呼刮过的风所结成的人儿。他们在彼此间拉开了北大荒般的心埂。

他以为，自己就是从那上面出生的，从一片无声的土地上，一个小男孩，像一株在寒冬里站久了的向日葵。按理说，他应该是长在陆芩的温池里的，印象里，的确是她更加伟岸一些，因为他和她相处的日子更长。陆芩，那个拉着他的手坐火车离开的人，那个把他抱起来看风景的人，那个带他识字的人。但在中年的他的回忆中，却并不是这样，他记得的最初的人，不是陆芩，也不是父亲，而是一圈子在他生活里来来去去，将他视作养子一样疼爱，喜欢逗他玩的叔叔阿姨。

那时候陆芩还没和他父亲离婚，只是两个人一起创业，成天不在家里。他刚刚上小学，家并不是家，而是一个公寓房，有好些个叔叔阿姨和他们合租，都是他父母文化公司里的人，有的似乎是他们的大学同学，都是年龄差不多，连气质也差不多的人。除了这些合租的叔叔阿姨，也有其他公司里的同事也会到这里来跑腿、暂住或者工作。所以陆伞伞从小没有什么对亲戚的概念，在他心目中这些环绕着他的人，就是来自同一个血缘纽的。他们缓慢地在屋子里生活、谈话、开会，也会像惊鸟一样匆匆忙忙地开门关门、上下楼。他们的亮皮鞋、长裤子、洗发水味儿和烟卷遍布了陆伞伞对世界的第一步认知。当他在学校里跟着其他同学一起念课本的时候，他觉得这两个世界对于他是分开的——一个他是孩子堆里普通的面孔，一个他类似于某个地下团伙里面那个还未成年的小孩。

陆伞伞记忆里的许多场景已经模糊了，他记得的只剩下叔叔阿姨们如何临时做过一个个好心的保姆，在陆芩和他父亲不在家的日子里，带他吃口饭。他像他们之间一个心照不宣的财产，已经签了契约，与这十几个男男女女绑定了，而陆芩和他父亲则好像只是生理父母。他最想念的，是孙姐姐，她似乎是他们之中最年轻的，脸颊软软的，一双眼睛好像总糊着水汽，嘴唇细而鲜红。她当年是大学毕业生，常常带糖给他吃，或者塞零花钱到他口袋里——而那些年纪更大的人，从来没有给过他零花钱；不知道是孙姐姐就是年纪轻轻很有钱，还是另外的那些人不想给。另外还有柳阿姨，留着长长的黑色头发，每次走过他都留下一阵香水味儿，也会往他身上喷一点，然后嗔怪道小男孩不爱干净。陆伞伞每次都会很惊愕地逃回自己的房间，在卫生间里开始仔细地洗自己的手、脸和胳膊，以洗掉被她说自己身上有汗水、而微微辣在皮肤上的耻辱。

但这最终没什么关系，因为这个契约签的并不久，这些养父母没有在陆伞伞的生活里待太久，就像一阵烟云一样消失了。他却像一个女孩怀念她幼年的兔布偶一样，偶尔怀念他们的声音和气息，他们像一个布阵一样围拢着他，支撑起了他与外面世界的边界。

那个下午，他放学回家，家里一个人没有。他丢下书包，不知怎么的困极了，在沙发上陷入沉睡，等他醒来的时候，是被锁扣转动声和互相调侃的人声唤醒的——一整行人正从楼梯上走上来，手里有的拿着酒瓶，有的拿着外卖，有的拿着文件夹，不少人都还斜挎着公文包。

他揉了揉眼睛，看到窗外的天已经黑了，他大概睡了三个小时。他们没注意到他，于是他就像一只小狗一样，匍匐在沙发上，准备趁他们不注意溜回自己的房间，掩盖作业还没有做的事实。谁知道此时“啪”的一声，电灯开了，将客厅白白地照出来，把他暴露无遗。正鱼贯而入、吵吵嚷嚷的叔叔阿姨们愣住了，接着，好像是孙姐姐率先笑了起来，他们冲着他哈哈大笑。

“陆姐！”他听到有人和陆芩说，“看你儿子，刚睡醒呢。”

陆芩从人堆中走了出来，陆伞伞看见她眼睛里闪烁着一丝不悦的光，站在那里瞪视着自己，只好揉着头发坐了起来，不敢说什么。

“哎，没事。”那个男人——他的父亲——从其他人肩膀那里掰开来自己的位置，在陆芩旁边轻轻碰了一下她，“小孩子嘛，睡会儿，没什么。”

陆芩依旧没吭声，只是这回那犀利的目光转向了他父亲。陆伞伞趁机溜到了一边。这时候其他人也走散了开来,有的回房间,有的去卫生间,有的去厨房开冰箱门了。他隐约听见背后父母好像小声地争执了起来——他已经很久没见他们两个在认真地互动了,所以即使是在吵架,陆伞伞的直觉也蒙蔽了他自己,认为这是父母关系良好的迹象。他跑进了厨房,正碰见穿黄衬衣的阿松叔叔往锅里倒水,手上抓着一把面条,打着哈欠。看见他,阿松叔怪好笑地说:“来,伞伞,过来过来。”

阿松叔从来不问他作业做完了没。他问他:“饿不饿?”

陆伞伞点头。他还没吃晚饭。在桌子边坐了下来,他盯着面条在水里咕噜咕噜地冒泡,看着阿松叔下巴上的小胡子,想起来什么,他拉开冰箱拿出一包榨菜。

“哟,我们伞伞还会配榨菜吃呢。”阿松叔调侃道,“唉,要不是今天晚了,下次一定给你做个番茄蛋面,好不好?”

“没关系。”陆伞伞说,“吃这个就行了。你们今天怎么这么晚,这么多人?”

“公司有个项目拿到一笔投资啦,大家庆祝庆祝,弄晚了——你爸妈还没告诉你哈,我也不知道跟你说了行不行。”

“有啥不行的。不过,他们也很少跟我说这些。”

一会儿,面条好了,一大一小两个男人坐在桌边吃了起来。莉莉阿姨进来了,到冰箱拿饮料喝,见状笑道:“伞伞认松哥做爸了?”

“哎,”阿松呛了一口面汤,对她扬了扬下巴,“莉莉你说话注意点儿。”

“我开个玩笑,怎么啦?”

“不是,”阿松摆手势,压低声音说,“那老居——不在外面吗?”

“好啦，瞧你，一惊一乍的，伞伞是我们公家财产。”莉莉阿姨说，走过来揉了揉陆伞伞的头发。陆伞伞不喜欢被揉头发，每当这时候他都觉得自己被无尽地缩小了，好像被按压下去到了一个只有小男孩才能看见的空间。还好，莉莉阿姨走了，又只剩下他们两个。

刚才阿松叔说的“老居”，指的是他父亲。陆伞伞疑虑是不是所有叔叔阿姨都看出来陆芩和老居关系不好——没有不好到是敌人的地步，但不好到他们签署的关系已经显得牵强的地步。陆伞伞偶尔忘记他们是自己的父母，客观地看待这件事，却也可以理解：一起创业，就像和另一个小朋友一起分一半的积木，搭着搭着，就觉得对方想搭的样子和自己想搭的不一样了，就心怀不满，想让对方和自己搭的一样，如果不行，就想让对方把积木放下来，如果对方不放，就打起来了，积木散了一地。陆伞伞希望陆芩和老居还不要到这个地步，他害怕公司开不下去，叔叔阿姨们都再也见不到了。

阿松突然问他：“伞伞？”

“嗯？”他一愣。

“你觉得，跟阿松叔过，怎么样？”接着他不恰当地加了一句（陆伞伞宁肯他没有加这句，不然他的回答会不一样的）——“跟我，可以天天吃番茄蛋面。”

陆伞伞看了一眼碗里的清汤寡水，说：“还是下次吃番茄蛋面的时候再说吧。”

阿松叔哈哈大笑起来。吃完了，他把陆伞伞的碗也收了，下水池洗碗之前，一只有点脏的手揉了揉伞伞的头，在莉莉阿姨之后他的这一下，把陆伞伞头上睡觉起来有点汗湿的头发都揉乱了。陆伞伞发现他突然变得有点严肃了，洗碗的时候不再说话，好像坐在屋里的陆伞伞其实是个需要他收留的孤儿，而他在考虑收不收留他——陆伞伞被这个想法震到了，好像空气中突然反弹回了阿松叔内心对他这种同情的情愫。陆伞伞从椅子上猛地站了起来，想起来自己的书包还落在客厅，留下阿松叔一个人对着流淌的水龙头洗碗。

蹑手蹑脚地钻进客厅，陆伞伞藏到沙发后面偷看，发现陆芩和老居还没离开，正坐在客厅的桌子旁边，暗暗压着声音争执着什么。他听见陆芩嘴里蹦出来的几个短语："你也不管你儿子……伞伞功课怎么办……家里天天乌烟瘴气，怎么当爸爸的。"在她的质问声中，伞伞小心地拽过书包的带子，把书包一点点从沙发上移下来。

老居那里，基本不吭声，最后抱着头，末了说："在家里开会，这不也是迫不得已。当初，你不也是同意的吗？"

陆芩那里好像沉默了。书包从沙发上滑了下来，掉进了伞伞的怀里。

伞伞悄悄爬回自己房间的时候，听见陆芩说："但是现在不一样了，伞伞开始上学了。"

似乎是一眨眼的事情，那只书包就不是挤满课本，而是塞满了搬家时整理出来的袜子、毛巾、洗漱品还有他的衣物。陆芩指挥伞伞把自己房间收拾干净的时候，伞伞对着床沿哭了。他把在学校里收集的小石头从书桌上一个个放进书包里，发现很沉，又一个个拿了出来。陆芩在门口等他，拉着两个箱子，伞伞拉着一个，背着书包。伞伞对那栋楼的最后印象停留在那一天下午，阳光把整面墙涂成了金色，树影不出声地摇晃，楼梯口很阴凉，一个个叔叔阿姨走出来和陆芩拥抱，伞伞站在一边看着他们。接着他们又过来，一言不发地蹲下来抱他，孙姐姐在他两颊上各亲了一下，往他的口袋里塞了一根棒棒糖，“要回来看姐姐哦。”她说。他没想到柳阿姨也哭了，充斥着香水味的吻糊了他一脸。

老居没有送他们。他那天上班去了，但伞伞觉得他是有意避开他们的。那个时候陆芩和老居已经离婚了，但是伞伞并不知道。他以为是公司出事了，陆芩要另找工作，和老居分居两地而已。但他的确疑惑，为什么今天老居不在，没有送他们到车站，没有在火车开动的时候边跑边摇手，当他从车窗探出头的时候，谁都没有看见，更别提一个丈夫和父亲。

多年后，陆伞伞还留着一张照片，是阿松在他临走的时候装在信封里拿给他的。陆伞伞把那十来个小石头攥在手心里，全部交给阿松叔保管了。不是送给你的哦，阿松叔叔。他记得自己这么说。你帮我保管而已，等我回来的时候我来拿。好，阿松叔笑着说。但他没有回去，他当时甚至也不清楚陆芩是要带他去哪里。阿松叔说：我把你写进我的文集里了，长大后你可以读一读。但他和阿松叔失去了联系，这么多年都再也没有重新联系上。阿松叔的文集是自印的，只发行了二十多本，遗失在了茫茫人海里。陆伞伞终归没有读到阿松叔看一个六七岁小男孩的视角是什么样子。他后来每当走过旧书摊的时候，都会忍不住停留一会儿，扫视那些旧旧的书皮，试图说服自己也许会偶遇到阿松叔的笔迹，又觉得这想法荒唐。

那张照片里，陆伞伞穿着一件大得有些不合身的白色背心，全身被水滋透，低着头，正用一只胳膊挡着自己的脸，眼睛眯着躲水，嘴巴张着傻笑，一只腿好像在踢什么一样高高地抬了起来，另一只腿支撑着自己。对面是几个他已经不认得的小伙伴,年龄相仿,一个正拿着水管向周围的同伴乱滋。他们背后是白砖墙。

伞伞,小心着凉。他好像听见阿松叔的声音从相片背面传过来。但是翻过相片背面,只有三个字:给伞伞。

老居是否有这样疼爱自己的时刻,在他坐火车每月来看他一次的那些个周六里,他知道也是有的。即使他已经很久没见老居,他也不会留恋老居,他对老居的爱是永恒的,无需留恋。因为无论老居和陆芩关系如何,老居永远是老居,他父亲。无论陆芩将伞伞带到天涯海角,都不会改变这个事实。老居存在于他的过去、现在、未来,就像照片里的他身上那件白色背心是老居的一样。

会让他留恋的,是阿松叔这样的人,阿松叔信封里的这枚照片,和那栋大楼里的童年日子。他已经无从想象出阿松叔现在的样子,但几乎可以知道阿松叔拍下照片的那一刻经历了什么——他经过胡同,碰见几个玩闹的孩子,看见伞伞是其中之一,便掏出相机。他微微避开水,他那小胡子硬戳戳地挂在下巴上,他笑着,按下快门。

2

都说单亲妈妈辛苦、累、难,可陆芩不觉得如此。她发现一个人带着儿子,并不是什么需要慢慢习惯之事,就像小时候给他换尿布哄他睡着一样,她现在拉着他的手和他说话,是像将家里打扫干净一样,必需而自然的一件事情。她意识到自己疏忽了伞伞,早已忘记了儿子还有一个在慢慢成长的内心时间。原本,在一间满是成年人的拥挤平层公寓里,伞伞几乎像一个可有可无的存在,她只是喂饱他，让他像一株植物一样活下去，没有花时间和他说说话，了解儿子世界的土壤还健不健康。但如今，这些考虑都回到她的脑海中，伞伞成为她回家后面对的唯一一个人，小小的脊背，坐直了，在书桌前写作业。有时候这场景往往让她背过身来，不让儿子察觉到自己不自觉淌下的、歉疚的泪。

她太关注公司的运营和业绩了，公司的每一步脚印，变得比儿子的每一步脚印还重要。但当公司总是烂泥扶不上墙，而她一而再再而三地固执认为，丈夫是那个总是提错方案的罪魁祸首，两个人的感情也渐渐消失殆尽。这时候她转头发现了伞伞，那个放学后昏头昏脑睡在沙发上的孩子，像盈满了水的、装金鱼的袋子，被所有人当成摆设，摆在他们失败的工业模型后面。她的心在那一刻突然如堤坝崩塌一样柔软了，她又想起伞伞刚出生时她是如何照顾他的，像一只小羊羔，而牧羊的母亲，难道能很快地将其叼起来扔出羊圈？陆芩一遍遍苛责着自己。

抛下了原本忙碌有如被巨大旋风席卷的生活，陆芩开始观察在一片寂静的空间里，人本身是如何缓缓运作的。她没想到，坐在房间里，靠着床沿，捧着一本书，听着窗外鸟鸣声声，陪伴在正在玩拼图或者做算术的伞伞身边，竟然感到了久违的安静，好像终于歇下来的一只筏子。在孩子身上，有一块轻便的板子，上面是空白的，上小学的伞伞，没有给陆芩的生活带来更多的重负，却出乎意料的，将她自己从被塞满的生活里解绑。因为她爱儿子，倒像是重新爱了自己——为了有更多的时间陪伴伞伞，丢下了公司老板娘的头衔，在别的公司，换了一份普通的职员工作。这种身份转换在一开始让她晕眩。从那么多弟弟妹妹喊着自己“陆姐”，到现在，在走廊上没什么人和她打招呼，休息的时候一个人在饮水机旁边接着水。

经常的，她还是会觉得自己潜在的身份是观察这家公司的运营方式，好在未来重新振作自己的公司。但即使做着这样的打算，她知道在儿子的学业稳定之前，她已经不会过多地改变自己的优先事项：那就是儿子。而当下，公司的烂摊子她交给老居了，不是因为信任他，而是因为她再也找不到一个方式再和他合作。她觉得老居无法给伞伞带来好的影响，但这点，即使她心里再怨恨老居，也从没有在伞伞问起她老居的时候表露出来。

她不再回忆离婚前的日子，如果她回忆，也是回忆伞伞学龄前的样子。她以前并不想要孩子，嫌小孩子无知而吵闹，但当真的有了伞伞，她觉得自己此前想得太偏颇，那是对恶的一无所知，以及天性的乐观还未被消损罢了。上了学的伞伞依旧不太爱说话，动作有点笨拙，但比起学龄前那喜欢摇晃东西、歪头歪脑的样子，自然是长大了。伞伞当时常常旁若无人地走来走去，毫无血丝的双眼圆睁好似晨曦湖泊，如果再有一个绳子系着他，就像一只依恋训练师的企鹅一样，跟着妈妈走。他会常常抬头看她，确认自己是被保护的，一旦确认了，便显得毫无戒备，遇到陌生人上来逗他时，又会害羞。

伞伞遗传她，长了一张梨形的脸庞，襁褓的时候几乎像个小女孩。邻居大爷每一次见到陆芩抱着他都要问："你们家小丫头出来啦?"陆芩若是纠正，老大爷便说她何必这样重男轻女，是女孩就是女孩好啦。陆芩解释自己不是重男轻女，怀里这个就是个男娃子，老大爷也从来不听。那时候，若陆芩给伞伞扣上一件轻便的灰色棉衣，领口有些花色，自己也不由得会向后退几步，觉得如果伞伞留着头发，是会让人有点混淆他的性别。这恐怕是老居遗传的缘故——

老居虽然长了一副标准男子汉的样子，性格却撑不起来。陆芩不想让伞伞受到老居的影响，在入户籍之前，就把伞伞改成跟自己姓了。

重新回忆，她依然觉得让伞伞和妈姓是对的，却没有想到也为自己单独养伞伞埋下了伏笔。老居那里的家人自然是有微词的，但是老居自己立场鲜明地站在了她这里，愿意让伞伞和她姓。

“我觉得跟谁姓不重要，”老居当时这么说，“是咱俩的孩子这点又不会变。你非想要孩子跟你姓，就跟你姓呗。陆伞伞和居伞伞，前一个还更好听一点。”

奇怪的是，听了他这话，陆芩觉得宽慰，却又气不打一处来。如果老居不是这种态度，也不是这种人，那么陆芩也不会让伞伞改姓了，也没有这必要了。但他就是这种人，也就是这种态度，所以她才要给伞伞改，而他顺水推舟不施阻力，则好像是在否认改姓的效益。无论如何，给儿子改姓，是她人生当中唯一一次迷信。

公司和学校都放假的时候，陆芩便带着伞伞出去玩，她没带他去繁华的都市看琳琅满目的商品和车水马龙的街道——她觉得伞伞的童年已经有够多来自公司的、烟熏火燎的气氛了。最后，母子俩选择来到了一个度假村，绿树成荫，蟋蟀声声，有一个大茶田，通过绿色与绿色之间空出来的间隙，可以辨识出漫山遍野的茶被开垦出一条条单独的梯田。

有一条小溪在路边被挖了出来，水汩汩地流过溪底的卵石子。陆芩上前几步，把正在跑跑跳跳的伞伞往路中间拉了拉，防止小男孩一个踉跄滑到水里。伞伞从小几乎没有受过什么伤，或者骨折过。这倒使他每每见到学校里打着绑带的同学——还真不少，每隔一段时间就有一个——就会有一种奇异的羡慕感，好像这是什么特殊的光荣,像负伤的兵。陆芩在被儿子问道:“为什么我没有骨折过?”这个问题的时候,不禁莞尔一笑,想到虽然自己曾对儿子有疏忽,命运却还眷顾儿子没有遭受任何飞来横祸。

但现在,她不想把儿子的安全都丢给命运,自己可以在旁边的时候,就要作为妈妈言表和力行。

这行路上几乎没什么人,偶尔有村民戴着斗笠帽,驾驶着摩托车飞驰而过。陆芩看见伞伞还是往小溪那里走,原来上面建了一座小桥,过了小桥,有一棵长得歪歪扭扭的树,树枝像石膏一样一枝枝地伸展开来,在一枝上面,挂了一条红色的布巾,在风里,尾部微微卷了起来。

陆芩见陆伞伞愣愣地盯着那红布巾,问他:“怎么了?”

“妈妈,有个同学最近一直喊我放假去他家玩,我能不能去呢?”陆伞伞回头。

“可以啊。等我们回去之后。”陆芩几乎有点过于快地回答道。“跟妈妈说,你们俩怎么成为朋友的?”

伞伞一蹦一跳地从桥头那里回来了,在陆芩身边说起来他新认识的小伙伴。是同桌,又一起练习田径,等等。陆芩边点头,边提问,听着,答着。她很高兴伞伞刚入学前几年的经历,不是男孩子常常可能发生的打架斗殴等。原先对伞伞那温顺性格的顾虑,也慢慢消散了。伞伞并没有因为不是一个性格强悍的男孩子,就在学校里遭人欺负,相反,陆芩听出来他在学校很愉快,他的温和、谦让与自由自在既没有让他自己受委屈,也没有与别人发生矛盾。

这样的情况,在这么小年纪的孩子身上几乎罕见,罕见到陆芩都担心矛盾的欠缺,会不会使伞伞与这个世界融合得过于完整和亲近了。陆芩记得自己的少女时期，几乎是在与外界的激烈冲撞中迈向成人阶段的，那时光并不愉快，她也不大想回到那个时候，看来伞伞并没有继承她那些性格中的因素。那恐怕，就是遗传了老居了。但此刻，陆芩并不想承认这一点——好不容易让伞伞随自己姓了。

母子两个讲着讲着，遇到了一条小狗，摇着尾巴从路的那一头走了过来，在地上左嗅嗅右瞅瞅，一会儿，可能意识到自己态度的卑微，把头昂了起来，挺着胸前的金棕色毛发，向前迈着四条腿的小碎步。陆芩注意到伞伞的目光立刻被这小狗吸引了，而小狗在小男孩的注视之下，竟打了一个喷嚏，好像从自己体内提携上来了一股小风暴，把刚才英姿飒爽的头，随着这气流的压力打到了一边，耳朵耷拉了下来，眼鼻微微睁着，还没复原。看起来狼狈不堪。小狗甩了甩自己的头，这一意外使它看上去十分气馁。

“可爱吧。”陆芩说。

走过去了，陆伞伞仍然回头盯着这小狗，笑出了声。

陆芩心里却叹了口气。她不觉得这小狗的样子单单是滑稽，她被刚才那一幕吸引，而有了一些使她自己不寒而栗的思绪。那狗儿原本带着一丝逞能样子，好像煞有介事地正彰显着自己的威风，却突然在一瞬间，被它自己无法预知的不可抗力打乱。这让它之前的一切，显得过了度。如果它原本只是以寻常的、放松的姿态路过，那么一个喷嚏也许只是飘过的一朵云罢了，但在那过于桀骜的姿态已经被旁观者认识到后，那一个喷嚏就显得像是搬起石头砸了自己的脚，暴露出一副无比脆弱和手足无措的样子。这不仅让她直接联想到了老居，还有老居对死亡的恐惧。

老居是她认识的为数不多的几位谈“死”色变的人。他不肯直接面对人终有一死这件事情,更不像陈芩一样,可以在思考死亡和死后世界里找到任何"乐趣"。他觉得陈芩对死亡的坦荡是疯的。陈芩觉得,这也是老居在某种程度上不愿意承担责任的表现——不是家庭和社会责任,而是对于自身存在的完整认识的责任。其实,老居的父亲在他自己很小的时候就去世了,他是跟着单亲妈妈长大,比同龄人更早地经历过伤痛,理应是随着年龄的增长,慢慢接受生命无常这件事情,而不是变得更加抗拒于此才对。但陈芩也不懂老居到底是怎么想的,这只有老居自己知道。或者,避开谈论死亡,也是因为作为男性的老居,由于一种对自身生存权利的强烈意识,而不愿意有一点点松懈的态度。但也不是所有男性都对死亡的话题避讳,例如阿松就不是。阿松在这点上和她一样,把死看作树上的落叶一样,时候到了,那叶子松一松,就从枝头上飘下来。

陈芩想,人果真会以从小被爱的方式,去爱别人与世界,屡见屡是如此,几乎没有差错。这些爱里也许有各种各样扭曲的元素,带着上一辈环境里的文化呓语、记忆里的残留,在自己还未完全意识到之前,就往往用了同样的目光、同样的言辞,去做了同一件事情。而这无意识在陈芩看来是可怕的,并不是一件因为血脉的熟悉就显得理所当然、值得夸奖的事情。所以,她看见伞伞和她少时不一样,没有经历一些不必要的冲撞,反而感到谢天谢地。她希望伞伞不要学习她或老居,而可以冲破某一些他们移植在了他智性与心灵之中的框架,习得和拥有他自己的人生动力与喜悦。基因是不会说谎的,但就是这种不可更改性,预设了每一个人的潜在困难。无一例外的,伞伞也要面对这样的困难。他有多聪明,不在于他考试拿了多高的分数,而在于他是否以一种新的方式活在这个世界上——

种来源于她和老居，但却是陆伞伞自己的处世方式。

她希望他的瞳孔里可以有新的光，当有一万种去看他人的视角，伞伞可以选择他现在已经彰显出来的、那种平易近人的方式。她没有那种方式，老居也没有。她是不言自威的，老居的那种温柔则是没有方向的。也许伞伞将他们的分子结合与重组得很好。

陈芩发现自己不可能完全不想念老居，但她没有为此流过一滴眼泪，她所做的最多也就是在搬到新家后的第一个晚上淋浴时，破天荒地蹲了下来，任凭莲蓬头上的水刺啦啦地浇在背上，从发上淌到脸上、紧闭的眼睛上。她从没有蹲下来淋过浴。从前一直都是站着的。但那天她好像忘记了淋浴是为了清洁自己，只是想让水流水的，她安静她的。

她疑惑伞伞是否有注意到分手给她带来的不适，就像她不觉得一个人带着伞伞，是一件需要习惯的事，但她感觉到没有了老居，是一件理智上正确但不那么容易习惯的事。

有一天，她在客厅里做瑜伽，做到一棵树的姿势，是将双手直直地举过头顶手掌贴合，一条腿弯曲，脚心贴在另一条腿的侧面。这是个考验平衡的姿势，她常常感到不稳，而一下子向旁边倒去，松开身子来。那天她没有，而是像个木头桩子一样呆呆地稳在了那里，身体上微微的颤动即使有也是察觉不出来的，好像一个不倒翁。伞伞走进屋子的时候，夸奖她："妈妈好稳啊，是不是。"她闻声便回归了站位，刚才短暂的完美，好像只能在孤寂而全然空旷的心境里达成。

伞伞的世界还太小，她的世界包含了他的世界，而他的还未能与她的合并一些。就像当他跑来向她炫耀自己一项特别的才能，拿来一张有笔迹的纸，默默不语，只是期待地注意着她的神情。陈芩看见纸上的字都是反写的。

“太不错了，”陈芩夸奖说，“反手写的字也清清楚楚的嘛。”

伞伞瞪大了眼睛：“妈妈好聪明呀，一下子就看出来我故意是反手写的，哈哈。”

陈芩说：“那是，因为我是你妈妈呀。”

伞伞拿着纸跑走了，陈芩看着他的背影叹了口气。她怎么会不知道？反手写字正是老居会做的事。

3

老居每个月来看伞伞一次，每一次都像是夸父追日那样，从南部坐火车到北部——到母子两个新搬来的城市。他俩就是他的太阳，他则是个奔波、疲累又怀着热情想念的凡子。他不希望自己追太阳追得太久都追不到，最后被渴死。所以，一个月看伞伞一次，是他提出来的。一开始陈芩说：“两个月一次就够了。”“你太狠心，”他说，“你不要我了，儿子还需要爸爸的陪伴。”陈芩好半天才答应，答应让老居见伞伞，就意味着她也得时不时地见到老居。

伞伞的周六被准许和老居一起出去玩儿，他会在楼底接他，一开始陈芩还会领伞伞下来，老居会对陈芩笑笑，陈芩只对他冷着脸，不说话，把儿子交过去。这样一两次后，就只有伞伞一个人坐电梯到小区楼下，跑过去扒在老居脖子上，老居把他抱起来在空中甩两下，假装倒吸一口冷气，把他放下来：“伞伞长高啦，长壮啦，爸爸抱不动了。”

伞伞心底是喜欢爸爸的，喜欢爸爸胜过阿松叔，但是因为妈妈现在不喜欢爸爸，而他喜欢妈妈，他觉得很为难，比奥数题还让人为难。

“你妈妈有没有让你周末上辅导班呀？”老居问，“还是整个周末都可以和爸爸过？”

“要上的，”伞伞条理清晰地说，“明天下午。我的周末只有一天。还有半天写作业。只能和爸爸过一天。”

老居叹了口气：“一天也好，一天也行。”

自从陈芩把孩子带走，他才发觉自己对伞伞的疏忽，以及自己多想他，虽然他也曾暗暗埋怨过这个孩子。他脑海里原来那个商业帝国的轨道，应该是他和陈芩一起双手搭建起来的，有那么多他们的好哥们姐们支持，一起投资，开了那么多会，有了那么多草稿和构想，那么多次拉资、启动和运营。但就因为伞伞开始长大，陈芩决定她的重心要变了。自然，他知道不仅因为如此，归根结底，还是因为公司没有那么顺利，工作上焦头烂额的一次次失望，让两个人之间的互相指责越来越多，如果再待下去，用陈芩的话讲，就是：“我和你亲人都做不成。”

他一个人扛起来陈芩原来的工作量后，是早出晚归，但总算慢慢把公司亏损的那部分钱赚回来了，现在只是勉强地经营着。但他还是尽量给公司职员们打气，不让他们忘记他一开始想要公司里拥有的理念和氛围。有一天，小孙和他说：“阿芩姐走了，这气氛也不大对了。”他纠正她：“不，阿芩姐会回来的。”说完才发现自己说漏了嘴，其实心里仍然想念她。小孙一惊，没说什么，转身忙业务去了。

现在的日子，虽然忙碌，但因为没有了陈芩在他左右给他的双倍压力，他一个人在单倍压力的海洋里浸泡着，周围一片寂静，倒也可以应付，而且应付得还算有条不紊。他避开酒精和过多的他人的安慰——事实上，也没有人这么做，越了解他的人，越是一句也不安慰他。他们已经目睹了太长时间老居和陈苓之间的感情经历，那些矛盾已经更像是这两个人一体之内的内容，他们若是安慰，就有点像一门课的初学者给暂时休工的高阶学生提建议。所以大家只是表示对阿苓姐的怀念，而不在老居面前表现出自己似乎可以领会他的难处。老居也觉得，他们的不领会，对他反而是种善意，比去领会却领会错，要好得多。

伞伞问老居："你有信心妈妈重新爱上你吗?"

伞伞腿上放着一瓶汽水，没打开喝，老居正喝着他那一瓶，一口汽水喷了出来。

"妈妈和你爸爸分开，不能因为别的原因啊?"

"还有什么原因呢?"伞伞问。"妈妈送我下来的时候都不想见你。"

老居感觉心口像被扎了一下，隐隐作痛，但又无法反驳儿子："你妈忙，忙而已。"他说。

"爸爸就别骗我了哦。"

他感觉心虚，似乎自己在儿子面前像个失败者，不是因为事业上的失败，而是因为没有这个与他们共同联系着的女人的爱。伞伞从没在他提起公司上的事情的时候贬损过他，说明陈苓也应该没有和伞伞说太多自己的坏话。他突然想起来伞伞从小就对他和陈苓在做的工作不感兴趣。

"儿子，长大了，想不想接管爸爸妈妈的公司呀?"

"现在只是爸爸的公司了吧。"伞伞晃着双腿说，还是没喝汽水。

“哎，我们两个男人，谈一谈工作，别老把话题往你妈那扯。”

“这和是不是男人有什么关系。”伞伞说，“妈妈以前做的工作和你一样多。”

“看来，阿芩应该很开心了。”老居无奈地说，“你很爱你妈妈，爸爸看得出来。”

“爸爸有和妈妈年轻时候的合影吗？我想看看你们两个的照片。”伞伞提出来。

老居想了想，看了看上午的阳光下儿子的面容，竟然无意间看出了陈芩的轮廓来，和他母亲相像的细长眉毛，小巧的鼻子不明朗的弧线。伞伞微微转一转头，那眼睛却又明显是像他的，一双大而亮的单眼皮眼睛，下巴处的肉软软的，有一块不明显的凹陷。老居不禁伸手碰了碰自己下巴那儿的凹陷处，看着伞伞，轻轻叹了口气。他想起有几张照片，其实还挺特别的，给儿子看看也好。

“咱们不看合影了。”老居说，点开手机相册的一个文件夹，“咱们看看一些可以证明我和你妈是灵魂伴侣的照片。”

伞伞笑了：“爸爸，你说什么？”

“爸爸比你还幼稚，是吧？”老居说，“好了，你看看再说。第一张，这是老爸我五岁的时候，被你奶奶拉着手。”

伞伞看到相片上的一个和自己很像的小男孩，正穿着一件白罩衫儿，向镜头左边的大路看着，好像分神了，奶奶则正对着镜头热烈地笑着。

“你再看看，这是你妈五岁的时候。”老居划动了另一张照片。伞伞看到一个梳着辫子的小女孩，穿着一件黑毛衣，向着镜头右边（看不到是什么，应该是海，由照片里能看见的沙滩判断）愣愣地望着，另一只手就像那个小男孩一样，也被自己的妈妈——也就是伞伞的外婆——拉着。

“把两张拼起来看一看?”老居引导伞伞。

“好像对称的一样，好奇怪哦。”伞伞盯着两张照片看了一阵。

像是两张照片中间放了一面镜子，但是照出来的镜像仅仅是结构，人却变了。

“爸爸还有这样的照片吗?”

“我真的还有。”老居得意洋洋地说，像个魔术师一样，划动了下一张。伞伞看见一个双手抱着书本的妈妈——是妈妈无疑，但年轻一些——正坐在一个长板凳上，双腿贴着斜靠在地上，向镜头投向一丝犀利的目光，好像自己藏着什么照相者不知的心事，并为此洋洋得意，但姿势看上去又很低调。

“你的呢?”伞伞已经领会了，问老居。老居挑了挑眉毛，伞伞看见下一张，是一个学生时代的老居坐在一棵树下，双手也在胸前抱了一本书，双腿可能是因为当时要拍照的缘故，匆匆忙忙地平行着靠在一起，贴在草地上。老居这张照片里的眼神看起来就和陈芩的一样，微微向内收，有一丝狡黠的利落。

伞伞不是刚刚看到这两张照片时，就一下子意识到父母照片中眼神的相同的。他像是被什么碰到一样，感到疑惑了，抽离开来，脑海里却自动依次闪过刚才这两张人像，接着，感觉自己的意识像黑洞边的小行星一样，掉进了那两双眼睛里，才又转头去看照片，发现两个人像是约定好了一样，用同样的姿势不说，那一刻也含着同样的情绪。

“你和妈妈约好了拍的吗?”他问。

老居没说话，指了指照片下面附的时间——老居的比陈芩的提前了两年，一个在四月，一个在十一月拍的。“那个时候我和你妈还不认识。”他说。

“还有这样的哦，还要看吗?”老居问。

伞伞向老居旁边移了一段距离：“不要了。”

老居没问他怎么了。可能是被吓着了，这孩子。

“爸爸是怎么找到这些照片的?”伞伞问。

“和你妈恋爱之后，互相看对方以前的相册，然后，就发现好几张都对上了。”老居说。

“所以爸爸和妈妈之间有什么神奇的东西，是这样吗?”

“你可别和你妈说，她一直说这就是巧合而已，要我少点迷信。老居跷起腿来。她当年可不是这样想的……不过啊，即使有命运冥冥注定，我们缺乏心力维系，也没用啊。”

伞伞没说话了。

“汽水怎么不喝?”末了，老居问。

“喝了会打嗝。”

“那带回家放冰箱吧。天黑了，是不是要送你回家了? 你妈该等着急了吧。”

伞伞点了点头。

老居来看伞伞的每个周六，陈芩都不会待在家里，直到估摸着伞伞回家敲门的时间差不多了，才赶回去。她发现老居“居心不良”，喜欢带着伞伞在小区里她视线所及范围内活动，使她心里痒痒，总从窗口向外看，一看，就看到父子两个坐在一起窝心地谈话。

这场景使她受不了——不是因为伞伞对她的爱分了一半给老

居，也不是因为她恨老居到无法眼见他的地步，也并非因为自己被拦在了这小聚会之外感到受冷落，而是她自己情感上对过去有所悔恨的心理，在折磨她。老居可能以为，她仅仅是怨他，才离开他的。

只有陈芩自己心里知道，并不全是。她更怨的是自己，一个没有办法和老居顺利相处的自己，一个害怕争执的伤害会愈来愈大就觉得不如冷战的自己，一个不想让更加难堪的一面被暴露在老居面前的自己。现在这样的模式，一开始她以为是冷静地斩断了，随着时间，却发现两人仍然没有彻底破裂，只是像在远距离地各人修复自己，好像是一场婚内的离婚，有截止日期。她能感受到老居也是如此想的，而他们两个对此的心知肚明，更让她难受。就好像绕圈圈，最后总仍然会绕回彼此。她不知道这到底是诅咒还是恩赐。

她常常怪老居是爱逃避问题的那个，认为他不主动、太磨叽、思虑过多而不下决议，害她一直要担起女强人的角色，但其实她自己又何尝不是逃避问题——如果她和老居相处的问题是应该解决的、头等重要的话？爱伞伞，培养伞伞，那是当然的，如果他们想在公司之外重视这一点，两个人对伞伞共同的爱并没有异议。只是可能在如何爱这一点上，又会有分歧罢了，而她却以此为借口，把照顾伞伞的权力全部掌握在了自己手心之中，这里面难道没有一丝自私吗？

这些思绪都挂在她微微颤抖的嘴唇边上，被她咽了下去。为了躲开这些念头，从此这些老居来“拜访”的周六，她要么去会一会新认识的朋友，要么一个人去附近的公园散步了。

坐在公园的长椅上，陈芩又感到老居在同一个城市给她带来的窒息。他像一颗重量、体积、形状与她相同的石头，两个磕到一起，如果稍有看对方一点不顺眼，那么双方接收到的罪恶感都是等倍的。她和老居，并没有谁不如谁的问题，是虽然个性稍有不同，但实力完完全全相同的两人。正是这一点，使她当初感到棋逢对手，相处下来如同一场场棋局的平局。当初，这种两个人停在同一个位置，而没有谁输谁赢这样起伏的感觉，反而演变为了一种惊异，让她爱上这位对弈者。那个时候，他们的心性也许比现在好。但这种短短停留的珍宝，两个人并不知道怎么储藏下去。

而陈苓自己爱上什么人的经历，并不仅仅在老居的疆域内。她也学习过别的功课，在别的什么地方流连过。她想到阿松，她和老居共同的大学同学。老居知道他们当初拍拖过一段，但确信他们很快觉得不合适而迅速分开了，就也没有对阿松如临大敌，甚至还在公司创业时也将其揽为员工。陈苓天天能见着阿松，老居也没有觉得需要防范过，他就是对两个人之间的感情有这样孩童般幼稚的信任。陈苓觉得，至少在这点上，她没对不起老居过。他们的矛盾和第三个人没有关系。而阿松也是有才华的，老居也愿意肯定和希望能沾染的才华，虽然这才华和他们夫妇两个的工作内容并没有多大关系——阿松是个诗人，但陈苓不浪漫，老居也是直线脑筋的人，所以阿松于他们，在时间长了之后，已经不是一个有点尴尬的角色，反倒有了一种公司里吉祥物的感觉。

陈苓觉得自己不浪漫这一点，恐怕是她和阿松没能拍拖成功的原因，即使对方有数不尽的优点，因为她天然的心智路径对其没有反应，就只能将对方当作一座泥塑欣赏，而无法像她对老居一样，拉起手来紧紧握着。但她在和老居分开的这段时间里，却慢慢懂得了一点：因为她和老居都是想做主角的人，他们无法顺利地生活在一起。像阿松那样并不那么热衷于做主角，而想做一个游离于规则之外的人，与她就没有冲突。但又因为阿松是那样的人，她也不会和他走到一起。阿松是怎么想的，她不大清楚——可能对于他来说，她和老居这样的人是泥塑，而他自己才是鲜活的吧。况且，阿松也可能会碰到，一个和他一样的人，在对方眼里他们彼此才是主角。现在似乎没有，不代表将来不会。这就是一个世界里的无数个主观的小世界了。

她早早回到家，等着伞伞按响门铃——她特意叮嘱伞伞不要让老居送他回到家门口——这些想法还在脑海里打转。小男孩终于到了家，她才松了一口气。

晚上临睡前，陈芩帮伞伞关灯，听见他问了一个奇怪的问题："妈妈?"

"嗯?"(伞伞很懂事，一般从来不问她有关老居的问题。)

"这个世界上有没有一个人和你一起悲伤，一起喜悦?"

"你呀。"陈芩笑了，"妈妈的心情伞伞都知道。"

"不是这种。"伞伞说，在被窝里摇头，陈芩只好放下刚刚要关灯的手。"不是我自己看见，或者妈妈和我分享，我才知道的这一种。而是不知道你，却还能感受到你的那一种，你感觉很糟糕，他感觉也很糟糕，你感觉很轻松，他也才终于轻松的那一种。"

陈芩走到伞伞旁边，蹲下来，摸了摸他的额头，看到他那和老居一模一样的大眼睛，正坦诚地望着她："怎么了今天?"(差一点说出口：你爸爸和你说什么了?)

伞伞打了个哈欠，闭上了眼睛："没事，妈妈晚安吧。"

陈芩百思不得其解地看了儿子一眼，只好站起身帮他关了灯，拉开门走出卧室时，却分明听见伞伞说道："我觉得爸爸和妈妈是这一种。所以,妈妈要开开心心的。"

陈芩心里咯噔直响。回到客厅,她目光落在摆在橱窗里的那些照片上,她搬家的时候没有放上老居的照片。自从她和老居在一起,他俩的照片几乎都是成对拍的——因为老居曾经对她指出来,在他们还不认识的时候,分别在自己的岁月中拍过的一些照片里,他们的服装、姿势和背后的摆设像是设计好之后,成对拍的。在这些照片里,如果她是笑的,对应的,他也精神抖擞;如果她是哭的,对应的,他看起来也很阴郁。

但她总说这都是巧合,而老居是迷信。

4

就这样,过了一两年。因为每周六都常常出门,陈芩渐渐发现了城市里不少景色优美、空气充盈的植物园。每当伞伞和老居在一起的日子,她都坐地铁到最后一站,到其中一个植物园给自己放假,独自踏青。去了很多回了,伞伞知道后,好奇心就不断像个气球一样被吹起来,也想去一睹究竟。陈芩终于答应在这个周日带他去,但前提是他要把作业做完。

伞伞一路上欢欣雀跃。在地铁里,一开始座位稀少,他让妈妈坐在一个仅剩的座位上,便牢牢抓住一根铁扶手,绕着圈在那追着自己的脚步,看得陈芩旁边一个老太太拍了拍陈芩的胳膊,说你家小男孩真活泼。陈芩抱有歉意地笑了笑,让伞伞不要挡了别人的道。她心里觉得怪蹊跷的,平时那么文静,甚至超越了年龄的严肃的一个孩子,今天怎么傻乎乎的,乐不可支?

植物园里阳光像稀释过的一样,在秋日的天气里,凉凉地洒在花圃和小河之上，小火车载着旅客哐当当地驶过，伞伞蹦蹦跳跳地在陈芩前面跑着，陈芩在后面不紧不慢地跟着。陈芩发现，秋日的公园其实比夏时的更美，而今天恰好刚刚入秋，两旁大树的叶子不断地在人最不经意的时刻，掉落一两片下来，有时刮到你的鞋子，有时搭在你的肩头，有时与你低头时歪斜的发丝擦肩而过。知了的叫声已经全部消匿了，取而代之的是某一处似乎在修建什么，而隐隐传来的打鼓声，一下一下，似乎和心脏跳动的节奏相吻合。花儿虽然不似夏日盛放时那样生动有力地用尽自己的颜色，却好像是在微微打盹一样，含蓄不已地集体说着梦中的低语。这里不再有夏时的吵嚷和燥热，只剩一片闲静和微风荡漾。偶尔也能见到一两座古亭子保留在这两年新铺的草地皮子之间，像一个个深红色的木殿。

陈芩只顾着环绕这天气，没注意到伞伞已经一溜烟不见了，回过神来的时候，微微地慌张了，才注意到伞伞正离开了她享受不已的宁静，在远处一个人挤人的地方排着队，不知是为了什么。他侧着身子正对她挥着手，确认妈妈注意到了自己，就又把手放下去了。

陈芩跟上的时候，发现这里是一个个小商铺，支着一长列的凉棚，正售卖商品。很明显这一块区域是框出来给他们的，用着统一的淡绿色帆布遮阳和统一的白色桌子。人们的喧嚣声立马涌进了陈芩的耳朵里，她也走近，注意每一家都在卖什么——一般都是小玩意和小吃。她以前没来过，是因为对凑热闹不感兴趣，每次看到这里人多，就绕道走开了。但因为伞伞热情高涨，她也牵起他的手，确保他们不要走散。

商铺里放了椅凳，有许多人就在里面和别人凑桌，坐下来吃开了。有关东煮、豆腐烧、酸梅汤，也有小碗份的凉皮凉面，在小巧的炉子里冒着热气，旁边放着一个个纸碗和许多牙签，后面是叫卖的年轻老板。也有进口食品，英国的饼干，奥地利的巧克力，维也纳的奶粉，等等。还有各种各样的盆栽好像都是年轻人在这里做生意，似乎是给他们做商业实验一样的地方。陈芩给伞伞买了一根火腿肠，小男孩啃开了，一会儿又央求她买一盒寿司卷。

“不回家吃午饭了?”

“也没时间做了吧。”

“好吧。”

不过买了寿司卷，伞伞也没有立即吃，而是拿在手上。快到这队列结尾的地方，他停在一家商铺前面，试吃人家的黑花生。陈芩站在旁边陪着他，自己没有想试吃的意思。她注意到这家商铺后面的两个年轻人不像其他家的那么恳切，不停地揽客，相反只是比较淡漠而礼貌地坐在高高的圆形座椅上，把他们卖的东西整齐地一字排开了，如果有感兴趣的客人来了，便也会立即站起来介绍和回答问题。男孩子穿着一件深蓝色的围裙，头发梳得很整齐，戴着一副圆形眼镜，看起来二十来岁的样子，女孩子剪着到肩的头发，穿着牛仔裤和白色 T 恤，头发用一个夹子夹了起来。他俩看起来容貌有些相像。陈芩很喜欢他们这里的一种安静和有条不紊。

这个黑花生是台湾的。男孩子看伞伞津津有味地嚼着，对他们母子俩说，顺手示意了一下商品的外壳。

陈芩低头仔细看了下，才发现他们在这里卖的都是养生食品，例如黑花生、桑葚干、枸杞、芝麻粉、绿茶等，拿起来仔细读一下，也不是平时在商店里看到的普通配料成分，几乎没有添加剂、防腐剂，并且在这些原始食材里,添加了一些有营养的辅料。但这使他们这生意并不是很好,大部分人来这里都是一时地塞塞牙缝,没有打定主意要买几包健康食品带回去慢慢吃的意思。

伞伞碰了碰陈苓的胳膊,告诉她自己蛮喜欢这个黑花生的。

“喜欢可以尝一下。”那个男生又说,还是笔直地站在他们跟前。

陈苓尝了一颗,的确不错,不过咸也不过甜,一股浓郁的天然香味。

这一试让她不由得看向了其他商品,又有一搭没一搭地和面前的男生聊了起来,询问起来芝麻粉的来源,对方明显对自己的商品很了解,也娓娓道来。

过了一晌,陈苓才忽地注意到伞伞又不在身边了——这点让她今日有些莫名地不安,平日里几乎从不让她担心,紧紧跟在她左右的儿子,怎么今儿忽地左蹿右跳,不安分起来。她环绕一周,才注意到伞伞不知何时已经钻到了这商铺后面的营业区去了,正坐在一张销售人员坐的椅子上,身子向前倾着,跟另外那个女生说着话。她注意到女生手上拿着一包食品,自己挑出了一个,拆了小包装,吃了起来。伞伞问她要,她便也随手给了伞伞一个。陈苓本想喊儿子过来,但又没有喊出口。

伞伞在吃黑花生的时候就注意到这位姐姐了。他感觉好像在她周围有一阵无形的飓风,引得他不由得要往那里去。姐姐的丹凤眼很明澈,眉毛则细得几乎看不出来,鼻子小小的、尖尖的。他几乎没有意识到自己今年九岁,而姐姐看起来,已有二十多岁的样子,就自然而然地去和她打招呼。这姐姐在他开口前,也注意到他了,所以当他开始问她问题,稍稍愣了一下,便把侧面的门打开来,让他到后面来说话。

伞伞在心里记牢了：她的名字叫雨荷，下雨的雨，荷叶的荷。他一开始问她山楂糕的成分里为什么会有苹果、橘子和草莓，接着当她拆了一包递了一个给他尝尝，他就问她是不是在上大学，是哪里人。姐姐回答他的时候，神色一直带着一丝按捺不住的惊奇和一点点的推诿，这又引得伞伞感觉自己粘在了椅子上，想了解面前这个人类更多。

"你太会说话了。"雨荷摇了摇头说，"不像还在上小学的孩子啊。"她笑开了。伞伞乖乖地对她点了点头。

"伞伞"——听到陈芩喊自己，伞伞立马回过头："啊，妈，那个，我们买一包山楂糕回去吧。我蛮喜欢的。"

"哦，你儿子说的是这个。"仍然笔直地站着，好像对陆伞伞在商铺后面见怪不怪的男生，拿起一包山楂糕给陈芩看。

伞伞很快知道，这个个子高高的男生叫雨临，是雨荷的亲哥哥。两个人都是中国台湾人。哥哥来大陆读研究生，妹妹刚刚大学毕业，在帮家里养生食品的生意做营销、推广，在各地的公园试卖。

伞伞感觉到了，雨荷不是这里的人，因为口音和举止都有一些陌生的不同，但他和她外象的不同后，却有一种似乎像血亲一样浓的熟悉感，让伞伞对她在短短的十来分钟后着了迷——他说不上来这是一种什么样的感觉，无论她告诉他什么，伞伞都觉得这些话语像碎片一样飘掉了，他还是像最初那样不懂得她又熟悉她，没有随着脑中多一条信息可以更多地拼凑出对她的一个印象，而削减他直观地对她的存在的强烈感受。

对雨荷来说，第一眼看到伞伞站在他们店铺前面，就好像心里被一颗陨石震了一下，好像什么分量很沉重的东西，被抛到了这个清凉得要使人飘浮起来的九月天。明明只是一个头发还没长齐的小男孩，没睡醒的眼睛之中还写着懵懂，却在瞳孔微微张大，目光停在她身上冲她微笑时，让她以为见到了久违的故人。她笑了一下，却即刻避开，站了起来，忙着回答旁边一两个散客的问题，或者收拾后面箱子里的杂货，却注意到自己手上的动作乱得厉害。

她觉得有点奇怪，心里有些蹊跷，向他看过去，伞伞见她又回头，竟然跑来了，没有迟疑几下，她便把商铺侧面的门打开来，让他进来说话。接着，她就感觉这一小片她和伞伞之间的空间沉静了下来，远处在她耳边晃荡的、树叶的窸窸窣窣声，石子路上的脚步声、雨临和顾客的说话声，原本像是几条不同的声线在她脑海里拉扯着，但和伞伞对话的自己，则好像全部在真空里溶解了。她的注意力被迫高度集中了，集中在了对方的身上——直到伞伞扭头回答陈芩。

又过了好些年的时候，这些感受才被重新真正地拾起来、认识到。那时，伞伞和雨荷重新相遇，才分别回忆和梳理起来。当时，他们只觉得像是遭到了小小的冲击，一个生活里无意的小意外罢了，就好像某一天偶尔发生了一件想起来让心情瞬间变好的事情，但具体是什么又已经记不大清了。但再仔细一想，突然又会心情隐隐作痛起来，好像自己大意疏忽了什么——这时往往才意识到，那件让自己记得的"偶然"事情，是包含了一个具体的人的。对伞伞来说是一个大姐姐，对雨荷来说是一个小男孩。但他们对于对方的印象，又分别像咖啡杯底部那个难解的图案一样，在当时被轻易地遗忘了。

走的时候，伞伞拿起刚刚两个人拆开的山楂糕包装纸，准备一起扔到垃圾桶里去。雨荷帮他把侧门打开，小男孩的个头暂时还只到她腰部。一红一蓝的两个垃圾桶就在铺子的对面，伞伞刚准备扔进去的时候，愣住了，不知道该扔进哪一个。雨荷在后面望了望，快步走过去："可回收的，扔蓝色的就好了。你看上面的标志。"她指给他，拍了拍他的肩膀。

雨荷把刚才已经打开的那一包山楂糕送给了伞伞。陈芩同时还买了一包黑花生和一盒芝麻粉。注视着这对母子的背影，雨荷注意到陈芩身上有她很钦慕的中年女性的气质，穿着亚麻色的上衣和墨绿色的半身布裙，头发在脑后扎了一个髻，鱼尾纹透露的是一种自在从容，又有些匆忙的优雅。如果说背影看不出年龄，那么眼神是骗不了人的，所有的岁月都含在那眼睛所目睹过的景象，和积过的无论是悲伤还是喜极而泣的泪水中了，写着密密麻麻的光阴。她觉得伞伞有这样一位母亲是很幸运的。她不知道的是，伞伞在第一眼看到自己的时候，也是这样看她的——在雨荷姐的眼里，他看到了自己还没经历过的岁月长河和时钟针脚。

"姐姐说，她在大学里是诗歌社社长。"伞伞和陈芩说，拆开了寿司盒子，边回头走边吃，又捧起来示意陈芩拿一个。

"是吗？"陈芩说，不由得想到了阿松。阿松曾经也在大学里参加诗社，还散印过自己的几本集子，她虽然不懂，但翻看过他连着五六年写下的诗歌，也略勾勒出阿松那些年的心路。一开始是迷幻的、比喻繁多的、像密码一样难解的风格。她曾调侃道，阿松将诗歌写成了奥数。后来渐渐地，他的断句多了，言词变得简短了，好像格言警句一样的风格。她想，这女孩子大概也会经历这种笔下的变迁，一开始恐怕是纯粹的想象与喜悦，渐渐从那无边无际的创作灵感里搬移出来，成了一种对自己思想的严苛检查，开始对自身和世界下一些定语。

她会从心中那种愉快的不确定性里走出来，来到外界沉郁的确定性里。陈芩想起自己年轻的时候，也并不是一开始就像后来这样大姐大似的，被一口一个"陆姐"地喊着，那样雷厉风行的。她也曾有过一个容易委曲求全的时代，容易因他人口中的叙述，迷失成了一个不是她本意的人，在自我贬低与谦逊之间找不到平衡，直到立志要创办公司之后，才有意识地重塑了自己，慢慢地找到了自信。也就是在那个点上她碰见了老陆。

老陆不是一个有过这种曲折心路的人，老陆的心境就一直是轻飘飘的。所以在陈芩看来，她是过来人，而老陆没经历过她年轻时那种挣扎，老陆是一个样子过来的。但她现在才慢慢明白，也许老陆在一开始就没有跌入过套住她的那种网，所以也不需要从网里脱落出来。

她眼前又闪过这个叫雨荷的女孩子，神情比她当年更轻松，更无畏，也更平静。就像伞伞，遗传了老居那样的飘忽。这飘忽，她现在才意识到，不一定是一种她以前一口咬定的疏忽和空想，而是心里一种静静蛰伏的安稳。不知怎的，在看到雨荷和伞伞聊天时，她之所以没有上前打断他们，拉回伞伞，也是因为她恍惚从那画面里，看到了自己当年和老居初次相遇时的情景，一种静置的、汩汩的、微风般的气流，将他们包裹了起来。

"妈妈。"陈芩听见伞伞喊自己。

"怎么了?"

“妈妈觉得生命是什么味道?”

陈芩笑了:“怎么问这个?”

“回答一下嘛。”

“平淡的味道。”陈芩吸了一口气,说。没有再解释。对她来说,已经处在一个五味的饮食过后寡淡的阶段,回过头来发现那寡淡的味道才是最本真的。如果年纪很轻的时候就能一直保持好这种心境,也许和老居就不会有那么多矛盾和分离了。

“你觉得呢?”陈芩问儿子。

“我觉得是感动的味道。”伞伞说,“感动,感动的味道可以超越平淡的味道。”

“妈妈已经不敢碰那些感动了。”陈芩说。

“为什么?”

“当有许多可能冲散它的东西,它就留不住。那个时候啊,妈妈会觉得更受不了。”

伞伞似懂非懂地点了点头:“妈妈,我长大想做诗人,像阿松叔那样的。”

陈芩顿了一下,本想说什么,末了,没说话。她望着伞伞,却只是想起老居,不知道他现在在做什么。

雨荷那天和哥哥收拾完铺子回家,雨临打趣地问她:“怎么见你今天和一个小男孩聊得这么开心?”

“觉得那孩子挺逗的,小小年纪,举止想法还蛮特别。”雨荷对哥哥笑笑。

“好像跟你挺熟的一样。”雨临说,“上来就挺亲切的,我还以为是你认识的人呢。”

“不认识。”雨荷摇摇头。

那个时候，他们都还不知道，在自家抽屉中的相册里，雨荷有这么一张照片，是她十二岁的时候，哥哥帮她拍的。照片里，她正在一个水果采摘机构里的大棚里，是他们外祖父的大棚。她扎着羊角辫，套着一件家里大人的汗衫，正拿着一条浇水的管子，对着那些绿叶和果子乱滋，笑嘻嘻的，看不出是在帮家里人忙，还是和哥哥跑出来捣乱。

她自己头发湿透了，辫子耷拉着，一只胳膊挡着脸，一条腿抬着好像在向前踢，样子滑稽极了。

那个时候，他们暂且还不知道，多少年后伞伞会翻出雨荷的这张照片来，和自己的某一张对上。那一张，从前被装在一个信封里，是一个叫阿松的叔叔拍的。而伞伞和雨荷的对称性，也就在那个时候变得明显了。在那之前，虽然他们走散，却无须忧伤，无须忧虑，时间自会去行驶它自己的轨道，再悄悄然让暗号对接。

伏尔塔瓦河畔

一、集市

简奈特又来到了周六的集市区，坐在长椅上喝一杯咖啡，阳光挡在墨镜上，她的头发吹得乱蓬蓬地向后翻着，而她岿然不动，穿着黑色长袖衫和牛仔裤，腿上还放着三明治，在风吹下已经凉了，她也浑然不觉。码头有一艘模型似的船只，有着像切开的哈密瓜一样划着纹路的船底，钢筋打的船身，船上架着三个小木头房子，纹路被太阳炙烤着，里面装着各种货物。船上写着一行编码，EVD 100667。简奈特就坐在这艘船邻近的位置，看着眼前几乎静止不动的蓝色水面，身后的人流叽叽喳喳地穿梭不止。

来周六的集市，不论对于当地人还是游客，都不是轶事了。走过黑洞洞的隧道，走过磨着鞋底的鹅卵石地，就能看到在伏尔塔瓦河畔宽阔的道路上，竖立起了一大批白色支架和凉棚，从各个地区赶来的商人、农民和自营户在等着自家商品被领走。

简奈特惊异于人们采购的速度——一个女人一手一个挎篮，已经买了绿油油的蔬菜、土豆、胡萝卜、西红柿等，可能就等着尝尝集市原材料的新鲜,回家下锅呢。买面包的更是毫不客气,男人将咸的、硬的、软的、甜的每一种都买了,放进长长的纸袋子,直接抱在胸前往回走,那面包表面的白粉扑了他一手。

简奈特自己则像飞鸟丛中的一只蜗牛,脑海里还旋绕着的,是走过来路上的一处场景:隧道上方是陡崖,滚着土堆,长着一两棵营养不良的树木,盖着一栋小白房子,那高处荒凄的气氛,让她想起维特根斯坦隐居时小屋的黑白影像。

简奈特是个散文家,她写散文,教散文,改学生的散文,已经这样过了半辈子,如今四十多岁了。她也走过许多个国家,仅限于欧陆和美洲板块,对于其他大陆上的文明,她不是不感兴趣,只是从没有过一种很强烈的渴望想要一探究竟。她是从英国到布拉格来旅游,所以不知道真正的距离是何种感受,对于她来说,可能要到埃及、古巴这类地方,才能更有体会一些。她觉得这种保持舒适与安全的态度,与自己写散文的心情也是相近的。她所熟知的写作,是打开的、发散的、轻巧的,描绘现世的安宁和巧遇,鲜花和盛典,即使是描摹生命的损失,也以一种氢气球般幽默的方式讲述。她没有体会过那种更深层的对立和挣扎,就像她不能想象维特根斯坦的哲学写作里可能存在的一种高度凝聚的、与外界对抗的、在心智里咂摸的状态。

她看到了那孤零零的房子,却不能说自己可以真正体会一种流放的、孤寂的心情,尽管这已经开始吸引她。她眼下对那吵闹的集市并不很感兴趣,而只是坐在河边慢慢吮她的咖啡。她曾经跟她的学生们说,她觉得写作是一种全然被动消极的状态,你不需要特意去做什么,只要坐在那里,一动不动,奇迹就可能降临。外界的所有会像渗水一样渗进你的意识，于是笔下该有的东西就都有了。所以简奈特从不做跳舞这样的事情，从学生时代起，在舞会上，她就一直是坐在零食区的那一个。而在这里的短期旅行结束，她就会回到英国的家庭和工作中去。

与此同时，丽贝塔正在向集市走来。如果简奈特不知道流亡的孤寂是什么感受，丽贝塔是知道的。

丽贝塔是个剪着短发的美国女人，戴着边框形状上扬的眼镜，此刻正身处摇摇晃晃的列车里，向周末的集市奔来。这是她第三次来布拉格了。她的小姨在二十年前搬到了这里，如今开着一家古董店，因此每次当她来这里采集非虚构写作的素材，都会睡在小姨家。小姨的铺子在这些年里也搬迁了一次，不再只是卖油画和布偶，走进去就能一览无余。现在，进门后要走一大段蜿蜒的台阶。丽贝塔踩着歪歪扭扭的步子，差点摔了一跤，下来之后，发现老太太正在柜台后面打毛衣呢，店里除了油画和布偶，这一次多了项链、首饰、贝壳、旧报纸、衣物、石子、勋章、本子等等陈旧而精致的杂物。

“贝丝。”她喊道，放下肩上的背包，冲小姨张开双臂。

“好了，丽贝塔。”贝丝放下手里的针线活儿说，“你去里屋帮我问问她们需要什么。”

里屋是贝丝的几位同龄女友，桌上放着杯葡萄酒，正边小酌着边闲聊，看到她来了，她们压低了声音。

“啊，请你出去。”当丽贝塔开始在她们周围仔细地翻看物件时，一位老太太说，冲她扬了扬生着褶皱和斑纹的手。“这是私人空间。”

“抱歉，”丽贝塔放下手里拿着的一叠上世纪六十年代的CD，“贝丝让我问问你们需要什么。”

“需要什么?”另一位老太太说,“让贝丝过来吧。”

“她要看店。”丽贝塔说,走了出去,来到贝丝的柜台前,半开玩笑道:“我不知道你的访客朋友们权力那么大了,姨。”

贝丝对她耸了耸肩:“我需要朋友,丽贝塔。”

丽贝塔对布拉格最感兴趣的是犹太老城,而今天她的计划就是拜访一处纳粹时期的墓地。虽是美国人,丽贝塔实际是德裔,这里的历史总让她觉得和自己有千丝万缕的联系。她去年已经在犹太教堂里做过了弥撒,每次她都带着笔和本,记满了密密麻麻的素材,等一回到美国,不出一周,她的游记就能发表在网络刊物上。布拉格好像是轻如一片云的国家,而在犹太城区内的时间则是更慢的,笼罩着一丝阴郁,筑成犹太教堂的石头,似乎都在将冷气传递给所有扶着它们上下阶梯的人。

丽贝塔不信教,但她常常疑问,如果自己生在当时那个年代,是否会去祈祷。犹太教男人每日必须上教堂三次,女人则不必,教义说是因为女人顺服男人即可,而男人必须顺服上帝。丽贝塔则觉得是因为女人无需祷告也时时刻刻与神联系,男人则必须有意识地让自己专注于神才好。她不太确定对自我性别的定义,使自己现今属于前者还是后者。

她今年去一处犹太高塔,是个纪念馆,见到收费处的老人,颤巍巍地站起来开门关门,塔内光线不好,如果天气又下雨,里面看起来怪青乌的,又冷,不知道老人怎么受得了坐在里面。今年,仍是那个老人坐在那里,面前仍摊开着一盒子门票和纸币。丽贝塔认出了他,他则不可能认出丽贝塔。就像丽贝塔对那老人的印象一样,丽贝塔对布拉格的印象是严肃而沉重的，因为她每次来，都只去拜访那些散落在各个角落的遗址。去往它们的路上曲径通幽，两旁的大楼没有刷新过，甚至还有一丝朴素的贫苦。虽然那位老人不认得她，另一位常常穿行于布拉格的老向导米赛尔，则是丽贝塔的旧友，她第一次来，就是受益于他对这座城市的介绍。

不过有一次她和米赛尔开玩笑，似乎将对方惹恼了。那一次，有个美国的知识分子团队前来参观，几天过后，米赛尔和这个团队关系愈加融洽，也喊来作为美国人的丽贝塔相伴左右，在快结束的时候，米赛尔和他们聊起自己的人生经历，提到两个儿子现都已长大成人，他的义务已经行毕，现在他最大的人生愿望便是再一次自由地周游列国。团队里的人听着，礼貌地点了点头，而丽贝塔踩着她的球鞋，背着双肩包，经过所有人身旁的橡树，大声地说："但那是一种流亡啊。"大家瞬间安静了。

她觉得自己很理解"流亡"这个概念。将近中年，却还一直在为美国网络旅行杂志写稿。这一次，离开布拉格后，她要乘火车去德国，在那里，她有一栋空出来的别墅，但她很少去，去了也是一个人。这一次，她打算去把那里打扫打扫，不回美国的公寓了。

走之前，贝丝要她去周六的集市带一罐蜂蜜回来。此刻集市边的伏尔塔瓦河风光正好，但她牙齿感觉有些疼，可能是和贝丝在一起时的甜品吃多了。她经过卖花、卖陶瓷的铺子，来到卖蜂蜜的铺子前，给了对方一大把硬币（她的硬币太多了），抱了一罐自然酿制的蜂蜜，就径直又穿过卖烤肉的铺子，穿过两个拽着气球的小孩，和一个独自坐在河边长椅上喝咖啡的墨镜女人，来到外面的车站等车。

从她面前的列车上下来，与丽贝塔面对面擦肩而过的是珍妮。珍妮个头很小，身子纤细，金发飘在脑后。她已将近三十岁，但是一双眼睛像雀一样扑闪，眼里写着坦诚简单，甚至还有高中女生的样子。她手上拎着一个袋子，里面装满了各种文具用品：她刚刚从文具店奔到这里来。在中学教英文，让她养成了职业病，一看到文具用品就巴不得买许多，而对布拉格的纪念品则几乎不感兴趣。那袋子里装着数十支圆珠笔，几支黑笔和几支红笔，几册本子，七八张画有布拉格各个著名景点的贺卡。想起来小外甥要过生日了，她便给他买了一只文具袋做礼物。后来，她又跑到图书馆底层的咖啡厅里去，边吃蛋糕边写了生日贺卡，准备寄出去。她给自己买了一只粉红色的头箍，在去咖啡厅的路上匆匆戴在了头上，正好把额头前散碎的刘海儿弄整齐了。出了咖啡厅，她忽又觉得自己的样子有些奇怪，卸了头箍扔进手中的袋子里。她来到集市，是还想看看有没有什么可以做文具或者生活用品的东西……

果不其然，在整个集市的正中心，她停下来，找到了自己要的：一家卖各种木头制品的铺子。其他人来看了一眼就走过去了，只剩下珍妮颇有兴趣地低着头。“你的生日木会为你带来好运”——招牌上写着。

“这些是生日木头。”坐在桌后那百无聊赖的卖主告诉她，清了清嗓子。“你的生日是几月份的？”

“八月。”珍妮说，循着那纸上列的十二个月分别对应的木头，迅速地找出了代表八月的苹果木，是个椭圆形的小家伙，上面的纹路一圈圈的，看上去像个微微氧化的苹果切片，但这个不会腐烂。她拿起来，没有讨价还价，就要了。对方帮她装在一个纸袋子里，像递交一个神圣的秘密一样庄重地递给她。

八月是拉太的生日,也就是还有不多不少一个月,拉太就要过生日了。拉太是她的未婚夫,一个泰国人。拉太家族开着酒店产业,到西方国家发展,遇见了做英语教师的珍妮,便猛烈追求,如今他们已经恋爱了四年,处在不确定结婚与否的阶段,已经拉锯拉了很久,直到拉太前阵子向她求婚。珍妮提出她想在正式决定前独自旅游一次,两人因此还抱头流了眼泪,但拉太最后同意了。珍妮在欧洲的版图上投了个骰子,骰子落在了捷克。与此同时,拉太忙着酒店的规划和经营,试图将未婚妻的犹豫暂时抛到脑后。

还有一周,珍妮就要飞回来了,带着幸运苹果木,告诉他最终决定。拉太想将酒店产业置于新加坡,他们结婚后也许会搬去那里。

二、夜船

老向导米赛尔接到耶茨的电话,邀请他带一个知识分子团队游一圈布拉格的时候,正在刷牙。漱口水吐掉后,一口答应了。耶茨是知识分子团队在这里文化交流的交接人和管理者,由于经常举办这类活动,几乎每一次都会请老向导米赛尔来做导游。"你可要等一等再退休,"耶茨"嘱咐"米赛尔道,"你对这个城市历史的理解是独一无二的。"这让米赛尔感到很受用。

耶茨比米赛尔小二十来岁,正处在焦虑的中年,经历过两次失败的婚姻,他的头发已经秃了一半,习惯于穿着黑色的长衫长裤和皮革凉鞋,在布拉格城里游走。他的母语原是英文,在与妻子结婚后学会了断断续续的捷克语。离婚后,他更多地在祖国和捷克之间飞来飞去,而女儿们则在捷克长大——她们的捷克语说得极溜,对于父亲的美洲历史感到陌生。

失去妻子让他在捷克的日子感到难过，并且更多地回顾起自己的曾经，毕竟这份大陆的现在更多是因联姻带来的。他的状态不大好，常常在床上一睡就到下午，再打开电脑开始机械地收发邮件。看着镜子，他发现自己胡子已经一周没刮了。对于新来的这个团队，他知觉上还是尽着礼貌负责，心里则提不起以前的热情劲儿，常常开始发牢骚。不过还好，这群人来了已经快一周，几乎没有来找他问任何事情，看上去自己都在新国家游刃有余。

这天早晨，他打起精神，准备起得稍微早一些，因为大女儿凯瑟琳恰好要来找他聊聊最近的学习生活。刚刚刮完胡子，突然接到电话。

“你好，是耶茨先生吗?”

“嗯，是，我是，怎么了?”

“我们是布拉格警署，有一个紧急情况要通知您。”

耶茨凑近了听筒:“什么紧急情况?”

“有一位阿尔福瑞先生，在二十分钟前从大桥上跳进了伏尔塔瓦河。据了解他是新西兰人，来捷克，是参与您管理的文化交流项目，对吗?”

“阿尔福瑞……”耶茨嘟囔着，觉得大脑里一片空白，含混不清:“跳河?”

“现在我们的救生人员还在努力中，请您迅速来我们警署一趟。地址是:×××街×××号。”

对面只剩下嘟……嘟……的声音，耶茨挂了电话，手忙脚乱地扣好上衣扣子，抓起公文包和钥匙，关了门向外面大街奔去，在搭乘两站列车的时候，心乱如麻，眼睁睁地望见庄严典雅的市美术馆前，有一场户外篮球赛正在进行，年轻人穿着编有号码的运动衫，放着音乐，正将球抛来抛去。喜欢看体育节目的他，此时却无暇欣赏，感觉眼睛似乎失去了解读这一场体育赛事的能力，汗水顺着额头滴下来，他开始胡思乱想这位阿尔福瑞先生将要葬在布拉格公墓的凄惨情形。

乘完两站列车之后，耶茨终于抵达警署。他看了看表，已经又过了十五分钟，阿尔福瑞先生现在到底是死是活？

进了办公室，他被警署礼貌地引到办公室，进去后，看到一个身披毛巾，穿着泳衣泳裤的黄头发男人正坐在里面，脚旁是一个蓝色的防水包，拉链拉得好好的。他认出来了，是阿尔福瑞。

阿尔福瑞看到他，立马松了一口气，刚站起来准备说话，一个警察小伙子来到耶茨面前握了握他的手，用捷克语说：“很抱歉，耶茨先生，打扰您了。这是误会一场。”

“什么误会？”

“我们发现原来阿尔福瑞先生是在进行跳水运动，并没有轻生的念头。”警察小伙子回头看了阿尔福瑞一眼，好像还对其眯眼笑了笑。

“跳水？”耶茨惊讶地说，看着阿尔福瑞，用英语问他，“你确定你没事吧？”

“完全没事，不好意思。”阿尔福瑞对他挥了挥手，“我是业余的跳水运动员，有跳水证的，这次文化培训到布拉格来，看到伏尔塔瓦河景色甚好，就想一试。”

“哎呀，”耶茨一拍大腿，“你差点把我吓死了。我还以为你要自杀呢。”

“他们也是这么以为的，”阿尔福瑞尴尬地说，“救生员在后面追我的时候，我还本能地开始游着逃，他们在后面游着追呢。哈哈，哈哈。”他说，接着自己止不住大笑了起来，把毛巾从脖子上摘了下来，边擦头上的水边笑。

耶茨呆呆地站在那里看着他，难以想象这个人平时是研究修辞学的。

“抱歉，抱歉。”阿尔福瑞勉强止住笑，“我们赶紧离开警察局吧。”

“你把我吓死了。”耶茨还是边摇头边说，回去的路上，他们分头坐了列车，耶茨还拍了拍他的肩膀，让他照顾好自己。等列车开了一站后，他开始觉得怪恼火的。又不是愚人节。

晚上，他带大女儿凯瑟琳去伏尔塔瓦河畔的船餐厅吃比萨。灯火已经点亮，映得水面波光粼粼，他不禁想起白天阿尔福瑞和救生员们就是在这里面扑腾的，这场景在他的想象中变成了漫画式的蹊跷。在河畔，有好几艘永远停靠在这里，作为商用、从不起航的船，其中一艘是餐厅，正放着流行音乐做背景。他们踩着台阶走上去，到船头点了一份比萨和两杯柠檬汁。船身的主要部分都被用餐的桌椅占据了。他们选了一张靠河的，坐下来后，耶茨不禁把白天发生的事情和女儿说了一遍。河风从夜船的两侧吹过来，蒸干了人们额上的汗水。

凯瑟琳在听他讲的时候，喝完了一杯柠檬汁。对于父亲今天的遭遇，她表示很惊讶，听闻这位阿尔福瑞先生现在没事了，也安了心。

无疑,这件轶事把她的思绪转移到了别处,让她先前的焦虑随着一拍一起的河水溜走了。她刚刚在市政大厅完成了今学年末歌剧美声专业演出的彩排,正式演出在一周后。她是来提醒父亲当天去听她演出的。她现在换上了一条普通的碎花长裙子,彩排的时候穿的则是一条怪厚重的丝绒红裙,在腿边开了一道线。平时不穿高跟鞋的她,走上台的时候觉得好像在踩钢丝。她觉得额头发热,不由得在说话时要去不断地拽一拽自己的裙子。还好,唱歌剧的时候,不用直视台下前几排零零散散坐落的指导老师和同学,而是对着他们头顶的一片黑色空白发声。虽说已经私下演绎了许多遍,她仍然对能不能和钢琴伴奏的同学配合好而感到缺乏信心。给她伴奏的是汉娜,钢琴专业的学生。每次她回头对汉娜点一点头,那熟悉的歌剧前奏就会响起,但她一紧张,汉娜也会紧张,如果她拿不稳快慢,汉娜的节奏也就出错。她觉得这怪不得汉娜,重点全在自己,越这样想,越容易感觉喉咙口打结,有时候甚至都忘记音乐的韵律是怎么一回事,唱不出起伏来了。比如今天,她就觉得自己在唱长词的时候,一味地记着背词,而没把音乐演绎好。

"你对自己要求太高。"耶茨对大女儿说,"你是过于认真了,有时候放松一点,对唱歌也有好处,虽然老爸是不懂。你看,你妹妹特茜就是往反方向去的,她是太……(他试图找一个中立的形容词)潇洒了。"

不过奇怪的是,耶茨对于不见踪影的二女儿却是最放心的,但对大女儿他最为依赖。在大女儿和二女儿都上大学后,他就基本没怎么再管着她们了。特茜基本很少需要他的建议,就能做好自己的选择,只在达到某个小成绩之后,将喜讯告诉他。凯瑟琳温暖、拘谨，而特茜冷静、随性，他更常见到凯瑟琳回家，并且协助他文化交流活动的人事部分，而少见到特茜的身影——多数时候她都和自己的朋友们在一块儿，他找特茜的电话，已经变成了一串串她朋友家的电话号码。他分辨不出谁更像她们的母亲。他对前妻很感恩的一点，是她和他一起尽责地养大了这些女孩儿，并且他俩之间的隔阂，并没有影响到女儿们和父母双方原本的关系。她们似乎对父母离异这一点十分客观地适应良好。他还能回忆起和妻子一起在夕阳西下的清静胡同里，看女儿们光脚在鹅卵石地上奔跑的样子……那个时候他还拉着妻子的手……

“对了，特茜会来看我下周的美声表演，爸爸。”凯瑟琳说，打断了耶茨的回忆。

“哦，哦，那很好，这是你一次很重要的美声表演了。”耶茨说，“告诉我时间，我会去的。你的指导老师，露希尔女士，最近是不是都一直还在纠正和帮助你?”

“哦，她倒很放心，觉得我差不多可以了。”凯瑟琳说，“我最近都在和汉娜和声，我对伴奏太没有把握了，虽然我知道汉娜是个很好的钢琴演奏者，但是我总担心她跟不上我的节奏，或者我抢了她的拍子……”

在她和父亲聊天的同时，比萨已经渐渐地凉了。

三、酒吧

特伦斯正独自坐在键盘演奏者的后面，阴影笼罩在他的脸上，方框眼镜遮盖了他年轻硬朗的面庞。桌上放着他每次来都会点的一盘花生，但他几乎没碰。他歪靠着身后的垫子，垫子夹在他的背与石墙之间。他一条腿伸在桌下,一条腿跷在另一只的膝盖上。音符的跳动,似乎追随着石墙上不断移动的红色、紫色和绿色光斑。在特伦斯耳中,爵士乐是不带情感的,是韵律和鼓点本身,最适合做背景音乐的乐种。这也是他喜欢听爵士的原因。在听别的音乐时,甚至是古典音乐,他都很难听进去,而是被音乐挑起自己的情感和记忆。只有听那冷静、疏离、却又有爆发力的爵士乐时,他注意到自己是真正在听音乐的。这已经是他今年第十一次来到这一家爵士乐酒吧。

在爵士演奏正中央的圆桌子旁,坐着三个人:阿什娜、亨利、本。亨利和本是一对同性恋人,其中亨利留着长发。阿什娜是一个红头发的姑娘,是个摄影师。此刻,亨利和本的手在桌上握在一起,阿什娜则托着下巴,饶有兴致地盯着乐手们。在她的瞳仁里,仿佛可以看到小小的焰火。在阿什娜的胶卷里,映有亨利和本在布拉格的各个著名景观处停留的身姿,一周后就可以洗好交给他们。在拍摄过程中,他们不自觉地就熟悉了起来,于是,阿什娜干脆请他们一起去爵士乐酒吧听爵士。两个男生都只要了一杯冰水,而穿着紧身黑色皮衣的阿什娜,开了一罐啤酒。

爵士乐酒吧柜台后的服务生,正在让温迪和她的女友们等一下,还有五分钟左右,她们才能进去听下一首,中场打断爵士乐手的演奏是不礼貌的。于是她们上厕所的跑厕所,换零钱的换零钱,穿外套的取外套,只有温迪一个人觉得没什么别的事需要做,站着静静地等着。

一曲终了,服务生示意她们进去,于是刚才散落如鸟群的女友们像磁铁一样被吸了回来,一个接一个,在黑暗中抓着手腕,歪歪扭扭地冲进了内场，又在黑暗的光线内愣住，不知道坐哪里才好。温迪灵机一动，瞅见键盘手身后角落的一处座位，把女友们都带了过去。

特伦斯注意到有三四个女孩来了，往里挪了挪。温迪这才注意到这里还坐着一个男人，不禁一下子红了脸，迟疑着不敢坐下来，女友们没注意到她的窘迫，一个挤一个，硬是使她坐在了特伦斯的旁边。

离下一场爵士乐开始还有一会儿，温迪的女友克里斯伸过头来向里看了一眼，挥着手冲特伦斯大声地打招呼："嗨！"伴随着抑制不住的笑声，好像有点坐不稳。

"哦，抱歉，她喝醉了。"温迪对特伦斯说。

克里斯探过她们中间的朋友拍了温迪一下："我没醉。"

特伦斯冲她们点了点头："你们是来布拉格玩的？"

"对，我们是大学同学。"温迪说。

"这里的爵士乐非常棒。"特伦斯说，感觉有些冷，吸了吸鼻子，抱起胳膊。"你们来对了。"

"你也是来旅游的？"听他的英语说得像母语，温迪不禁问。

"哦，我？"特伦斯说，好像没料到自己会被问到，笑了。"这是我的间隔年，我在这里打打工、教教课。待了有蛮长一段时间了。"

"捷克语都能说了。"他加上一句，坐正了，对温迪扬了扬眉毛。

不时有捷克人和他搭讪，他们能一眼看出特伦斯的陌生，倒是常有像他身边这几个女孩子的游客，会和他聊几句。他见怪不怪。这样的谈话对于他这样的旅途者，就像那段从布拉格中央广场走到爵士乐酒吧的路一样熟悉。

白天他一般会在广场上闲逛一阵子，到了傍晚，就从搭满凉棚、小丑杂耍、教堂高耸的广场撤下，而那喧嚣的人声就像被消音器处理了一样，一下散去了一大半。绕进一条小道，先会看到一个被处决者的铜制雕塑，一条笔直的钢管伸了出去，将处决者的形象，挂在某栋柠檬黄色的房子顶端。接着，他见到一位餐厅的老板，正在拿着拖把拖地，玻璃门敞开着，餐桌上的花瓶里还遗留着水渍。继续向前走，看到一面墙上有数个游泳运动员，一个接一个向前做跳水状，绕成了一个环形。再往前走，他会走进放周末电影的厂房瞅一瞅。但今天不放电影，里面一个人也没有，地板一尘不染，水泥墙安静得煞人，莫大的寂寥气息将闯入者逼得倒退了出来，急忙向有人气的地方赶路。没走多远，他就绕进了一个胡同，走一长条石阶楼梯来到爵士乐酒吧，在这里发现人潮。买了票，四顾观众席，来到了最前也是靠边的地方坐下。他一向很喜欢这种演奏者与观众很亲近的小场，但又不愿自己那么显眼。

他注意到有三个观众坐在正中心的位置。那个女孩儿红头发，很耀眼，已经喝了两罐啤酒下去。身边的两个男孩儿脸色苍白，看上去很腼腆，而且靠得很近。特伦斯可以肯定那个女孩儿是本地人，她的穿着、打扮、喝啤酒的方式，与服务员交流的手势和语调都是标准的捷克式，而那两个男孩儿则是外国人。这是他待了这么长时间后，形成了习惯的敏锐判断，几乎总是准确的。

阿什娜注意到角落有个人在观察自己，不禁耸了一下肩膀，想摆脱这种不适感。她穿着黑色坡跟的双脚交叠在一起，把啤酒罐松开了，意识到自己今天喝得稍微有点多。但啤酒度数不高，而她酒量也可以。饮酒，是她五六岁的时候，跟着修摩托的爸爸在车库里玩得全身是灰的时候，就学会了的。爸爸嘴里叼着烟，拿着各种扳手、螺丝刀在刺啦刺啦地捣鼓的时候，阿什娜就在挂满轮胎的车库里，推着跟她一样高的轮胎跑来跑去，手上和脸上都弄黑了。每天收工的时候，父女俩就坐在一起庆祝，爸爸就会开一罐啤酒，在那里咕噜咕噜地灌，一会儿，注意到女儿怎么没声儿了，才看到阿什娜在眼巴巴地看着。

爸爸于是就拿了个小酒杯，倒了一点给阿什娜："别让你妈知道。啤酒，就是液体面包，小孩子尝一点也没事的。"

就是那时候，她爱上了啤酒的大麦味儿。后来，她离开爸爸去做摄影师，跑过了欧洲所有的国家，做商业摄影、婚礼摄影、餐厅摄影，最后疲了、累了，资本也够了，回到捷克，自己开了一家独立摄影行，专门拍想在布拉格留下纪念的情侣、家人、朋友。今天，亨利和本的摄影地点是伏尔塔瓦河上的游船，由于船行时间有限，他们事先在河畔拍了有接近一百张照片，热热身。她专门选了一个时间，是游船上人最少的。舵手认得她。上船前，阿什娜举起自己脖子上的相机，对他指了指。对方竖了个大拇指。

从船上，可以看见岸边郁郁葱葱的树丛，和一片玩具模型似的平房和堡垒，绿蓝色的油漆似乎与天空的颜色交相呼应着。水面像银色的滚烫铝纸一样平稳地散了出去，黑色的天鹅低头啄着一片片涟漪，这些都印在了照片的背景里。这些照片分别有：亨利和本背对着镜头看风景，互相揽着彼此；亨利和本别过脸去，手却向对方靠近；亨利和本一个在甲板上坐着，一个站着；亨利和本互相抱着臂靠着墙，额头对着彼此。阿什娜脖子上挂着相机，到处跑着、单膝下跪着、蹲着，感觉自己的力气都集中在按快门键的手那里。

拍完的时候，阿什娜发现自己眼角是湿的，亨利和本没有立刻过来看她拍的如何，而是互相拉着手在轻快地诉说着什么。

阿什娜轻轻地又按了一下快门，把这一刻记录了下来。

“我太被你们的影像打动了，”一起看照片的时候，阿什娜一边不可置信地摇着头一边说，“愿不愿意傍晚的时候一起去听爵士乐？我知道一家最好的。”

阿什娜一般不会问客人的隐私，但大部分客人都会和她聊一聊他们相遇相知的故事，好让拍摄过程更加自然，亨利和本也不例外。前几天，她已经大致了解了，两个小伙子克服了重重障碍，过程充满了来自双方家人的不解和痛苦。她觉得他们终归是幸运的，这份幸运，而不是艰难，是让她眼眶短暂湿润的原因。她生性不是个伤感的人，收工了，和他们两个坐在爵士乐酒吧正中央的位置听音乐，让她感觉自己平日里骑摩托的飒爽劲儿回来了。

服务生正好来收拾桌上的残余，把阿什娜的酒罐收走了。阿什娜看见在角落的桌子那儿，有几个女孩儿对服务生招手，便提醒服务生过去。

趁着中场还没结束，克里斯要拉着温迪到前台去调鸡尾酒，温迪犹豫了一下答应了。其他女友和前来的服务生点了果汁。

克里斯自己要了一杯冰威士忌，跟服务生说温迪酒量不行，做一小杯就好了。鸡尾酒调好了，一杯浅金色盛在一个很浅的高脚杯里，杯身纤细地站立着，是橙汁、苹果汁、汽水和伏特加的混合物。温迪抿了一口，感到一丝又凉又麻的味道。果味并不浓，酒精味儿仍是主导，包裹住了里面其他的调味品。她把杯子稍微向前推了推，又拿起来喝了一口。

“第一次喝酒吧?”克里斯轻声问她。

克里斯知道温迪是个虔诚的天主教徒,平时都会自觉地避讳。她其实挺羡慕她,从不会因为喝酒需要上课请假。当其他女孩儿在周六的第二天清晨宿醉不醒时,温迪都早早地着装好,拿着把伞,上教堂去了。

“既然来欧洲玩了,喝一点呗。”温迪叹了口气说。又抿了一口。随着一口一口地喝下去,她感觉血液变得更温暖了,从四肢向心脏慢慢涌去,在她的脑门处施加浅浅的压力。她以为第一次喝酒一定很难,没想到一旦尝试了,便觉得轻车熟路,喝的几乎和克里斯一样自然。

“这么一点,你不会醉的。”克里斯说。

温迪看着自己和女友光鲜亮丽地坐在这里,身上穿着裙子,裹着皮外套,不禁想起自己白日里狼狈的样子:由于住宿酒店没有洗衣房,她背着一麻袋的衣服,扛在肩膀上坐了三站路,循着标志,找到近区的洗衣房。胖胖的老板娘给了她几个电子币,她却不会捣鼓洗衣机器,按了按钮,却把衣服放错了位置,旁边一个胡子拉碴的老人,恰好指出了她的错误,她一惊,按停了,抢救了一些衣服出来。这样一来,干洗却终归没有成功,衣服最后还是湿的,又背回了酒店,一件件拿出来铺在了房间里,试图拿吹风机烘干。就这样来来回回,在洗衣店里干坐着,听洗衣桶轱辘转,折腾了快两个小时。她记得上下列车时,太阳特别大,晒得人直眯眼。此刻,酒的暖意下肚,她不禁打了几个哈欠,感觉背着那袋脏衣服的劳累都舒展和消散了开来。

“我们回去找她们吧。”她听见克里斯说,被对方拉了起来。“听服务生说今晚的爵士还有最后一首。”

四、公园

伊桑正双腿盘坐在草地上，试图从阳光下辨认仔细对面的同伴在纸上画出的一道谜题，其他几个伙伴正抱着膝盖，同样坐在草地上，小甲虫正慢慢地靠近。草地的周围一圈有数个白瓷色的长椅，背对着伊桑他们，而三三两两的人儿肩靠着肩坐在这长椅上，面对一望无际的伏尔塔瓦长河，阳光闪着，仿佛是无形的剪刀，在拆解河流这一幅水帘布。正如船上有人在玩扑克一样，岸上的人们，例如伊桑这一圈人，也在草地上摆着扑克、零食、卡片、水笔和本子，正围成一圈玩游戏。

伊桑二十来岁，留着一把棕色的胡子，穿着短袖短裤，小腿肌肉的健壮，几乎会让人以为他是运动员。其实这只是他常年爬山以及在野生营地工作的结果。自从大学毕业后，伊桑做起了电视剧演员，却没什么名气，只有微薄的薪水，闲暇时做背包客四处登山探险，以及在青少年野生夏令营做老师。尽管父母并不满意，这种双重身份让他觉得很充实。他几乎从不焦虑于自己的演艺生涯能发展到什么程度，只要碰到一个角色，哪怕再小，也先将其演好，从不期待撞大运的事情落到自己身上。他这种逍遥的态度，吸引了特伦斯。后者虽在捷克过着间隔年，一直没有忘记自己电影制作的学业本行，去布拉格电影学院拜访时，偶然遇见了伊桑在那里参与一个小项目的制作。拥有同一母国的根源，而向外看的视角又相同，让两人相聊甚欢。虽然从外表看起来，两个人似乎完全碰不到一起去——一个胡子常年不刮，像一个拾荒者。一个喜欢穿锃亮的皮鞋，像大堂经理。

“如果不是我最欣赏的老师也参与这个制作的话，我是不会来捷克的。”伊桑和特伦斯说过。“来回花费太多钱。我生活现在过得精打细算。”

“我理解。”特伦斯说。正是特伦斯在纸上画了那一幅电力迷图。虽是给一圈的伙伴一起出的题，却率先递给了伊桑，而后者正在努力地想出答案。图上有三个灯泡，三个开关，分别是对应的，一道门隔着灯泡和开关，每个房间只能进去一次，怎么判断哪个开关对应哪个灯泡？伊桑愣了许久，没反应过来，感觉阳光的晕圈绕在特伦斯的笔迹上，直晃眼。这时候，旁边凑着看的萨比娜插嘴了，口齿清晰地说出了解决方法，另外几个人也恍然大悟地拍起手来。伊桑没太理解，只是隐约记得有什么关于去摸一摸灯泡发热程度，从而判断时间长短之类的方法。他想的却是：原来特伦斯还有这样一面，一本正经地在纸上写画物理问题。

“你原来就知道这个谜题，是不是？”特伦斯对萨比娜笑道，收起了纸。

“被你看出来了。”萨比娜一扭头，金褐色的头发披在肩膀上，她是土生土长的捷克人，英语说得结结巴巴，但极富魅力。

“好了，现在轮到我出题。”萨比娜说，其他人暂时安静下来。

同时，老太太达姆娣经过了这片草地，正在往一家古董店走去。在马来西亚做了一辈子的牙医，退休后，达姆娣与丈夫布什艾米一起周游世界，已经走过了二十多个国家。丈夫去世后，她开始了一个人的旅行。她脖子上挂着一条绿色玛瑙项链，穿着一件丝织上衣，正迈着不紧不慢的步子，拐进一条小巷子，经过一家贴有约翰·列侬海报的餐厅，一家卖工艺品的小店，来到了一家古董店门口。

她抬头确认了一下后，便踏步进去，小心翼翼地扶着栏杆，一步步地走下了一段蜿蜒不已的台阶，直到来到这家店的地下内部。

“贝丝!”看到满头银丝的旧知正在柜台后面打毛衣，达姆娣惊喜地喊道。

“达姆娣!”认出了马来西亚的异国好友，贝丝讶异不已，放下手中的毛线团，急忙绕过柜台去拥抱她。

两年前布什艾米去世了，去世前他们夫妇俩的最后一站是捷克，在这里一连待了六个星期。布什艾米生前在马来西亚大学教书，除了旅游，也与捷克的大学有文化交流活动，顺便带上妻子一同参访。而当年，达姆娣就在丈夫文化交流工作时自己游逛布拉格，认识了开古董店的贝丝。两人当时常常坐在古董店的里屋喝葡萄酒，翻一翻店里上世纪六七十年代的手抄本，聊一聊彼此截然不同的生活。贝丝从达姆娣那里对牙齿的理解，甚至比她从美国私人医生那里了解的还要多。回到马来西亚后，两个老太太还保持了电子联系，一到节假日，都会发一些近期生活的照片给对方。

达姆娣这一次来完全是个惊喜，让贝丝在感到快乐之余有些坐立不安。但很快，随着话语热气腾腾地冒在店里，两个人握着手亲亲热热地又续了旧缘。达姆娣看中了贝丝店里的一件花边毛衣，要买下来，贝丝要直接送给她，她不肯，于是达姆娣拿下了自己左手手腕上的玉手镯递给贝丝。临走前，达姆娣掏出了一张贴纸，上面是一粒粒红色的吉祥痣，贝丝乖乖地让达姆娣摘下一粒，贴在她的眉心上，两个人约好晚上一起在伏尔塔瓦河畔的夜船那里见面。然后，达姆娣便离开了古董店，回到公园去。她瞧见有一圈少年围坐在草地上，衣裤下什么也没垫，粘着泥巴和昆虫，在一起笑得四仰八叉，不禁感叹年轻的无所顾忌。

她想起几年前，和布什米尔一起肩并着肩靠在一起，也是在这个公园里。如今这里什么也没有变，而布什米尔的一部分存在，好像就闪烁在伏尔塔瓦河的泡沫光影里。对于他的离开，她是有准备的。他们一起度过了漫长岁月，又将步履留在了世界各个版图上，这些回忆都让她内心很宁静。她感到布什米尔现在好像就在她身边似的。

达姆娣和这些年轻人所在的是一个小公园，再往里走，深处有一个大公园，藏在一扇黑色栅栏门后，现在正敞开着，而十四岁的艾莉大步走了进去。她的拖鞋拖拉着脚步，脚踝细得好像可以一只手握住。睡袍似的淡青色裙子在风中摇摆，使她显得笔直又弱不禁风。她脸上一副自在而又淡漠的神情，不在中学上课的时候，喜欢一个人在城里游逛。她走着，和推婴儿车的人、情侣、老人、玩轮滑的小孩子打着照面。

草地一望无际地向里铺展开来，棵棵大树茂盛地向四处舒展着自己的枝节。有一棵引起了艾莉的注意——它长得似乎想要通天，树皮摸上去疤痕累累。艾莉想对这棵树鞠躬，它经过历史的无形长度足以将她包裹起来好几圈，但她又觉得那棵树好像也是在对她点头致意的，似乎她具有自己没有意识到的秘密。因为，她并不知道自己在此生之外还做过些什么，曾是一个什么样的人，她只能单纯地面对着自己有限的、对"艾莉"这个自我在生长期间的认知，无知于以往的一切，又对将要到来的无法准确预测。但她不害怕，也有一种确信，就像此刻，她仰着头，褐色的短发微微浮动，望着这棵树。

艾莉环顾四周，看见如同往常一样，许多人在草地上躺着，手臂枕在脑后。她倚着这棵树的脊背，慢慢地靠着它坐了下来。她手上拿着一袋子花花绿绿的坚果，是来的路上在越南人的超市里买的。在布拉格的各个街道上，开着许多越南人经营的超市，他们常常坐在柜台后看电视。店里光线总是不足，而时间好像凝固在货架上的饮料罐子和面包之间。

也有在路边支起架子卖水果的越南人，有一次她骑自行车经过，买了一袋子苹果，回家却发现好几个都烂了，被爸爸批评了她的不仔细。

“当时是有苍蝇绕着那些水果飞。”她和爸爸说，“但我已经在那里挑了，不好意思不买。”

“傻丫头。”耶茨说，“下次别在这些铺子买水果，尤其你现在坚持素食主义，本来能吃的就有限，更不能吃不新鲜的，对吧。”

她爸爸叫耶茨，是个美国人，在捷克做文化交流活动的主管。艾莉常常去耶茨举办沙龙活动的书店，但和姐姐凯瑟琳在那里帮忙不同，她纯粹是去坐在那里听大人们说话，站着翻一翻书架上的书，和那里打工的伙计闲聊。二姐特茜则几乎从来不去。艾莉是家里唯一一个和妈妈一样的素食主义者，因为担心对肉食的消耗正在慢慢损害地球的健康。她总是和爸爸开玩笑说，自己可能活不到他那么大，地球可能在她人到中年时就不再适宜人类居住了。

几只鸽子飞落到她的脚边。她不知道它们是否意识到自己生存环境的危机，遂突然涌起了一阵怜惜，将透明袋子里的花生仁、坚果粒掏出来，扔给它们，引得这些白色羽翅靠近，低着淡蓝色的头冠啄食。她盯了它们一会儿，自己打了个哈欠，改了一下姿势，仰面躺在了草地上。躺在这里休息，刚好。在微微闭合与睁开的眼睛之间，所见到的景象，是头顶那棵参天大树纷涌的绿叶。